हरियाणा के राम

HARYANA KE RAM

रनवीर सिंह

समर्पण

हरियाणा के राम

हरियाणा के जवान, किसान, पहलवान, खान-पान आदि का भारत देश में अपना विशेष स्थान है। राम से लगाव का यही कारण है कि यहां व्यक्ति अपने नाम में आगे या बाद में राम शब्द जोड़ते हैं। ऐसे हरियाणा के राम नाम से सम्बन्धित व्यक्तियों का उल्लेख इस पुस्तक के माध्यम से किया जा रहा है जिनका अतुलनीय योगदान देश हित में रहा है। उन सभी को समर्पण।

क्रम-सूची

प्रस्तावना

प्रस्तावना

हरियाणा के राम

राम राम जी,

देशों में देश हरियाणा । जहाँ दूध दही का खाणा (खाना) ।।

यहां के रोम-रोम में राम बसता है, प्रातःकाल से ही राम राम जी से शुरू हो जाती है। और अंतकाल में भी राम का नाम ही लिया जाता है।

हरियाणा के जवान, किसान, पहलवान, खान-पान आदि का भारत देश में अपना विशेष स्थान है। राम से लगाव का यही कारण है कि यहां व्यक्ति अपने नाम में आगे या बाद में राम शब्द जोड़ते हैं। ऐसे हरियाणा के राम नाम से सम्बन्धित व्यक्तियों का उल्लेख इस पुस्तक के माध्यम से किया जा रहा है जिनका अतुलनीय योगदान देश हित में रहा है।

"राम राम" जी, यह अभिवादन हरियाणा में एक आम प्रचलन है। जिसे हर कोई जब आपस में मिलता है, एक दूसरे को राम राम करके अपनी बात को आगे बढाता है। यह अभिवादन के साथ-साथ भगवान राम का आशीर्वाद प्राप्त करने का एक तरीका भी है।

हरियाणा में राम शब्द को सम्मान और प्यार के प्रतीक के रूप में इस्तेमाल किया जाता है। लोग अक्सर "राम-राम" कहकर अभिवादन करते हैं और पहले राम का नाम लेकर हर काम शुरू करते हैं ।

भारतीय मन हर स्थिति में राम को साक्षी बनाने का आदी है।

दुःख में -- "हे राम" ; पीड़ा में -- "ओह राम" ; लज्जा में -- "हाय राम" ; अशुभ में -- "अरे राम राम" ; अभिवादन में -- "राम राम" ; शपथ में -- "राम दुहाई" ; अज्ञानता में -- "राम जाने" ;

अनिश्चितता में -- "राम भरोसे" ; अचूकता के लिए -- "रामबाण" ; सुशासन के लिए -- "रामराज्य" ; मृत्यु के समय -- "राम नाम सत्य" ;

जैसी अभिव्यक्तियां पग-पग पर "राम" को साथ खड़ा करतीं हैं।

"राम" भी इतने सरल हैं कि... हर जगह खड़े हो जाते हैं।

जिसका कोई नहीं...उसके "राम" हैं - "निर्बल" के बल "राम"।

अंत में,......... हम तो जाते अपने गाँव...... सबको राम राम राम, आदि ।

इसी तरह से हरियाणा में अधिकतर साधारणत: व्यक्ति अपने नाम के पहले या बाद में राम नाम शब्द जोड़कर नाम लिखते थे।

जैसे पहले राम शब्द - रामअवतार, रामआधार, रामआनन्द, राम–ईश्वर/रामेश्वर, रामकृष्ण, रामकरण, रामकुमार, रामकिशन, रामकृष्ण, रामखिलाड़ी, रामखिलान, रामगोपाल, रामचरण, रामचंद्र, रामजस, रामजी, रामजीत, रामजीवन, रामजीलाल, रामतीर्थ, रामदास, रामदयाल, रामदुलारे, रामधन, रामनाथ, रामनारायण, रामनिवास,

रामनरेश, रामपाल, रामप्यारे, रामप्रताप, रामप्रकाश, रामफल, रामबाबू, रामबिहारी, रामबक्स, रामभज, रामभरोसे, रामराजा, रामरतन, रामलाल, रामलखन, रामवीर, रामवरन, रामशंकर, रामसहाय, रामसेवक, रामस्नेही, रामसिंह, रामस्वरूप, रामहरी, रामहेत, रामश्री आदि ।

उसी प्रकार से जैसे राम शब्द बाद में -

अजयराम, अभयराम, आशाराम, अंगदराम, अंतराम, अनंतराम, उदयराम, उलफतराम, कनीराम, कालूराम, काशीराम, कांसीराम, कुम्भाराम, ख्यालीराम, खेतराम, खेलराम, गजराम, गयाराम, गंगाराम, गेंदाराम, गोविन्दराम, गोपीराम, गोदाराम, घासीराम, घेरूराम, चम्पाराम, चेतराम, चेतीराम, चांदराम, चंदगीराम, चुन्नी राम, चुन्नाराम, छिद्दाराम, छेदीराम, छेलूराम, छाजूराम, छोटूराम, जयराम, जगराम, जगतराम, जमनाराम, जानकीराम, जोधाराम, टीकाराम, तुकाराम, तुलाराम, तेजराम/ तेजाराम, तेजीराम, तोताराम, दयाराम, दलपतराम, देवराम, देवीराम, दौलतराम, धनराम, धनीराम, धीरजराम, नानकराम, नाथूराम, नेनकराम, नेकीराम, पतिराम/पातीराम, प्रेमराम, प्रतापराम, फैलीराम, फौजीराम, बाबूराम, बबलूराम, बलराम, बलिराम, बख्ताराम, बैनीराम, बुधराम, भालेराम, भोलेराम, भोलूराम, भगतराम, भजनराम, भगवतराम, मायाराम, मनीराम, मेवाराम, मंगतराम, मंगलराम, मंगेराम, मंसाराम, माड़ूराम, मोहरूराम, यादराम, राजाराम, रतनराम, रंगतराम, रजतराम, रतिराम, लखनराम, लक्ष्मणराम, लक्खीराम, लालाराम, लालूराम, लज्जाराम, लज्जेराम, लेखराम, विजयराम, विनयराम, वेदराम, शिवराम, शीशराम, श्योराम, शोभाराम, सदाराम, सोनाराम, सोनेराम, सीताराम, सुखराम, सेवकराम, सेवाराम, हेतराम, होराम, हरीराम, क्षत्रीयराम, त्रिभुवनराम, त्रिलोकीराम, ज्ञानीराम, श्रीराम आदि।

इस पूरी दुनिया मे "राम" शब्द का सबसे ज्यादा उच्चारण धरती के जिस हिस्से पर होता है वह है — हरियाणा

हरियाणा वह भूमि है जहाँ पर न सिर्फ स्वागत और अभिवादन के लिए राम-राम बोलते हैं अपितु सारी दुनिया में जहाँ जहाँ भगवान, ईश्वर इत्यादि शब्द प्रयोग होते हैं वहाँ पर हरियाणा में राम शब्द का प्रयोग किया जाता है।

जैसे दुनिया कहेगी - भगवान देख रहा है, ईश्वर न्याय करेगा, धर्मराज के द्वार जाना है इत्यादि।

लेकिन हरियाणा मे कहेंगे —

राम देखै है, राम न्याय करेगा, राम के घर जाना है, राम से डर।

हरियाणा की कहावतें भी केवल राम से संबंधित है जैसे —

हिम्मती का राम हिमायती, आंधे की मक्खी राम उड़ावै,

राम को राम नहीं कहता, अपने को राम से बड़ा समझना।

हरियाणा में आकाश को भी राम कहते है और आराम को भी राम कहते है।

जैसे दुनिया कहेगी आराम से चल, आराम कर ले।

लेकिन हरियाणा में कहेंगे कि — राम से चल, राम कर ले।

जब कही जाना हो तो गाड़ी मे बैठने के बाद दुनिया वाले कहते हैं कि "चलो"

लेकिन हरियाणा मे कहते है कि — "चालन दो भाई लेके राम का नाम"

हरियाणा में बारिश को भी राम कहते है। जब बरसात होती है तो दुनिया वाले कहते हैं कि बूंदे आई थी, बहुत बारिश हुई इत्यादि ।

लेकिन हरियाणा में कहते हैं कि राम आया था, बहोत राम बरसा भाई।

जब कोई किसी का हाल चाल पूछता है तो बाकी दुनिया में कहते है कि सब बढिय़ा है इत्यादि ।

लेकिन हरियाणा में कहते हैं कि — "राम राजी से" या "दया है राम की।"

हरियाणा मे गाँव को गाम कहते हैं और हरियाणवी कहावत है कि — "गाम राम होता है"

हरियाणा वाले राम से प्यार करते हैं , राम का व्यापार नहीं करते हैं

हरियाणा के कण-कण और शब्द-शब्द मे राम बसता है और हमें गर्व है स्वयं के हरियाणवी होने का।

शब्द बल –

शब्द में बड़ा बल है। एक वैखरणी वाणी कहलाती है जिसे मनुष्य बोलते हैं। मध्यमा वाणी कंठ में रहती है, पश्यंती, परा अध्यात्मवाद की वाणी है। आप राम नाम वैखरणी वाणी से जपते हैं। ऐसी वाणी जो उसकी कृपा से आती है, वह परा वाणी है। सैकड़ों लोग नाम सुनते हैं, जहां मन वाणी का विचार न हो और राम नाम की ध्वनि अन्दर चल रही हो तो उस अजपा जाप के पश्चात फिर किसी और बात की आवश्यकता नहीं रहती। मनुष्य के अन्दर जो वास्तविक भूख है वह पूरी हो जाती है जब अजपा जाप शुरू होता है।

जब कोई वस्तु हिलती है तो उस हिलने में ध्वनि पैदा होती है। परम धाम का शब्द मधुर व सूक्ष्म होता है। जैसे आरती के समय साधक का आत्मा बाहर सूक्ष्म लोक लोकान्तरों के नाद भी सुन सकता है। इन नादों में सतालता होती है। चांद आदि के हिलने से भी नाद होता है जो एकाग्रता में सुना जा सकता है। आकाश के कई सूक्ष्म स्तर हैं। इन में से ऊंचे स्तरों पर जो आरती होती होगी वह कितनी मधुर होती होगी। सूक्ष्म लोक जिसे आत्म पद कहते हैं वहां सिद्ध लोग हैं। वहां से वाणी स्फुरित होती होगी वह कितनी रसमयी और मधुर होगी। वह उच्च पद का नाद एक बार जो सुनाई दे जावे तो सारा जीवन स्मरण रहता है।

मन में जो अन्दर चिंतन होता है वह मध्यमा वाणी है। मनुष्य वैखरणी वाणी से बोलते हैं, देवता पश्यंती से बोलते हैं। जिसने पश्यंती को जाना वह देव पद पर आ गया। उसमें देवी भाव स्फुरित हो गए। रागों के सात सुर वैखरणी वाणी के शब्द हैं। पुरुष इन से मध्यमा में जाता है। वही आगे पश्यंती और परा में ले जायेगी। वाणी में ही जगत पियोया हुआ है। परा और वैखरणी एक वाणी के दो सिरे हैं। यही अन्दर ले जाती है। यही मन्त्र का रहस्य है। शब्द

का, नाम का, मन्त्र का यह बल है। शब्दमय ही यह जगत है। जहां से पहले शब्द स्फुरित हुआ था उस समय धाम तक शब्द ले जाता है। जो हम नाम जप करते हैं उसका यही रहस्य है।

राम नाम में बल –

भगवान के नाम में बड़ा बल है। परन्तु आप सोचोगे मैं जपने लगा तो हुक्का कौन पीयेगा? पान कौन खायेगा? सारा दिन इन्हीं बातों में पड़े रहते हैं। भला! महात्मा गांधी जैसा अनथक काम करने वाला कौन होगा? वे बहुत काम करते थे। निरन्तर काम करने वाला इतना अनथक किसी भी देश में कोई आदमी शायद हुआ हो। फिर भी उनका नाम में बड़ा भाव था।

भावना से थोड़ा भी आराधन कल्याण कर देता है। भला होमियोपैथी की दवाई मात्रा में कितनी होती है? अन्य काम भी ठीक हैं। हम करते हैं करने चाहिये व पर इस आराधन को कोई काम नहीं बनाता। सब स्त्रियों और पुरुषों के पास समय होता है। पर नष्ट होता है। अच्छा और सर्वोत्तम काम इस लोक और परलोक को मधुर बनाने वाला काम समझ कर इसमें समय लगाना और मन लगाना चाहिये।

धैर्य और विश्वास के बिना यह जगत भी कड़वा है। इसको भगवान की स्मृति में मीठा बनाना चाहिये।

भारत में हरियाणा प्रान्त अन्य प्रान्तों की अपेक्षा कुछ विशिष्टतायें रखता है। यहाँ के वीर निवासी इतिहास प्रसिद्ध वीर यौधेयों की सन्तान हैं। यौधेयों के पूर्वजों में मनु, पुरूरवा, ययाति, उशीनर और नृग आदि बड़े-बड़े राजा हुये हैं। इसी वंश में यौधेयों के चाचा शिवि औशीनर के सुवीर, केकय और मद्रक - इन तीन पुत्रों से तीन गणराज्यों की स्थापना हुई। इसी प्रकार इनके चचेरे भाई सुव्रत के पुत्र अम्बष्ठ ने एक गणराज्य की स्थापना की। यदुवंश भी, जिसमें योगिराज श्रीकृष्ण एवं बलवान बलराम हुये हैं, एक गण हैं तथा कौरव, पांडव भी पुरुवंशी हैं और यौधेय अनुवंशी हैं। पुरु, अनु और यदु तीनों सगे भाई चक्रवर्ती राजा ययाति की सन्तान हैं। वैसे तो सभी भारतवासी ऋषियों की सन्तान हैं।

ऋषि, महर्षि सभी निरामिष, शुद्ध सात्विक आहार-विहार करने वाले थे। यौधेय उन्हीं ऋषियों की सन्तान हैं। वैवस्त मनु के वंश में उत्पन्न होने से यौधेयों का ऊंचा स्थान है। सप्तद्वीपों का स्वामी चक्रवर्ती सम्राट महामना यौधेयों का प्रपितामह (परदादा) था।

यौधेयों का भोजन सदा से गोदुग्ध, दही, घृत, फल अन्नादि सात्विक तथा पवित्र रहा है। वे अपने वंश चलाने वाले मनु जी महाराज की सब वेद विहित आज्ञाओं को मानते थे। वेदानुसार बनाये गये वैदिक विधान ग्रन्थ मनुस्मृति में लिखे अनुसार चलने में वे अपना तथा सारे विश्व का कल्याण समझते थे। वे मनुस्मृति के इस श्लोक को कैसे भूल सकते थे –

स्वमांसं परमांसेन यो वर्द्धयितुमिच्छति ।
अनभ्यर्च्य पितृन् देवान् ततोऽन्यो नास्त्यपुण्यकृत् ॥

(मनु. 5।52)

जो व्यक्ति केवल दूसरों के मांस से अपना मांस बढ़ाना चाहता है, उस जैसा कोई पापी है ही नहीं।

इन्हीं विशिष्टताओं के कारण यौधेय वंश सहस्रों वर्षों तक भारतीय इतिहास में सूर्यवत प्रकाशमान रहा है। सदियां बीत गईं, अनेक राज्य इस आर्यभूमि की रंगस्थली पर अपना खेल खेलकर चले गये, किन्तु यौधेयों की सन्तान हरियाणा निवासियों में आज भी कुछ विशेषतायें शेष हैं। आहार-विहार में सरलता, सात्त्विकता इनमें कूट-कूट कर भरी है। अर्थात अन्य प्रान्तों की अपेक्षा इनका आचार, विचार, आहार, व्यवहार शुद्ध सात्त्विक है। ये आदि सृष्टि से आज तक परम्परा से सर्वथा शाकाहारी निरामिषभोजी हैं। मांस को खाना तो दूर रहा, कभी इन्होंने छुआ भी नहीं।

देशों में देश हरियाणा । जहाँ दूध दही का खाणा (खाना) ।।

इनकी यह लोकोक्ति जगत्प्रसिद्ध है। जैन कवि सोमदेव सूरि ने भी अपने पुस्तक यशस्तिलकम् चम्पू में यौधेयों की खूब प्रशंसा की है।

स यौधेय इति ख्यातो देशः क्षेत्रोऽस्ति भारते ।

देवश्रीस्पर्धया स्वर्गः स्रष्ट्रा सृष्ट इवापरः ॥42॥

भारतदेश में प्रसिद्ध यह यौधेय देश अत्यधिक मनोहर होने के कारण ऐसा प्रतीत होता था मानो ब्रह्मा ने अथवा परमात्मा स्रष्टा ने दिव्य श्री से ईर्ष्या करके दूसरे स्वर्ग की रचना कर डाली है। महर्षि व्यास ने भी विवश होकर यौधेयों की राजधानी रोहतक के विषय में इसी प्रकार लिखा है -

ततो बहुधनं रम्यं गवाढ्यं धनधान्यवत् ।

कार्तिकेयस्य दयितं रोहितकमुपाद्रवत् ॥

नकुल ने बहुत धनधान्य से सम्पन्न, गौवों की बहुलता से युक्त तथा कार्तिकेय के अत्यन्त प्रिय रमणीय नगर रोहितक पर आक्रमण किया। हरियाणा के शूरवीर मस्त क्षत्रिय यौधेयों से उसका घोर संग्राम हुआ। यौधेयानां जयमन्त्रधराणाम् - जिन यौधेयों को सभी जयमन्त्रधर कहते थे, जो कभी किसी से पराजित नहीं होते थे, उन विजयी यौधेयों की प्रशंसा उनके शत्रुओं ने भी की है। इन्हीं से भयभीत होकर सिकन्दर की सेना ने व्यास नदी को पार नहीं किया। अपने पूर्वज यौधेयों के गुण आज इनकी सन्तान हरियाणा वासियों में बहुत अधिक विद्यमान हैं। जैसे अल्हड़पन से युक्त वीरता और भोलेपन से मिश्रित उद्दण्डता आज भी इनके भीतर विद्यमान है। इन्हें प्रेम से वश में करना जितना सरल है, आंखें दिखाकर दबाना उतना ही कठिन है। अपने पूर्वज यौधेयों के समान युद्ध करना (लड़ना) इनका मुख्य कार्य है। यदि लड़ने को शत्रु न मिले तो परस्पर भी लड़ाई कर बैठते हैं, लड़ाई के अभ्यास को कभी नहीं छोड़ते।

पाकिस्तान और चीन के युद्ध में इनकी वीरता की गाथा जगत्प्रसिद्ध है। इन्हीं यौधेयों की सन्तान आर्य पहलवान श्री मास्टर चन्दगीराम जी भारत के सभी पहलवानों को हराकर

दो बार भारत केसरी और दो बार हिन्द केसरी उपाधि प्राप्त कर चुके हैं। इसी प्रकार हरियाणे के रामधन आर्य पहलवान हरियाणे के पहलवानों को हराकर हरियाणा-केसरी उपाधि प्राप्त कर चुके हैं। ये दोनों पहलवान न मांस, न अण्डे, मच्छी आदि अभक्ष्य पदार्थों को छूते और न ही तम्बाकू, शराब आदि का ही सेवन करते हैं। आचार व्यवहार में शुद्ध सात्विक हैं। सर्वथा और जन्म से ही शुद्ध निरामिषभोजी (शाकाहारी) हैं।

हरियाणा (अंग्रेजी: Haryana) उत्तर भारत का एक राज्य है जिसकी राजधानी चंडीगढ़ है। इसकी सीमायें उत्तर में पंजाब और हिमाचल प्रदेश, दक्षिण एवं पश्चिम में राजस्थान से जुड़ी हुई हैं। यमुना नदी इसके उत्तर प्रदेश राज्य के साथ पूर्वी सीमा को परिभाषित करती है। राष्ट्रीय राजधानी दिल्ली हरियाणा से तीन ओर से घिरी हुई है और फलस्वरूप हरियाणा का दक्षिणी क्षेत्र नियोजित विकास के उद्देश्य से राष्ट्रीय राजधानी क्षेत्र में शामिल है।

हरियाणा 23 जिलों के साथ भारत के उत्तरी क्षेत्र में एक राज्य है और देश का सत्रहवां सबसे लोकप्रिय प्रदेश है।

यह राज्य वैदिक सभ्यता और सिंधु घाटी सभ्यता का मुख्य निवास स्थान है। इस क्षेत्र में विभिन्न निर्णायक लड़ाइयाँ भी हुई हैं जिसमें भारत का अधिकतर इतिहास समाहित है। इसमें महाभारत का महाकाव्य युद्ध भी शामिल है। हिन्दू मतों के अनुसार महाभारत का युद्ध कुरुक्षेत्र में हुआ (इसमें भगवान कृष्ण ने भागवत गीता का वादन किया)। इसके अलावा यहाँ तीन पानीपत की लड़ाइयाँ हुई। ब्रितानी भारत में हरियाणा पंजाब राज्य का अंग था जिसे 1 नवंबर 1966 में भारत के 17वें राज्य के रूप में पहचान मिली। वर्तमान में खाद्यान और दुग्ध उत्पादन में हरियाणा देश में प्रमुख राज्य है। इस राज्य के निवासियों का प्रमुख व्यवसाय कृषि है। समतल कृषि भूमि निमज्जक कुओं (समर्सिबल पंप) और नहर से सिंचित की जाती है। 1960 के दशक की हरित क्रान्ति में हरियाणा का भारी योगदान रहा जिससे देश खाद्यान सम्पन्न हुआ।

प्रशासनिक आधार पर हरियाणा को 22 जिलों में विभाजित किया गया है, जो 6 मण्डलों में समूहबद्ध हैं। इन 22 जिलों में 72 सब-डिवीजन, 93 तहसील, 50 उप-तहसील, 140 सामुदायिक विकास खंड, 154 नगर तथा कस्बे, 6212 ग्राम पंचायत और 6841गांव हैं।

1 नवंबर 1966 को जब तत्कालीन पूर्वी पंजाब के विभाजन द्वारा हरियाणा राज्य की स्थापना हुई थी, तब राज्य में 7 जिले थे; रोहतक, जींद, हिसार, महेंद्रगढ़, गुड़गांव, करनाल तथा अंबाला। 2011 तक इन जिलों के पुनर्गठन के माध्यम से 14 नए जिले जोड़े जा चुके हैं।

वर्तमान में 23 जिले हैं, जिसमें गोहाना 23वां जिला घोषित किया गया है। अन्य 22 जिले अंबाला, भिवानी, चरखी दादरी, फरीदाबाद, फतेहाबाद, गुरुग्राम, हिसार, झज्जर, जींद, कैथल, करनाल, कुरुक्षेत्र, महेंद्रगढ़, नूह (मेवात), पलवल, पचकुला, पानीपत, रेवाड़ी, रोहतक, सिरसा, सोनीपत, यमुनानगर हैं।

हरियाणा भारत की स्वतंत्रता से पहले भारत की स्वत्रंता (15 अगस्त 1947) के बाद में बड़े क्रांतिकारी संघर्ष हुए हैं। महाभारत का कुरुक्षेत्र युद्ध, पानीपत की तीनों लड़ाईयां, रियासत कालीन समय, स्वत्रंतता के लिए संघर्ष और स्वतंत्रता के बाद एक अलग हरियाणा निर्माण कर गांव-गांव बिजली, सड़क और पानी की व्यवस्था एक मिशाल कायम की है।

इसके अतिरिक्त यह क्षेत्र संतों का क्षेत्र रहा है। जिसमे संत बाबा गरीबदास (1717-1778), संत निश्छल दास (1791-1863), भक्त फूल सिंह हरियाणा (1885 – 14 अगस्त 1942), जगदेव सिंह सिद्धान्ती (अहलावत) हरियाणा (1900 – 27 अगस्त 1979), स्वामी ओमानंद सरस्वती (1910-2003), स्वामी ताराचंद (राधास्वामी) (2 मार्च 1948 – 3 जनवरी 1997) आदि संतों का भी विशेष योगदान रहा है।

स्वतंत्रता आन्दोलन से पहले, और आन्दोलन के समय यह हरियाणा वीर भूमि के विशेष अतुलनीय योगदान रहे हैं। कान्हा रावत गांव बहीन (1640 -1684) तहसील हथीन जिला पलवल, राजा नाहर सिंह (तेवतिया) बल्लभगढ़ (1823 – 9 जनवरी 1858) तथा तत्कालीन जाट रियासतें जींद, कैथल, बल्लभगढ़, अंबाला, जगाधरी, सोहना, करनाल, हांसी आदि की भी विशेष भूमिकाएं रही थीं। हरियाणा के जवान, किसान, पहलवान, खान-पान आदि का भारत देश में अपना विशेष स्थान है।

हरियाणा में एक समय ऐसा भी था, जब तीन राम (छाजूराम, छोटूराम, नेकीराम) जैसे महान पुरुषों ने समाज में एक महत्वपूर्ण भूमिका निभायी, वे भी उस समय जब लोगो को कोई भी आशा की किरण दिखाई नहीं दे रही थी। इस अंधकारमय समाज में उजाला लाने एवं अंधकार को दूर करने और लोगो में नई की आशा जगाने का काम इन तीन महापुरुषों ने किया। इन तीनों में से एक और सबसे अग्रणी थे चौधरी सेठ छाजूराम जी।

याद रहे चौधरी छाजूराम नहीं होते तो चौधरी छोटूराम नहीं होते, यदि चौधरी छोटूराम नहीं होते तो इस राष्ट्र में जाट राष्ट्र नहीं होता, क्योंकि जमीन हमारी नहीं होती।

लेकिन नेकीराम नाम के दो व्यति थे। पंडित नेकीराम एक प्रमुख भारतीय स्वतंत्रता सेनानी और राजनीतिज्ञ थे, वहीं दूसरे नेकीराम लोककवि मास्टर नेकीराम सांग सम्राट सांग कला के पुरोधा थे। उनका जीवन परिचय भी इस पुस्तक में समाहित किया गया है।

इनके अतिरिक्त भी राम से सम्बन्धित कई नामों में से एक और नाम भी है वह नाम है राव बहादुर डॉ. रामधन सिंह हुड्डा, किसान-पुत्र, महान कृषि वैज्ञानिक, जिनके लिए भारत रत्न की मांग समय-समय पर उठती रही है।

एक और नाम राव तुलाराम है। वह हरियाणा में सन 1857 के भारतीय विद्रोह के नेताओं में से एक थे, जहाँ उन्हें राज्य का नायक माना जाता है।

एक और नाम है पंडित श्रीराम शर्मा हरियाणा, जो विख्यात स्वतंत्रता सेनानी, इतिहासकार एवं प्रसिद्ध पत्रकार थे।

चांदराम (जन्म – 23 जून 1923; मृत्यु - 15 जून 2015) एक भारतीय राजनीतिज्ञ और हरियाणा के पहले उपमुख्यमंत्री रहे थे।

पदमश्री अवार्डी कैप्टन चांदराम (जन्म - 26 जनवरी 1958)।

मास्टर चंदगी राम हरियाणा (जन्म - 9 नवंबर, 1937; मृत्यु - 29 जून, 2010) भारत के एक फ्री स्टाइल पहलवान थे। उन्होंने हिंद केसरी, भारत केसरी, भारत भीम, रुस्तम-ए-हिंद और महा भारत केसरी सहित सभी प्रमुख खिताब जीते थे।

दानवीर सर सेठ चौधरी छाजूराम जी (जन्म – 1861; मृत्यु -7 अप्रैल 1943)

आधुनिक युग में दानवीर सेठ चौधरी छाजूराम को अपने समय का भामाशाह, कुबेर का अवतार, हरिश्चन्द्र, दधीचि ऋषि और हरियाणा का कोहेनूर हीरा की उपमा दी गई है।

रहबर-ए-आजम, दीन बन्धु, राव बहादुर, सर चौधरी छोटूराम जी (जन्म - 24 नवम्बर 1881; मृत्यु - 9 जनवरी 1945)

भारत के पंजाब प्रांत के एक प्रमुख राजनेता एवं विचारक थे। उन्होने भारतीय उपमहाद्वीप के गरीबों के हित में काम किया। इस उपलब्धि के लिए, उन्हें 1937 में 'नाइट' की उपाधि दी गई। राजनीतिक मोर्चे पर, वह नेशनल यूनियनिस्ट पार्टी के सह-संस्थापक थे, जिसने स्वतंत्रता-पूर्व भारत में संयुक्त पंजाब प्रांत पर शासन किया और भारतीय राष्ट्रीय कांग्रेस और मुस्लिम लीग को दूर रखा।

बोलना ले सीख और दुश्मन को ले पहचान

हे मेरे जाट भाई, मेरी दो बात मान ले - पहली, बोलना ले सीख - दूजी, दुश्मन को ले पहचान। यह बात दीनबन्धु चौधरी सर छोटूराम ने अपने जीवन में बार-बार दोहराई।

चौधरी छोटूराम अपने हर भाषण से पहले यह शेर अवश्य कहा करते थे - **खुदी को कर बुलन्द इतना कि हर तकदीर से पहले खुदा बन्दे से खुद पूछे कि बता तेरी रजा क्या है।**

दीनबंधु चौधरी सर छोटूराम के लिए भारत रत्न की मांग समय-समय पर उठती रही है।

पंडित नेकीराम (जन्म - 4 सितंबर 1887- मृत्यु 8 जून 1956) एक प्रमुख भारतीय स्वतंत्रता सेनानी और राजनीतिज्ञ थे, जो ब्रिटिश औपनिवेशिक शासन के विरोध और भारत के स्वतंत्रता आंदोलन में उनके योगदान के लिए जाने जाते थे।

लोककवि मास्टर नेकीराम (जन्म - 6 अक्टूबर 1915; मृत्यु - 10 जून, 1996) सांग सम्राट सांग कला के पुरोधा थे।

परन्तु उपरोक्त के अतिरिक्त और भी राम हरियाणा से हुए हैं जिनके योगदान अविस्मरणीय हैं ।

पंडित श्रीराम शर्मा हरियाणा (जन्म 1 अक्टूबर, 1899; मृत्यु - 7 अक्टूबर 1989) पंडित श्रीराम शर्मा हरियाणा, विख्यात स्वतंत्रता सेनानी, इतिहासकार एवं प्रसिद्ध पत्रकार थे। दूसरे श्रीराम शर्मा जो गायत्री परिवार से सम्बन्धित थे। वह उत्तर प्रदेश से थे।, साहित्य लेखन, समाज सृजन में उनका भी अपना विशेष स्थान है।

राव तुलाराम (जन्म 9 दिसंबर 1825; मृत्यु - 23 सितंबर 1863) रेवाड़ी के राजा या सरदार थे।वह हरियाणा में सन 1857 के भारतीय विद्रोह के नेताओं में से एक थे, जहाँ उन्हें

राज्य का नायक माना जाता है।

चांदराम हरियाणा (जन्म – 23 जून 1923; मृत्यु - 15 जून 2015) एक भारतीय राजनीतिज्ञ और हरियाणा के पहले उपमुख्यमंत्री थे।

पदमश्री अवार्डी कैप्टन चांदराम (जन्म - 26 जनवरी 1958)।पदमश्री अवार्डी कैप्टन चांदराम (जन्म - 26 जनवरी 1958), जींद जिले के इकलौते पदमश्री अवार्डी कैप्टन चांदराम हैं। 20 किलोमीटर पैदल चाल में देश के स्टार खिलाड़ी रहे चांदराम ने 1984 में अमेरिका के लास एंजिल्स में हुए ओलंपिक खेलों में बतौर टीम कैप्टन देश का प्रतिनिधित्व किया था। ओलंपिक गेम्स समाप्त होने के बाद अमेरिका ने चांदराम को वहीं क्लब ज्वाइन करने का आफर दिया था। लेकिन देश सेवा के लिए यह आफर ठुकराकर वापस स्वदेश लौट आए।

मास्टर चंदगी राम हरियाणा (जन्म - 9 नवंबर, 1937; मृत्यु - 29 जून, 2010) भारत के एक फ्री स्टाइल पहलवान थे। उन्होंने हिंद केसरी, भारत केसरी, भारत भीम, रुस्तम-ए-हिंद और महा भारत केसरी सहित सभी प्रमुख खिताब जीते थे।

राव बहादुर डॉ. रामधन सिंह हुड्डा (जन्म-1 मई, 1891; मृत्यु - 17 अप्रैल, 1977) किसान-पुत्र, महान कृषि वैज्ञानिक, जिनके लिए भारत रत्न की मांग समय-समय पर उठती रही है।

उपरोक्त वर्णित महापुरुषों के जीवन परिचय के साथ उनके व्यक्तित्व, कृतत्व को उल्लेखित किया गया, जिससे यह जानकारी एक प्रेरणादायी बनी रहे, बस यही अपेक्षा है।

1

दानवीर सर सेठ चौधरी छाजूराम जी

दानवीर सर सेठ चौधरी छाजूराम जी

दानवीर सर सेठ चौधरी छाजूराम जी (जन्म – 1861; मृत्यु -7 अप्रैल 1943)

दानवीर सर सेठ चौधरी छाजूराम जी (जन्म – 1861; मृत्यु -7 अप्रैल 1943)

आधुनिक युग में दानवीर सेठ चौधरी छाजूराम को अपने समय का भामाशाह, कुबेर का अवतार, हरिश्चन्द्र, दधीचि ऋषि और हरयाणा का कोहेनूर हीरा की उपमा दी गई है।

जननी जने तो भक्त जने या दाता या शूर।

नहीं तो जननी बांझ रहे, काहे गंवावै नूर॥

महाकवि कालिदास ने महाराजा रघु के जन्म के विषय में अपने महाकाव्य रघुवंश में लिखा है – "भवो हि लोकाभ्युदयाय दाद्दशाम्" अर्थात् रघु जैसे महापुरुषों का जन्म संसार के

कल्याण के लिए होता है।

ठीक इसी प्रकार लोक कल्याण के लिए ही हमारे चरित नायक दानवीर सेठ चौधरी सर छाजूराम का जन्म सन् 1861 ई. में जाट लाम्बा वंश में अलखपुरा गांव (जिला भिवानी), तहसील बवानी खेड़ा में हुआ था। आपके पिता जी का नाम सालिगराम था। आपके पूर्वज झुझनूं के निकटवर्ती गोठड़ा से आकर यहां पर आबाद हुए थे। वहां से चलकर ढाणी माहू में बसे। ये लोग एक अंग्रेज की जमींदारी में सामान्य जीवन बिताते थे। आपके परदादा चौधरी थानाराम इसी गांव ढाणी माहू (भिवानी) में रहे थे। आपके दादा चौधरी मनीराम ढाणी माहू को छोड़कर सरसा में जा बसे। लेकिन कुछ दिनों बाद आपके पिता चौधरी सालिगराम सरसा से नारनौंद जिला जींद में आकर बस गए। किसी कारणवश सन् 1860 में आपके पिताजी नारनौंद छोड़कर अलखपुरा गांव में आकर बस गये। आपके पिता साधारण स्थिति के किसान थे। आपका बचपन माता-पिता के साथ ही अलखपुरा के ग्रामीण वातावरण में बीता। आपने प्रारम्भिक शिक्षा बवानी खेड़ा के स्कूल में प्राप्त की और छात्रवृति प्राप्त करते रहे।

भिवानी स्कूल से मिडल पास के बाद आपको रिवाड़ी के हाई स्कूल में दाखिल करवा दिया गया। दूसरे विषयों के अतिरिक्त आप संस्कृत, अंग्रेजी, महाजनी, हिन्दी, उर्दू में बहुत प्रवीण थे। परन्तु पारिवारिक परिस्थितियों वश दसवीं से आगे न पढ़ सके और शिक्षा यहीं पर रुक गई।

दानवीर सेठ चौधरी छाजूराम का हजारीबाग कलकता को प्रस्थान –

भिवानी में पढ़ते हुए आपका सम्पर्क यहां के आर्यसमाजी इंजीनियर श्री राय साहब शिवनाथ राय से हो गया जो आपकी मेहनत से खुश थे। अतः वे अपने साथ आपको हजारीबाग कलकता ले गये। आप घर रहकर इंजीनियर साहब के बच्चों को पढ़ाते रहे। उस समय आपकी आयु 20-22 वर्ष की थी। कुछ समय में ही आपका सम्पर्क यहां राजगढ़ के सेठ के साथ हो गया।

आप उस सेठ साहब के बच्चों को भी पढ़ाते रहे। उन दिनों कलकता में अधिकांश व्यापार पर मारवाड़ी सेठों का कब्जा था। मारवाड़ी लोग अंग्रेजी भाषा बहुत कम जानते थे। छाजूराम समय निकाल कर उन्हीं सेठों की व्यापार सम्बन्धी चिट्ठी आदि अंग्रेजी में लिख दिया करते थे। इस समय आपको सभी मुंशी जी तथा मास्टर जी के नामों से जानते थे।

कलकता में व्यापार सम्बन्धी लोगों की चिट्ठियां लिखते रहने के कारण आपको कुछ व्यापार सम्बन्धी बातों की विशेष जानकारी हो गई। कलकता में रहते हुए आप दलालों के साथ बाजार में चले जाते थे। उनकी बातचीत तथा कार्य व्यवहार बड़े ध्यान से देखते थे और कुशाग्र बुद्धि होने के कारण आपने दलालों की सब बातें समझ लीं।

व्यापार में प्रवेश – प्रभु की कृपा का विश्वास करके आपने पुरानी बोरियों का काम शुरु किया। दिन रात के कठोर परिश्रम के कारण आय में विशेष वृद्धि होने लगी। कुछ समय के बाद नई बोरियों की दलाली तथा क्रय-विक्रय आरम्भ कर दिया। इस प्रकार आपने काफी

धन कमाया और शीघ्र ही बड़े दलालों में गिनती होने लगी।

कुछ समय बाद ही आपको Andre Wyule and Company (एण्डरुयूल एण्ड कम्पनी) में दलालों का काम मिल गया। इस कम्पनी से आपको 75 प्रतिशत दलाली मिलती थी। जबकि दूसरे दलालों को केवल 25 प्रतिशत ही दलाली मिलती थी। यह अंग्रेज कम्पनी थी जिसमें जूट का कारोबार था।

जिस समय आपने दलाली का काम शुरु किया, आप एक ब्राह्मण के ढाबे पर रोटी खाते थे तथा उसका महीना भर में हिसाब कर देते थे। सामाजिक स्थिति इतनी बिगड़ चुकी थी कि ब्राह्मण और महाजन साहूकार ही सब कुछ थे। उनके विरुद्ध बोलने की तथा सत्य कहने की भी किसी में हिम्मत नहीं होती थी। हरिजन आदि की तो बात क्या, जाट को भी अछूत समझा जाता था।

जिस ब्राह्मण ढाबे पर आप रोटी खाते थे, वहीं पर भोजन करने वाले महाजनों और ब्राह्मणों ने उस ढाबे के स्वामी को मिलकर कहा कि एक जाट का लड़का हमारे साथ बैठकर भोजन करे, यह हमें स्वीकार नहीं। या तो आप इस जाट युवक को यहां भोजन खिलाना बन्द कर दें अन्यथा हम सब तुम्हारे ढाबे से भोजन करना स्वयं ही छोड़ देंगे।

ढाबे के मालिक ने अगले रोज युवक छाजूराम को सब बातें बताईं और भोजन खिलाने में असमर्थता प्रकट की। युवक छाजूराम सब समझ गये। बहुत ऊँचा उठने का दृढ़ संकल्प किया। एक लखपति करोड़पति सेठ महाजन से तथा ब्राह्मण से भी ऊँचा सम्मान पाने की तथा अपनी जाति को ऊपर उठाने की तीव्र लालसा जाग उठी। युवक छाजूराम ने अन्य किसी ढाबे पर भोजन का प्रबन्ध कर लिया।

आप धीरे-धीरे कलकता में कम्पनियों के हिस्से (Share) खरीदते रहे और बड़े-बड़े व्यापारियों की गिनती में आ गये। कुछ ही समय बाद आपने कलकता में जूट का कारोबार पूर्ण रूप से अपने हाथ में ले लिया। कलकता की मार्केट में आप 'जूट किंग' ('Jute King') (पटसन का बादशाह) के नाम से विख्यात हो गये। देश के बड़े करोड़पतियों में आपकी गणना होने लगी। आप कलकता की 24 कम्पनियों के सबसे बड़े शेयर होल्डर (Share Holder) हिस्सेदार थे। जिसमें से दस एण्डरुयल एण्ड कम्पनी, दो ओबाराहर्टो, दस बर्ड एण्ड कम्पनी और दो जार्डन एण्ड कम्पनी की थीं।

एण्डरुयल एण्ड कम्पनी की 10 और बिड़ला ब्रदर्स की कुल 12 कम्पनियों (मिलों) के आप निर्देशक (Director) थे। आप पंजाब नेशनल बैंक के निर्देशक भी बने परन्तु बाद में त्यागपत्र दे दिया। आपको इन हिस्सों के कारण 16 लाख रुपये प्रतिवर्ष लाभांश (Dividend) भाग मिलता था। आपका व्यापार चरम सीमा तक पहुंच गया था। करोड़ों रुपया बैंकों में जमा था।

24 कम्पनियों के 75 प्रतिशत हिस्से (Share) आपके थे। हिसार में 5 सम्पूर्ण गांव आपके थे। अलखपुरा और शेखपुरा में दो शानदार महल खड़े हैं। कलकता में आलीशान कोठियों के अतिरिक्त शानदार वैभवयुक्त दर्शनीय एक अतिथि भवन था जो उन दिनों 5

लाख रुपये की लागत से बना था।

आपने लाखों रुपयों में कई गांवों की जमींदारी का विशाल भू-भाग खरीदकर विशाल जमींदारी अलखपुरा पैतृक जन्म स्थान के आसपास बनाई।

आपकी विशाल जमींदारी को लोग अलखपुरा रियासत तक कह दिया करते थे। आपकी गणना भारतवर्ष के बड़े-बड़े करोड़पति सेठों में की जाती थी। आपके पास वैसे तो अनेकों बहुमूल्य वस्तुएं थीं किन्तु एक कार जिसका नाम "रोल्स-रॉयस" था वह उन दिनों में एक लाख रुपये की खरीदी थी। कलकत्ता में सबसे पहले इस कीमती कार को आपके सुपुत्र श्री सज्जनकुमार ही लाए थे।

वे ही इस कार में बैठकर प्रायः बाहर जाया करते थे। किन्तु आप तो अपनी साधारण कार में ही बाहर जाया करते थे। कलकत्ता आपकी सब प्रकार की धार्मिक, सामाजिक, राजनैतिक गतिविधियों का केन्द्र बन गया। व्यापार की सफलता और दानशीलता ने आपका मान और प्रतिष्ठा बढ़ा दी।

आप कलकत्ता में ही नहीं अपितु भारतवर्ष के गणमान्य व्यक्तियों की कतार में आ खड़े हुए। आप एक आदर्श व्यापारी थे। आपकी सफलता का कारण आपकी निष्ठा और व्यापार व उद्योग को स्वस्थरूप से बढ़ाना था।

आपने अद्वितीय ख्याति एक प्रबुद्ध ईमानदार और सफल व्यापारी तथा उच्चकोटि के दानी के रूप में प्राप्त की। आपने ईमानदारी व नेक नियति से कमाई हुई अतुल धन दौलत का दिल खोलकर उदारता से दान भी किया। आप जितना अधिक दान दिया करते थे, उससे कई गुना अधिक लाभ भगवान् आपको देता था। आप ईश्वर सत्ता में दृढ़ विश्वास (आस्तिक होना) रखते थे।

यौवन काल, विवाह तथा सन्तति – आप नवयुवक होकर भी चंचलता रहित रहे। जब चरित नायक दानवीर सेठ सर चौधरी छाजूराम ने यौवन में प्रवेश किया तब उनका प्रत्येक सुन्दर अंग और भी सुन्दरता से पूर्ण हो गया था। आपका शरीर प्रकृति से ही सुन्दर था और यौवनावस्था में प्रवेश करके तो अत्यधिक अंगलावण्य से निखर उठा और सुन्दरता, चेहरे पर लालिमा बड़ी आयु होने पर बुढ़ापे तक भी झलकती थी।

यौवनकाल के बसन्तकाल में आपने भी प्राचीन ग्रामप्रथा के अनुसार गृहस्थाश्रम में प्रवेश किया। आपका विवाह डोहकी (दादरी तहसील) ग्राम की सुन्दर कन्या से हुआ। विवाह के कुछ दिनों के बाद हैजे की बीमारी के कारण उसका स्वर्गवास हो गया और उससे कोई सन्तान नहीं हुई।

तत्पश्चात् दूसरा विवाह विलावल (भिवानी) गांव की बुद्धिमती कन्या लक्ष्मीदेवी से सन् 1890 के आसपास हुआ। आप साक्षात् ही लक्ष्मी का रूप बनकर आई। उसका स्वर्गवास 19 मार्च 1973 को हुआ। इस दिव्य दम्पती से जाट क्षत्रिय जाति को 6 सन्तानें प्राप्त हुईं।

कमला देवी लड़की बचपन में ही स्वर्गधाम चली गई। आपने जिसकी याद में "लेडी हैली हास्पिटल" (Lady Haily Hospital) भिवानी में बनवाया था। दो लड़के महेन्द्रकुमार तथा

प्रद्युम्नकुमार आजकल दिल्ली, कलकत्ता, अलखपुरा और शेखपुरा की कोठियों में रहते हैं। उनकी दूसरी पुत्री सावित्रीदेवी भारतवर्ष के प्रसिद्ध डा. भूपालसिंह मेरठ निवासी के सुपुत्र डा. नौनिहालसिंह से विवाही गई थी।

जीवन्त पर्यन्त सर छाजूराम ने गृहस्थ धर्म का पालन किया। घर पर आने वाले मेहमानों की भीड़ लगी रहती थी जिनकी अच्छी खातिरदारी होती थी। ऋषि दयानन्द सरस्वती द्वारा निर्दिष्ट गृहस्थ आश्रम के कर्म-काण्ड पांच महायज्ञ प्रतिदिन किये जाते थे। जब कभी कोई दुखिया आता था तो वह द्वार से खाली हाथ न लौटता था। धार्मिक विद्वानों तथा आर्य संन्यासियों को आपका बड़ा सहारा था।

वैदिक धर्म की शिक्षाओं तथा आर्यसमाज के सिद्धान्तों का आपके जीवन पर गहरा प्रभाव पड़ा जो जीवन भर बना रहा। आर्यसमाज और सर छाजूराम में चोली-दामन का सा गहरा सम्बन्ध रहा है।

दानवीर सेठ चौधरी छाजूराम की दान योग्यता

1. आपने आर्यसमाज की सैंकड़ों संस्थाओं में दान दिया। आर्यसमाज के उच्चकोटि के त्यागी तपस्वी सन्त स्वामी श्रद्धानन्द जी ने गंगा के किनारे हरिद्वार में गुरुकुल कांगड़ी की स्थापना की। सेठ चौधरी छाजूराम ने उस गुरुकुल कांगड़ी विश्वविद्यालय के भवन बनवाने में काफी धनराशि दान में दी।

2. कर्मवीर डॉ. संसारसिंह जी ने कन्या गुरुकुल कनखल की स्थापना की। इनकी संस्था में भी आपने कन्या शिक्षा प्रसार हेतु सबसे बड़ी धनराशि भवन निर्माणार्थ दान में दी।

3. गुरुकुल वृन्दावन, वोलपुर आदि शिक्षण संस्थाओं में भी आप द्वारा दी गई दानार्थ धनराशि आज भी पत्थरों पर अंकित है। आप द्वारा दिया गया दान भारतवर्ष के विभिन्न भागों में उच्चकोटि की शिक्षण संस्थाओं के रूप में फल-फूल रहा है।

4. बंगाल में आर्यसमाज का विस्तार करने के लिए दानवीर सेठ छाजूराम ने आर्यसमाज के प्रचारार्थ अतुल धनराशि तो खर्च की ही थी तथा आर्य कन्या विद्यालय बनवाने में 50,000 की धनराशि भी दान दी। कलकत्ता में आर्यसमाज कार्नवालिस स्ट्रीट और आर्य महाविद्यालय के लिए 50,000 रुपये दान दिये। कलकत्ता में आप आर्यसमाज के उत्सवों कार्यक्रमों में सक्रिय भाग लेते थे। वहां महात्मा हंसराज, स्वामी श्रद्धानन्द जैसे अनेक त्यागी तपस्वी आर्यनेताओं से आपका गहरा सम्पर्क व मित्रता हो गई।

5. जिन दिनों डी.ए.वी. कॉलिज लाहौर आर्थिक संकट से गुजर रहा था, उन दिनों सेठ. जिसके बनाने में 5 लाख रुपये की धनराशि सेठ चौधरी छाजूराम ने लगाई थी।

छाजूराम के पास कलकत्ता में उनके मित्र श्री लखपतराय एडवोकेट, बाबू चूड़ामणि, डॉ. रामजीलाल आदि महात्मा हंसराज जी के परामर्श के बाद पहुंचे। इस मित्रमण्डली को आया देखकर आप अत्यधिक प्रसन्न हुए। इन्होंने पहले सेठ छाजूराम से 21 हजार और फिर 31 हजार रुपये मांगने का विचार किया। धन्य है दानवीर सेठ छाजूराम जिसने 31 हजार की मांग पर भी 50 हजार रुपये डी.ए.वी. कॉलिज लाहौर के लिए इस मित्रमण्डली को दानार्थ

दिये।

6. सन् 1916 में सेठ चन्दूलाल जी का स्वर्गवास हो गया। मित्रमण्डली ने निश्चय किया कि सेठ चन्दूलाल की स्मृति में एक संस्था कायम की जाये। प्रमुख व्यक्तियों ने सन् 1918 में उनकी स्मृति में सी.ए.वी. हाई स्कूल संस्था विधिवत् प्रारम्भ कर दी। सेठ छाजूराम ने इसी संस्था के छात्रावास (बोर्डिंग हाउस) के लिए 67,000 रुपये की राशि देकर अपने ही इंजीनियरों की देख-रेख में बनवाया। इसके अतिरिक्त आपने 60,000 रुपये छात्रों को छात्रवृत्ति के लिए तथा 25,000 रुपये स्कूल भवन के लिए दान दिये। इस प्रकार कुल डेढ़ लाख रुपये अकेले इस दानवीर ने दानार्थ दिये।

7. एक बार किसी राजनैतिक उद्देश्य से लाला लाजपतराय कलकता में चन्दा इकट्ठा करने हेतु पहुंचे और सदा की तरह सेठ छाजूराम की कोठी में उनके साथ ठहरे। सभा का आयोजन किया गया और उस सभा में दान की अपील की गई। लाला लाजपतराय ने अपनी इच्छा से बाबूजी के नाम से 200 रुपये दान सुना दिया। सेठ छाजूराम खड़े होकर बोले कि सम्माननीय ला. लाजपतराय जी आपने जो मेरे नाम से 200 रुपये सुनाये हैं वह ठीक नहीं, क्योंकि मैं 2000 का संकल्प करके रुपये लेकर सभा में आया हूं। सेठ जी ने 2000 रुपये दान देकर अपना संकल्प पूरा किया।

8. जिस प्रकार प्रथम महायुद्ध में गांधीजी ने अंग्रेजों को सहायता देने का वचन दिया था, उसी तरह सेठ चौधरी छाजूराम ने प्रथम महायुद्ध सन् 1914 में सरकार को 'युद्ध फंड' (War Fund) में 1,40,000 रुपये का योगदान दिया और सरकार को 'युद्ध ऋण' (War Loan) में कई हजार रुपये देकर मदद के और स्वयं के प्रति तथा कुछ अंश में आर्यसमाज के प्रति सरकार के शक को ठीक नीति से दूर करके यह सिद्ध कर दिया कि आर्य "वसुधैव कुटुम्बकम्" पर विश्वास करते हैं।

9. आपने अतिथि भवन कलकता में सैण्ट्रल ऐवन्यू पर 5 लाख रुपये की लागत से बनाया था जहां पर दीन-दुखियों अथवा प्रेमी मित्रों का शानदार स्वागत होता था।

10. आपने अलखपुरा में आर्यसमाज की स्थापना की। आर्यसमाज के संगठन के माध्यम से गांवों के गरीब मज़दूर किसानों को भ्रातृभाव से रहने और आर्य बनने की प्रेरणा दी जिसके लिए अपने बड़े धनराशि खर्च की। जिसका प्रभाव यह हुआ कि आज तक भी कभी अलखपुरा गांव में सांग नहीं हो सका है।

11. आप जाट महासभा तथा आर्यसमाज के नियमों का पालन किया करते। आपने दहेज-प्रथा का डटकर विरोध किया। अपनी सुपुत्री सावित्रीदेवी के शुभ विवाह पर केवल 101 रुपया दान दिया तथा कन्यादान में किसी भी व्यक्ति से एक रुपये से अधिक दान नहीं लिया।

12. सेठ चौधरी छाजूराम की मित्रता अंग्रेजों की झूठी पत्तल चाटने वाले अंग्रेजों के दासों से नहीं थी अपितु देशभक्त, आंदोलनकारी, विद्रोही, क्रांतिकारी आर्य पुरुषों से थी।

इसका एक ठोस प्रमाण यह भी है कि जब देशभक्त वीर भगतसिंह सिन्धु गोत्री सिक्ख जाट ने 17 दिसम्बर 1928 ई. को सांडर्स को अपने रिवाल्वर की गोली से मारकर लाला लाजपतराय की मौत का बदला ले लिया, तब वह वीर पुलिस की आंखों में धूल झोंककर लाहौर से रेलगाड़ी द्वारा कलकत्ता पहुंचा और वहां वह सीधा सेठ चौधरी छाजूराम के पास चला गया। ऐसे संकटकाल में आपने वीर भगतसिंह को ढ़ाई-तीन महीने तक अपनी कोठी में ऊपरवाली मंजिल में छिपाकर रखा।

13. नेताजी सुभाषचन्द्र बोस और पं. मोतीलाल नेहरु का स्वागत – सेठ चौधरी छाजूराम पंजाब में जमींदार लीग की ओर से सन् 1926 में एम.एल.सी. बनकर राष्ट्रीय नेताओं से अधिक निकट सम्पर्क में आ चुके थे। सन् 1928 में पण्डित मोतीलाल नेहरु कांग्रेस दल के प्रधान बनाये गये थे। वे कलकत्ता में पधारे और नेताजी सुभाषचन्द्र बोस से मिले। उस समय सेठ छाजूराम के नेताजी से अच्छे सम्बन्ध बन चुके थे। कांग्रेस पार्टी की सहायता के लिए नेताजी ने पं. मोतीलाल नेहरु को कुछ धनराशि भी जनता की ओर से भेंट की। इस अवसर पर सेठ छाजूराम जी ने पं. मोतीलाल नेहरु का हार्दिक स्वागत किया और नेताजी सुभाषचन्द्र बोस को कांग्रेस पार्टी के चन्दे में अपनी तरफ से 5,000 रुपये दान के रूप में दिये। इसके बाद तो नेताजी से सेठ छाजूराम जी के सम्बन्ध और अधिक घनिष्ठ बन गये। अन्य ऐसे अवसरों पर जब भी कभी नेताजी सुभाषचन्द्र बोस, पं. मदनमोहन मालवीय, गांधी जी, जवाहरलाल नेहरु, सरदार पटेल, राजगोपालाचार्य, कृपलानी, जितेन्द्रमोहनसेन गुप्त (मेयर कलकत्ता) तथा उनकी श्रीमती नेलीसेन गुप्ता आदि अनेक गणमान्य व्यक्तियों एवं नेताओं को किसी देशहित अथवा समाज कल्याण के कार्यों के लिए धन की आवश्यकता हुई तो सहायता चाहने पर सेठजी ने दिली इच्छा से धनराशि दानार्थ दी। सेठजी के जीवन पर्यन्त इन सबसे अच्छे सम्बन्ध बने रहे।

14. महात्मा हंसराज के शिष्य नवयुवक भानीराम रोहतक जिले में जाट हाई स्कूल खोलने का निश्चय कर चुके थे। किन्तु वे चेचक की बीमारी से अचानक चल बसे और यह कार्य प्राण त्यागते समय अपने मित्र चौ. बलदेवसिंह को सौंप गये। चौधरी बलदेवसिंह भी डी.ए.वी. कॉलिज लाहौर में पढ़े थे। उन्होंने इस कार्य के लिए जीवन दान करने की घोषणा की और असंख्य जाटों ने धन से सहयोग दिया। सेठ जी ने स्वयं भी जीवनपर्यन्त इस संस्था की सहायता की। सेठ जी के मित्र हिसार के डा. रामजीलाल और उनके भाई चौधरी मातुराम (गांव सांघी जिला रोहतक) तथा चौधरी छोटूराम आदि के प्रयत्नों से 26 मार्च, सन् 1913 में जाट हाई स्कूल रोहतक की नींव रखी गई। सन् 1913 से 1921 ई. तक चौधरी छोटूराम इसकी प्रबन्धकर्तृ सभा के सचिव रहे। सैनिकों से धन मांगने में चौधरी छोटूराम ने बहुत प्रयत्न किया और उनसे काफी धनराशि प्राप्त की और गांव-गांव घूमकर खूब चन्दा इकट्ठा किया। सन् 1916 में इसी जाट हाई स्कूल रोहतक का वार्षिक उत्सव हुआ।

इस अवसर पर सेठ छाजूराम जी को भी निमन्त्रित किया गया था। उस समय स्कूल की सहायता के लिए आम जनता से अपील की गई। जब लोग अपनी शक्ति के अनुसार 5-5,

10-10 रुपये बढ़ चढ़कर देने लगे तो सेठ चौधरी छाजूराम ने खड़े होकर अपनी ओर से 61 हजार रुपये दान देने की घोषणा की।

इसके साथ ही यह भी ऐलान किया कि जाट हाई स्कूल रोहतक का जो भी छात्र दसवीं कक्षा की परीक्षा में प्रथम नम्बर पर आयेगा उसे एक सोने का मैडल उनकी तरफ से भेंट किया जाएगा। मैडल के अतिरिक्त आगे कॉलिज में पढ़ने के लिये 12 रुपये मासिक छात्रवृति भी देने के लिए कहा।

उसी वर्ष होने वाली हाई स्कूल की परीक्षा में सूरजमल नामक होनहार छात्र प्रथम नम्बर पर आया और सोने का मैडल प्राप्त करने में सफल रहा। वह मैडल आज भी उनके पास मौजूद है। यह सूरजमल गांव खांडा जिला हिसार निवासी थे जो निरन्तर कई वर्षों तक संयुक्त पंजाब की विधान सभा के सदस्य तथा मन्त्री पद पर जमींदार पार्टी की ओर से रहे। इसके अतिरिक्त वह कई वर्षों तक महाराजा भरतपुर के प्रधान मन्त्री भी रहे।

1. चौधरी भानीराम गंगाना गांव (जिला सोनीपत) के निवासी थे। 2. चौधरी बलदेवसिंह का गांव हुमायूंपुर (जिला रोहतक) और आप धनखड़ गोत्र के जाट थे।

15. दानवीर सेठ छाजूराम ने जाट स्कूल खेड़ा गढ़ी (दिल्ली) के आधे से ज्यादा भवन अपने सात्विक दान से बनाए जिसका प्रमाण आज भी उन भवनों की दीवारों पर अंकित पत्थर पर है।

16. इण्टर कॉलिज बड़ौत (मेरठ) को आपने बहुत बड़ी राशि सहायतार्थ प्रदान की थी।

17. जिन दिनों पं. मदनमोहन मालवीय जी ने बनारस में हिन्दू विश्वविद्यालय की स्थापना की, उन दिनों वे धन इकट्ठा करने हेतु कलकता पहुंचे। वे सेठ छाजूराम जी के पास भी गए। सेठजी ने उन्हें बड़े सम्मान के साथ 11,000 रुपये दान दिया। अब तक कलकत्ता में इतनी बड़ी धनराशि उन्हें किसी से भी न मिली थी।

18. सेठ चौधरी छाजूराम जी ने इन्द्रप्रस्थ महाविद्यालय में 50,000 रुपये दानार्थ दिये।

19. स्वामी केशवानन्द (जन्म ढाका गोत्री जाट परिवार में) द्वारा संचालित जाट हाई स्कूल संगरिया को 50,000 रुपये की धनराशि सेठ छाजूराम ने दान में दी। इसके अतिरिक्त एक अन्य अवसर पर 15,000 रुपये दानार्थ देकर आप ने इस स्कूल में विशाल कूप बावड़ी का निर्माण करवाया जिससे पीने के पानी की समस्या का समुचित प्रबन्ध हो गया।

20. सन् 1924-25 में जाट हाई स्कूल हिसार की स्थापना के लिए 4 लाख रुपये दान देकर स्कूल की शिक्षा के लिए विशाल भवन बनवाये। साथ ही छात्रों की सुविधा के लिए शानदार छात्रावास का भी निर्माण करवाया।

21. अखिल भारतीय जाट महासभा की स्थापना सन् 1906 में मुजफ्फरनगर (उत्तरप्रदेश) में हुई। इस जाट महासभा ने देश की स्वतन्त्रता के लिए क्षत्रिय जाट जाति में देशव्यापी कार्यक्रमों द्वारा नवचेतना व स्फूर्ति प्रदान पैदा की। दानवीर सेठ छाजूराम ने एक बार तत्कालीन अखिल भारतवर्षीय जाट महासभा के अधिवेशन का 10,000 रुपये सम्पूर्ण व्यय स्वयं दिया था।

22. सन 1925 में अखिल भारतवर्षीय जाट महासभा के पुष्कर अधिवेशन पर जिसके सभापति जाट महाराजा श्रीकृष्णसिंह भरतपुर नरेश थे, उसका सभी व्यय लगभग 5000 रुपये सेठ चौधरी छाजूराम जी ने दिया। इस सम्मेलन में दिल्ली जाट कुमार सभा के प्रधान युवक लाजपतराय तथा अन्य सदस्य जो उन दिनों कॉलिजों में पढ़ा करते वे सभी नवयुवक सम्मिलित हुए थे। अखिल भारतवर्षीय जाट महासभा की शाखाएं आगे चलकर उत्तरप्रदेश, हरयाणा, पंजाब तथा राजस्थान में फैल गई थीं। दिल्ली जाट कुमार सभा के सदस्य कॉलिज के छात्रों ने एक बार दिल्ली में सेठ चौधरी छाजूराम जी का शानदार स्वागत एक होटल में प्रीतिभोज देकर किया। उस समय भी जाट कुमार सभा के खर्च के लिए 2,500 रुपये सेठ जी ने दानार्थ दिए तथा युवकों को देश व जाति सेवा की प्रेरणा दी।

इस प्रकार के संगठनों द्वारा पैदा की गई चेतना का नतीजा यह निकला कि अगले कुछ वर्षों में ही जाटबहुल प्रत्येक जिले में जाटों के हाई स्कूल और छात्रावास स्थापित हो गए जिनकी स्थापना में सेठ जी दान देने में किसी से पीछे न रहे। अनेक स्थानों में स्वयं भी छात्रावास स्थापित किए। उदाहरणार्थ पिलानी में स्वयं एक विशाल छात्रावास बनवाया ताकि निर्धन छात्र सुव्यवस्थित ढंग से निःशुल्क शिक्षा प्राप्त कर सकें।

23. रवीन्द्रनाथ टैगोर चकित रह गए – जिन दिनों रवीन्द्रनाथ टैगोर अपने शान्ति निकेतन विद्यालय का वार्षिक उत्सव मना रहे थे, उन दिनों कलकता के बड़े-बड़े सेठों को उत्सव में पधारने के लिए निमन्त्रण दिया। परन्तु सेठ चौ. छाजूराम को शायद छोटा व्यापारी समझकर निमन्त्रण नहीं दिया। सेठ छाजूराम अपने घनिष्ठ मित्र सेठ बिड़ला जी के कहने पर उनके साथ इस शुभ कार्य के अवसर पर चले गए। उत्सव में कुछ सांस्कृतिक, साहित्यिक कार्यक्रमों के बाद ठाकुर रवीन्द्रनाथ टैगोर झोली बनाकर चन्दा, दान मांगने के लिए सबके आगे घूमे। बड़े-बड़े सेठों ने कागज पर धनराशि लिखकर उनकी झोली में भेंट कर दी। सबसे बाद में टैगोर साहब आपके पास भी गये। तब आपने टैगोर जी से नम्रता से कहा कि इनमें से जो सबसे अधिक दान वाली पर्ची है उसे निकालने की कृपा करें।

पर्चियां देखी गईं, जिनमें सबसे अधिक राशि वाली पर्ची सेठ बिड़ला जी की 5,000 रुपये की थी। देखते ही दानवीर सेठ चौधरी छाजूराम ने 20,000 रुपये की राशि भेंट कर दी और सब पर्चियां वापिस करवा दीं तथा स्वयं खड़े होकर उन सबसे दुगुनी धनराशि मांगी। यह सब देखकर टैगोर जी चकित रह गये। तत्पश्चात् वहीं पर ही आपकी टैगोर जी ने भूरि-भूरि प्रशंसा की।

24. महात्मा गांधी जी को आशा से अधिक दान दिया – कलकता में श्री चितरंजनदास की स्मृति में एक स्मारक बनाने के लिए धनराशि एकत्रित की जा रही थी। स्वयं महात्मा गांधी भी इसके लिए प्रयास कर रहे थे। जब गांधी जी कलकता में बड़े-बड़े धनिक लोगों से दान मांग रहे थे तो उसी समय चन्दा इकट्ठा करने वाली दूसरी पार्टी वाले व्यक्ति सेठ छाजूराम जी के पास भी गए। सेठ जी ने उन्हें 11,000 रुपये चन्दा रूप में दिए। महात्मा गांधी जी जितना धन कलकता से एकत्रित करना चाहते थे उसमें अभी 10,000 रुपये की कमी रहती

थी। गांधी जी ने यह चर्चा सेठ बिड़ला जी के सामने की। वह तो पहले ही काफी बड़ी धनराशि चन्दे के रूप में दे चुके थे। सेठ बिड़ला ने गांधी जी को बताया कि केवल सेठ चौधरी छाजूराम जी इस कमी को पूरा कर सकते हैं। महात्मा गांधी उनके पास पहुंचे और उनको बताया कि केवल कलकता से पांच लाख तथा अन्य दूसरे नगरों से पांच लाख, कुल दस लाख रुपए की धनराशि मिली है और दस हजार रुपए की कमी बतलाई। दानवीर सेठ चौधरी छाजूराम ने सुनते ही 10,000 रुपये नकद गांधी जी को भेंट कर दिए।

बात कर ही रहे थे कि सेठ जी अपनी कोठी के अन्दर गए और बाहर आकर 5,000 रुपये की और अतिरिक्त धनराशि महात्मा जी की सेवा में यह कहते हुए अर्पित कर दी कि आपने यहां पधार पर मेरे निवास स्थान को पवित्र किया है। इस प्रकार कुल 26,000 रुपये सेठ छाजूराम जी ने उस स्मारक के लिए दान दिए जो कलकता में एक व्यक्ति की दानार्थ दी गई सबसे बड़ी धनराशि थी। इसके अतिरिक्त भी इस दानवीर ने गांधी जी की अपीलों पर स्वतन्त्रता प्राप्ति के उद्देश्य से चलाए गए गांधी जी के सत्याग्रहों, आंदोलनों तथा जनहित के अन्य कार्यों में अनेक अवसरों पर सहायतार्थ दान देकर सहयोग किया।

25. सेठ चौधरी छाजूराम ने अपनी पुत्री कमला की स्मृति में जो कि बाल्यावस्था में ही प्रभु को प्यारी हो गई थी, भिवानी में पांच लाख रुपए की लागत से लेडी हेली हॉस्पिटल (Lady Hailly Hospital) बनवाया। इस अस्पताल के बनने से भिवानी तथा आस-पास के इलाके के सभी लोगों को विशेषकर गरीब लोगों को बड़ा लाभ हुआ। सेठ जी इस अस्पताल का सारा खर्च स्वयं अपनी ओर से देते थे। यहां किसी भी प्रकार के मरीज से दवाओं के लिए कोई भी पैसा नहीं लिया जाता था। जहां कहीं भी धर्मार्थ हस्पताल का निर्माण हुआ और सेठ जी को पता चलता, उसके लिए यथाशक्ति धन से सहायता करते थे।

26. मिराण गांव में विशाल जलकुण्ड का निर्माण – हरियाणा में मिराण गांव तोशाम से सिवानी मार्ग पर स्थित है। इस गांव के निवासी पीने का पानी ऊंटों पर कई-कई कोस से लाया करते थे। वर्षा का इकट्ठा किया हुआ पानी बहुत जल्दी सूख जाता था। इस गांव के कुछ व्यक्ति सेठ चौधरी छाजूराम जी के पास पहुंचे और यह सारा कष्ट सुनाया। सेठ जी ने शीघ्र ही कई हजार रुपये की लागत से मिराण गांव में एक विशाल पक्का जलकुण्ड (जलगृह) का निर्माण करवा दिया जिससे हजारों मनुष्यों, पशु पक्षियों के जीवन की रक्षा हुई। यह जलकुण्ड आज भी सेठ जी की स्मृति को ताजा कर रहा है।

27. वैदिक एवं लौकिक साहित्य के प्रति जागरूक – महर्षि दयानन्द सरस्वती अपने जीवन में चारों वेदों का भाष्य करना चाहते थे किन्तु अधूरा छोड़कर स्वर्गवासी हो गए। दानवीर सेठ छाजूराम ने वैदिक वाङ्मय के विद्वान् आर्य जाति के विख्यात संन्यासी आर्य मुनि जी को वेदों का भाष्य लिखने को कहा। आर्य मुनि जी ने सन् 1910 के आसपास वेदों का भाष्य अजमेर में लिखना आरम्भ किया। वेदों के भाष्य को प्रकाशित करने के लिए धन की आवश्यकता थी। सेठ छाजूराम जी ने स्वेच्छा से वेदों के भाष्य की छपाई आदि का सम्पूर्ण व्यय आर्य मुनि जी को दिया।

डा. कालिकारंजन कानूनगो ने जाट इतिहास अंग्रेजी भाषा में लिखा जिसका प्रकाशन 30 अप्रैल सन् 1925 में किया गया था। इसका सम्पूर्ण व्यय सेठ चौधरी छाजूराम ने दिया था। इससे उनका लेखकों, कवियों, साहित्यकारों को सहयोग देना प्रकट होता है और यह भी पता चलता है कि सेठ जी को क्षत्रिय जाट जाति के इतिहास के प्रचार व प्रसार में भी विशेष दिलचस्पी थी।

28. दीनबन्धु चौधरी सर छोटूराम का सम्पर्क में आना – एक बार सेठ छाजूराम जी कलकता से अलखपुरा आ रहे थे। गाजियाबाद स्टेशन पर गाड़ी रुकी। वहां युवक छोटूराम ने आपको तम्बाकू डालकर अपनी कली पिलाई। सेठ जी ने युवक से पूछकर सब बातें मालूम कर लीं। युवक छोटूराम भी मेरठ के रास्ते से लाहौर जाने के लिए उसी रेलगाड़ी में सफर कर रहा था। उन्हें पता चला कि छोटूराम ने एफ.ए. की परीक्षा दे रखी है और आगे पढ़ने के लिए पैसे की कमी के कारण असमर्थ है। यह भी पता चला कि छोटूराम पढ़ने में बड़ा प्रवीण है। दानवीर सेठ छाजूराम ने स्वयं ही युवक छोटूराम को कहा कि अगर संस्कृत लेकर बी.ए. करना चाहो और डी.ए.वी. कॉलिज लाहौर में दाखिल होने को तैयार हो तो मैं तुम्हारी पढ़ाई का खर्च देता रहूंगा। छोटूराम ने बड़ी खुशी से कृतज्ञतापूर्ण स्वर में सेठ जी का प्रस्ताव स्वीकार कर लिया।

जब एफ.ए. परीक्षा का नतीजा आया तो छोटूराम अच्छे अंक प्राप्त करके पास हो गये। तब उसने सेठ जी को लिखा, मैं संस्कृत लेकर ही बी.ए. में प्रविष्ट हो रहा हूं किन्तु लाहौर की अपेक्षा दिल्ली में पढ़ने में मुझे सहूलियत रहेगी, क्योंकि यहां जिला बोर्ड से भी छात्रवृति मिलने की सम्भावना है। उचित आदेश से सूचित करें।

सेठ छाजूराम जी ने लिख दिया कि मेरी सहायता तुम्हें दिल्ली में भी मिलती रहेगी। छोटूराम ने सन् 1905 में संस्कृत विषय लेकर बी.ए. पास किया और वे संस्कृत में विश्वविद्यालय में द्वितीय स्थान पर रहे। सेठ छाजूराम ने युवक छोटूराम की धन से भरपूर सहायता की। चौधरी छोटूराम ने सेठ छाजूराम को अपना धर्मपिता मान लिया और सदा उनको धर्मपिता कहकर पुकारते थे।

सेठ छाजूराम ने बाद में चौधरी सर छोटूराम के लिए रोहतक में एक विशाल कोठी भी रहने के लिए बनवाई जो आगे चलकर नीली कोठी के नाम से प्रसिद्ध हुई। एक समय आया जब रोहतक में नीली कोठी को वह महत्व प्राप्त हो गया जो दिल्ली में बिड़ला भवन, इलाहाबाद में आनन्द भवन तथा गुजरात में साबरमती आश्रम को प्राप्त हुआ।

29. राजनीति में प्रवेश – पंजाब में 1926 ई. का चुनाव कोई साधारण चुनाव नहीं था। इस चुनाव में शहरी नेता जिनमें कुछ आर्यसमाजी और सिख भी शामिल थे, यह प्रतिज्ञा कर चुके थे कि इस चुनाव में चौधरी छोटूराम और उनके समर्थकों को नहीं जीतने देना है, चाहे जितना धन बहाना पड़े। सर छोटूराम एवं उनके हितैषी मित्र सेठ चौधरी छाजूराम के पास पहुंचे और सारी स्थिति बताकर आप को चुनाव लड़ने के लिए कहा गया। उनके कहने पर आपने जमींदार लीग की ओर से चुनाव लड़ना पड़ा जिसमें आप राय साहब लाजपतराय को

हराकर भारी बहुमत से एम.एल.सी. चुने गए। आप एम.एल.सी. रहते हुए गन्दी राजनीति से सदा बचे रहे। जनहित के कार्यों को दृष्टिगत रखते हुए उनके द्वारा किए गए जनहित के कार्यों को देखते हुए सन् 1931 में सरकार ने बाबू छाजूराम को सी.आई.ई. (C.I.E.) की उपाधि से विभूषित किया तथा कुछ समय बाद 'सर' की उपाधि भी प्रदान की।

30. अकाल पीड़ितों व बाढ़ पीड़ितों की सहायता – सन् 1899 ई. (संवत् 1956 वि.) में देश भर में भयंकर अकाल पड़ा। यह छप्पना अकाल के नाम से प्रसिद्ध है। सर्वत्र त्राहि-त्राहि मच रही थी। चारे के अभाव में पशु तथा अन्न आदि खाद्य पदार्थों के अभाव में मनुष्य कराल काल के मुंह में जा रहे थे। हालात इतने बुरे थे कि श्मशान भूमि ठंडी न होने पाती थी। धन्य है! कर्मवीर उदार दानी सेठ छाजूराम जी को जिसने अनेक नर-नारियों तथा मूक पशुओं को मौत के मुंह से बचाया। सेठ जी ने ऐसे समय में देश के अनेक भागों में अन्न, चारा, वस्त्र तथा पैसे बांट कर अनेक परिवारों को घोर अकाल की लपेट से बचाकर महान उपकार किया।

इस छप्पना अकाल के बाद भी जब कभी ऐसी नौबत आई तब सेठ जी जनता की सहायता में तत्पर दिखाई दिये। इसी छप्पना अकाल के समय सन् 1899 ई. में सेठ छाजूराम ने भिवानी में अनाथालय भी प्रारम्भ कर दिया था। सन 1930 (सम्वत् 1987) में देश के कुछ भागों में पुनः अकाल पड़ा। इस समय आर्थिक मन्दा (World Depression) भी चल रहा था। इस अकाल का कुप्रभाव वैसे तो देशव्यापी था, पर हरयाणा में हांसी, भिवानी, तोशाम के क्षेत्रों में इसका अधिक कुप्रभाव रहा।

यहां भी अन्न च चारे के अभाव में मनुष्य, पशु, काल का ग्रास बन रहे थे। सेठ चौधरी छाजूराम ने अपनी तरफ से दान सहायता केन्द्र खोल दिये, जिनका मुख्य केन्द्र बवानीखेड़ा था। इस इलाके के जन जीवन को अकाल से बचाने के लिए सेठ छाजूराम की ओर से लगभग 1,50,000 रुपये का अन्न तथा चारा जनहित में बांटा गया।

सन् 1928 ई. में भिवानी शहर में पीने के पानी के लिए लोगों को बड़ा भारी कष्ट था। भिवानी में तत्कालीन तहसीलदार चौधरी घासीराम, पण्डित नेकीराम शर्मा, श्री श्रीदत्त वैद्य आदि एक डेपुटेशन बनाकर कलकता सेठ छाजूराम के पास गए तथा उनसे भिवानी शहर वालों के पानी का कष्ट दूर करने की प्रार्थना की। सेठ छाजूराम जी ने उनको कलकता से 2,50,000 रुपये चन्दा दानार्थ दिलवाया और स्वयं 50,000 रुपये पानी के लगवाने हेतु दानार्थ दिये।

सन् 1914 में दामोदर घाटी (बिहार व पश्चिमी बंगाल) में भयंकर बाढ़ आई। चारों ओर दूर-दूर तक तबाही मच रही थी जिसमें अनेक नर-नारियों तथा पशुओं की जान जा रही थी। सेठ चौधरी छाजूराम कलकता से प्रतिदिन रेल द्वारा बाढ़ पीड़ितों को धन, अन्न, वस्त्र, कपड़े बांटने जाया करते थे। इस प्रकार लगभग 30-35 हजार रुपये खर्च करके बाढ़ पीड़ितों की सहायता की।

31. बीमारी में रोगियों की सहायता – सन् 1909 (संवत् 1966) में सारे देश में प्लेग की महामारी फैल गई थी। कोई भी गांव अथवा नगर इस महामारी से अछूता न बचा था।

सब ओर हाहाकार मचा हुआ था। सारा भारत प्लेग की भीषण ज्वाला में धधक रहा था। ऐसे भीषण तथा संकटकाल में दुखियों की, रोगियों की सहायता करना धीर वीर दानी व्यक्ति का ही काम था। उस समय सेठ चौधरी छाजूराम जी ने अन्न, धन, दवा, वस्त्र आदि से अपने देश में विभिन्न केन्द्रों पर बने संगठनों को दानार्थ लाखों रुपये देकर दीन दुखियों की सेवा की। कोई भी ऐसा समय दृष्टिगोचर नहीं होता कि जब देश में दैवी आपत्ति आई और आपने दान देकर सहयोग नहीं किया हो।

सन् 1918 (संवत् 1975) में देश भर में एक अन्य प्रकार की महामारी, जिसे एन्फ्लुएन्जा (Influenza) (यानी एक प्रकार का शीतप्रधान छूत से फैलने वाला ज्वर) का नाम दिया जाता है, फैल गई। इसे कार्तिक वाली बीमारी के नाम से भी पुकारा जाता है। इससे असंख्य नर-नारियां काल का ग्रास बन गये। देश में इस बीमारी से अनेक भागों में 10 प्रतिशत व्यक्ति नष्ट हो गये थे जिनमें स्त्रियों की संख्या पुरुषों से अधिक बताई जाती है।

ऐसे महाविनाश के अवसर पर दानवीर सेठ चौधरी छाजूराम जी ने बहुत अधिक धनराशि अनेक स्थानों पर सेवा के लिए दानार्थ दी। दिनों भिवानी में एक सेवक दल संगठित हुआ था। सेठ जी ने इस संगठन को बहुत बड़ी धनराशि, अन्न, दवा, वस्त्र आदि दानार्थ दिये। सेठ जी ने केवल भिवानी, बवानीखेड़ा, हांसी, तोशाम, हिसार, रिवाड़ी आदि हरयाणा के ही इलाकों में सहायतार्थ धन नहीं दिया अपितु कलकता जैसे देश के विभिन्न बड़े-बड़े नगरों, कस्बों, गांवों में भी समाजसेवी संस्थाओं, समाजसुधारकों को धन देकर देश के अनेक भागों में सेवार्थ भेजा।

32. गौ सेवक – आप धार्मिक विचारों के व्यक्ति थे। गऊ को आप पवित्रतम प्राणी मानते थे। महर्षि दयानन्द द्वारा लिखित गोकरुणानिधि पुस्तक पढ़ने के बाद तो आप पर विशेष प्रभाव पड़ा। आपने गोरक्षा हेतु गोशालाएं खोलने का विचार बनाया और कई गोशालाओं के निर्माणार्थ बहुत बड़ी धनराशि दान दी। कलकता में गोशाला के निर्माण का फैसला आपकी इच्छा से हुआ जिसके निर्माण में आपने इस गोशाला के लिए सबसे बड़ी धनराशि स्वयं दान में दी तथा दूसरे लोगों को इसके निर्माण हेतु धन से सहायता करने की प्रेरणा दी।

इसके अतिरिक्त आपने एक लाख रुपये की धनराशि से भिवानी में एक आदर्श गोशाला बनवाई। जब भी किसी व्यक्ति ने गोशाला के लिए सहायता मांगी तो दानवीर सेठ चौधरी छाजूराम ने गोमाता की सेवा तथा रक्षा के लिए सदा ही खुश होकर धन दिया।

33. गांव में भवन निर्माण – आपके पूर्वज मुजारे के रूप में खेती करने वाले साधारण किसान थे। इसलिए अधिक आमदनी न होने के कारण गांव में अपना रहने के लिए कोई पक्का सुन्दर मकान न बना सके। जब सेठ छाजूराम जी का व्यापार अच्छा खासा चल गया और उनके पास बहुत बड़ी धनराशि जमा हो गई, तब कलकता में कई शानदार कोठियां खरीदीं तथा कई शानदार कोठियां स्वयं भी बनवाईं। आपने अपने गांव में भी भवन बनाना चाहा। इससे पहले 1913 ई. में गांव अलखपुरा में एक कुंआ बनवाना था। उस समय स्कीनर स्टेट की जमींदारी के अधीन होने के कारण तथा मुजारे होने के कारण कुंआ बनाने पर

मालकान ने नाराजगी प्रकट की। जब सन् 1916 में आपने अपने गांव अलखपुरा में ही पक्का मकान बनाना शुरु किया तब स्टेट के मालिक ने मकान बनाना बन्द कर दिया। इस पर सेठ जी को विवश होकर मुकदमा लड़ना पड़ा। यह मुकदमा प्रिवी कौंसिल लन्दन तक चला। इस मुकदमे में जीत बाबू छाजूराम जी की हुई। इसके बाद आपने अपने गांव में अपनी शानदार तीन मंजिली विशाल हवेली बनाई। इसके अतिरिक्त हांसी से 4 मील दूर शेखपुरा (अलिपुरा) में लाखों रुपये की शानदार कोठी बनाई।

आपने अपनी निजी जमींदारी बनाकर अलग स्टेट बनाने का विचार किया। इसी उद्देश्य से अतुल धनराशि लगाकर शेखपुरा, अलिपुरा, अलखपुरा, कुम्हारों की ढ़ाणी, कागसर, जामणी, मोठ गढी आदि गांवों की जमींदारी का विशाल भू-भाग खरीदकर विशाल जमींदारी बनाई। जामणी गांव खाण्डा खेड़ी से दो मील पर स्थित है। यहां 2600 बीघे जमीन सेठ छाजूराम जी ने खरीदी थी। इसका मालिक हिस्टानली नामक अंग्रेज था। यह ठेके का गांव था।

सेठ चौधरी छाजूराम जी ने अपनी जामणी की जमीन की पैदावार को सम्भालने के लिए खाण्डा खेड़ी में ही एक कोठी बनाई जो बाद में आर्य कन्या पाठशाला के लिए दानार्थ दे दी तथा सन् 1916 से लेकर आज तक यह आर्य कन्या पाठशाला इसी कोठी में चली आ रही है।

34. भरतपुराधीश महाराजा कृष्णसिंह जी की सहायता – उन दिनों महाराजा भरतपुर कृष्णसिंह तेजस्वी राजाओं में गिने जाते थे। तमाम भारत के जाट उनको अपना नेता मानते थे। सेठ चौधरी छाजूराम और सर छोटूराम का उनसे घनिष्ठ सम्बन्ध व मित्रता थी। पंजाब के प्रतिष्ठित नेता चौधरी लालचन्द भी महाराजा के यहां राजस्व मन्त्री बन चुके थे। सन् 1926 के आस-पास महाराजा भरतपुर अंग्रेज सरकार के कर्जदार हो गये थे। महाराजा भरतपुर ने ऐसे संकटकाल में चौधरी लालचन्द को ही सहायतार्थ सेठ छाजूराम जी के पास भेजा। सेठ जी ने बड़ी उदारता के साथ महाराजा भरतपुर की सहायतार्थ दो लाख रुपये कर्ज के रूप में दिये।

35. सेठ घनश्यामदास जी बिड़ला से मित्रता – हमारे चरित नायक स्वयं कलकता के जूट के बादशाह कहलाते थे। कलकता के सभी बड़े-बड़े लखपति करोड़पति सेठों से आपकी मित्रता थी। किन्तु बिड़ला जी से विशेष सम्पर्क व मित्रता थी क्योंकि आप दोनों की विचारधारा एक जैसी ही थी। यद्यपि सेठ छाजूराम जी कट्टर आर्यसमाजी थे तथा बिड़ला जी सनातन धर्मी थे परन्तु फिर भी शिक्षा तथा समाज कल्याण के कार्यों में दान के विषय में दोनों ही सुधारक थे। साहस और उत्साह के साथ शिक्षण संस्थाओं में दान देते थे।

सेठ घनश्यामदास जी जो बिड़ला बन्धुओं में तीसरे भाई थे, उनका विवाह सेठ महादेव चिड़ावा वाले की सुपुत्री दुर्गादेवी से हुआ। सेठ घनश्यामदास बिड़ला की सन्तान आपको सदा नाना ही कहती रही। वास्तव में आप दोनों में आदर्श मित्रता थी। सेठ चौधरी छाजूराम जी के महाप्रयाण के अवसर पर कलकता के सभी सेठों के साथ श्री घनश्यामदास जी बिड़ला तथा जुगलकिशोर जी बिड़ला आदि सेठ छाजूराम की शवयात्रा और दाह संस्कार में सम्मिलित

हुए तथा अपनी श्रद्धाञ्जलि अर्पित की।

36. **स्वभाव तथा चरित्र** – सर सेठ चौधरी छाजूराम जी ने अपनी कष्ट एवं ईमानदारी की कमाई में से करोड़ों रुपया मानव जाति के कल्याणार्थ दान किया था। वास्तव में दानवीर सेठ सर छाजूराम को क्षत्रिय जाट जाति का भामाशाह कह दिया जाए तो कोई अत्युक्ति न होगी। सेठ सर छाजूराम जी किसी वार्ता के प्रसंग में कह दिया करते कि "मैंने दरिद्रता की चरम सीमा अपने जीवन में देखी है जबकि आज लोग मुझे करोड़पति कह देते हैं।" "मैंने एक ऐसी जाति (जाट) में जन्म लिया है जहां व्यापार किसी ने नहीं किया, मैं वही काम करता हूं।" "जिस प्रभु ने मुझ पर इतनी कृपा की उसके नाम पर जो दान करूं वही थोड़ा है।" "जितना मैं दान देता हूं उतना ही अधिक भगवान् मुझे लाभ दे देता है।" "मेरी इच्छा रुपया कमाकर गरीबों का उद्धार, शिक्षा और समाज कल्याण के कार्य करने की थी। वह भगवान् की दया से लगभग पूरी हो गई। अब बेशक मैं परमपिता परमात्मा को प्यारा हो जाऊँ। मेरी कोई विशेष इच्छा शेष नहीं है।"

इतना धन होने की दशा में मनुष्य को जो दुर्व्यसन लग जाते हैं सो उनसे आप को आर्यसमाज के संसर्ग ने बचा लिया। जीवन पर्यन्त उनके चरित्र पर किसी प्रकार का कभी धब्बा नहीं लगा। ईमानदारी, कठोर परिश्रम तथा प्रभु का विश्वास – ये ही हर काम में सफलता प्राप्त करने के आपके मूलमन्त्र थे। वे एक साधारण कुल में पैदा होकर इतने उंचे उठे, महान् बने, इसमें उनकी सतत लग्न और कार्यशीलता ही मुख्य आधार थे। उनमें वे सभी गुण विद्यमान थे जो एक अच्छे व्यक्ति में होते हैं। वे सबके दुःख दूर करनेवाले, कुल का नाम उज्जवल करनेवाले, दानी, शूरवीर, अच्छे विचारों वाले, सत्यवक्ता, समान व्यवहार करनेवाले, प्रेमी, परोपकारी, गुणी और धर्मात्मा थे। जीवन में आपने कभी भी कुमार्ग पर पैर न रखा। उनका आहार अतुल धन सम्पत्ति का स्वामी होते हुये शुद्ध सात्विक तथा निरामिष होता था। वे शुद्ध खादी के स्वदेशी वस्त्र पहनते थे और सिर पर गोल सुन्दर केसरिया रंग की पगड़ी धारण करते थे। आपका चरित्र आदर्श तथा स्वभाव विनम्र, दयालु एवं उदार था। इतने श्रेष्ठ एवं देवता पुरुष से हमें प्रेरणा लेनी चाहिए।

37. **स्वर्गवास** – लगभग 4 मास की लम्बी बीमारी के बाद 7 अप्रैल 1943 ई. को 82 वर्ष की आयु में क्षत्रिय जाट जाति का दानवीर कर्ण, अपने समय के भामाशाह का स्वर्गवास हो गया। आपके महान् गुणों से भावी सन्तति प्रेरणा लेती रहेगी। वे अपनी ललित कीर्ति और कमनीय कारनामों के कारण सदैव के लिए अमर हो गये। जब तक भारत की वीराग्रगण्य क्षत्रिय जाति का इस धरा धाम पर नामोनिशान है, दानवीर सेठ छाजूराम जी तब तक हम क्षत्रिय जनों के लिए तो जीवित जागृत पूजनीय हैं।

दानवीर सेठ चौधरी छाजूराम के स्वर्गवास की सूचना मिलने पर दीनबन्धु सर चौधरी छोटूराम ने आंखों में आंसू भरकर उनको श्रद्धाञ्जलि अर्पित करते हुए कहा था -"भारतवर्ष का महान् दानवीर गरीबों और अनाथों का धनवान् पिता पतितोद्धारक तथा मेरे धर्मपिता आज अमर होकर हमारे लिए प्रेरणास्रोत बन गये। मैं अपने धर्मपिता के महाप्रयाण पर

श्रद्धाञ्जलि अर्पित करता हूं और उनकी इच्छाओं, आकांक्षाओं के अनुसार कार्य करने का संकल्प लेता हूं।"

छाजूराम ने ट्यूशन के साथ शुरू किया व्यापार, खींच दी लम्बी लकीर -

कुछ लोग इतिहास लिखते हैं, कुछ इतिहास बनाते हैं और कुछ लोग स्वंय इतिहास बन जाते हैं। समय का चक्र हमेशा अविरल गति से घूमता रहता है। युग बदलते हैं, तारीखें बदलती हैं और इसके साथ ही बदल जाता है मानव का दृष्टिकोण। लेकिन कुछ विरले ऐसे भी होते हैं, जो एक युगपुरुष के रूप में याद किये जाते हैं।

एक ऐसे ही युगपुरुष थे चौधरी सेठ छाजूराम लाम्बा, जिन्हें फर्श से अर्श पहुंचा भामाशाह/क्षत्रियों का भामाशाह कहा जाता है। दुखी मानवता के आँसू पोंछने को उन्होने अपना सर्वस्व अर्पित करने से भी परहेज नहीं किया।

कविता के माध्यम से लेख का निचोड़:

भामाशाहों के भामाशाह दानवीर सेठ चौधरी छाजूराम:

चौधरी छोटूराम के धर्म पिता तुम, उनका फ़रिश्ता-ए-रोशनाई थे,

चौधरी सेठ छाजूराम जी

हरियाणा के तीन लालों की तरह, इसके तीन रामों के रहनुमाई थे।

भामाशाहों के भामाशाह दानवीरसेठ छाजूराम, आप गजब शाही थे।, जब उदय हो चले अलखपुरा से, जा छाये आसमान-ए-कलकताई थे।।

जी.डी. बिड़ला, लाला लाजपतराय रहे किरायेदार, जो इन्सां जुनुनाई थे, कलकते के सबसे बड़े शेयरहोल्डर आप, साहूकारों के अगवाही थे। भगत सिंह को मिली पनाह जिनके यहाँ, वो खुदा-ए-रहबराई थे, नेताजी सुभाष को दी आर्थिक सहायता, जर्मनी की राह लगाई थे।।

दानवीरता की टंकार हुई ऐसी कई भामाशाह अकेले में समाई थे, बाढ़-अकाल-बीमारी-लाचारी-गरीबी में दिए जनता बीच दिखाई थे। लाहौर से कलकत्ता तक, शिक्षा के मंदिरों की दिए लाइन लगाई थे, कौम का इतिहास लिखवाया कानूनगो से, गजब आशिक-ए-कौमाई थे।।

तेरे जूनून-ए-इंसानी-भलाई का, यह फुल्ले भगत हुआ दीवाना, वो जज्बा तो बता दे, जो धार दुःख देश-कौम के।, मिटा पाई रे? सेठों-के-सेठ ओ भारत-देश की शान, किसके दूध की अंगड़ाई थे? जिंदगी राह लग जाए, तुझसे रोशनी ऐसी पाई ओ दादी माई के।।

हरियाणा में एक समय ऐसा भी था जब तीन राम (छाज्जूराम, छोटूराम, नेकीराम) जैसे महान पुरुषों ने समाज में एक महत्वपूर्ण भूमिका निभायी, वो भी उस समय जब लोगो को कोई भी आशा की किरण दिखाई नहीं दे रही थी। इस अंधकारमय समाज में उजाला लाने एवं अंधकार को दूर करने और लोगो में नई की आशा जगाने का काम इन तीन महापुरुषों ने किया। इन तीनों में से एक और सबसे अग्रणी थे चौधरी सेठ छाजूराम जी।

सेठ छाज्जूराम का जन्म 27 नवंबर 1865 (अधिकतर जगह 1861 लिखा हुआ है, जबकि हमारे विश्वसनीय शोधकर्ता 1865 बताते हैं) को आधुनिक जिला भिवानी, तहसील

बवानीखेड़ा के अलखपुरा गाँव में लाम्बा गोत्र के जाट कुल परिवार में चौधरी सालिगराम के यहां हुआ। इनका बचपन अभावों, संघर्षों, और विपत्तियों में व्यतीत हुआ, लेकिन अपनी लगन, परिश्रम और दृढ़ निश्चय से सफलता के शिखर तक पहुंचे। पिता सालिगराम एक साधारण किसान थे। चौधरी छाज्जूराम के पूर्वज झुंझनू (राजस्थान) के निकटवर्ती गाँव लाम्बा गोठड़ा से आकर भिवानी जिले के ढाणी माहू गाँव में बसे थे। इनके दादा मनीराम ढाणी माहू को छोड़ कर सिरसा जा बसे। लेकिन कुछ दिनों के बाद इनके पिता चौधरी सालिगराम अलखपुरा आकर बस गए (याद रहे इस समय गाँव अलखपुरा, हांसी जागीर में आता था और इस समय हांसी जागीर जेम्स स्किनर के बेटे अलेक्जेंडर को दे दी गयी थी। इसी के नाम पर गाँव का नाम अलेक्सपुरा पड़ा, गाँव वालों ने मौखिक रूप में फिर इसको अलखपुरा कहा तो, गाँव का नाम अलखपुरा पड़ा)।

चौधरी छोटूराम का प्रथम विवाह बचपन में सांगवान खाप के हरिया डोहका गाँव में कड़वासरा खंडन की दाखांदेवी के साथ हुआ था। लेकिन विवाह के कुछ समय बाद ही इनकी पत्नी का हैजे से देहांत हो गया। दूसरा विवाह वर्ष 1890 (कुछ प्रारूपों में यह वर्ष 1900 भी बताया गया है।) में भिवानी जिले के ही बिलावल गाँव में रांगी गोत्र की दाखांदेवी नाम की ही लड़की से हुआ। लेकिन बाद में उनका नाम बदलकर लक्ष्मीदेवी रख दिया गया। माता लक्ष्मी देवी एक नेक, पतिव्रता व संस्कारित स्त्री थी। कालांतर में उन्होंने आठ संतानों को जन्म दिया, जिनमें पांच पुत्र व तीन पुत्रियां हुई, लेकिन चार संतानें बाल्यावस्था में ही ईश्वर को प्यारी हो गई। बड़े बेटे सज्जन कुमार का युवावस्था में ही स्वर्गवास हो गया। अन्य दो बेटे महेंद्र कुमार व प्रद्युमन थे। इनकी बेटी सावित्री देवी थी जो मेरठ निवासी डॉक्टर नौनिहाल से ब्याही गई थी।

वंशावली –

छाजू राम के तीन बड़े भाई नाथू राम, सालिग राम और हनुमंत 1857 के महान विद्रोह से पहले भिवानी शहर से 12 मील दूर ढाणी-माहू गांव छोड़कर यहां आकर बस गए थे। सालिग राम, लांबा गोत्र के थे, उनके तीन बेटे और एक बेटी तारखा राम, छाजू राम, लच्छी राम और चिरया थे।

सेठ चौधरी छाजूराम की वंशावली –

चौधरी थानाराम के पुत्र चौधरी मनीराम।

चौधरी मनीराम के पुत्र चौधरी नाथूराम, चौधरी सालिगराम, चौधरी हनुमंताराम।

चौधरी सालिगराम की संतान – चौधरी तिरखाराम, चौधरी छाजूराम, चौधरी लच्छीराम, चौधरी चिड़िया देवी।

चौधरी तिरखाराम के पुत्र – चौधरी मामचंद, चौधरी गोपाल।

चौधरी लच्छीराम की संतान – चौधरी राजाबाई।

चौधरी छाजूराम की संतान – चौधरी सज्जन कुमार (1902-1937), चौधरी अजीत कुमार (1905-1913), चौधरी कमला (1909-1923), चौधरी सावित्री देवी (1914 - ?),

चौधरी महेंद्र कुमार (1916-?), चौधरी सुलक्षणा (1919-1920), चौधरी आदित कुमार (1921-1924), चौधरी प्रदुम्न कुमार (1924 – 19 मई1979)।

चौधरी महेंद्र कुमार की संतान – चौधरी मंजुला (1949), चौधरी कपिल कुमार (1950)।

चौधरी प्रदुम्न कुमार की संतान – चौधरी पी. के. (प्रदीप कुमार) चौधरी (1949), चौधरी अरविन्द कुमार (1950)।

चौधरी कपिल कुमार के पुत्र - चौधरी अक्षर (1982)।

चौधरी पी. के. (प्रदीप कुमार) (पत्नी चौधरी आराधना राजे) चौधरी की संतान – चौधरी सताक्षी (1976), चौधरी प्रजन्य (1979)।

चौधरी अरविन्द कुमार की संतान – चौधरी अनिरुद्ध (1975), चौधरी मेघना (1979)।

चौधरी सावित्रीदेवी पुत्री चौधरी छाजूराम की शादी भारतवर्ष के प्रसिद्ध डा. भूपालसिंह मेरठ निवासी के सुपुत्र डा. नौनिहालसिंह से हुई थी।

चौधरी आराधना राजे पत्नी चौधरी पी. के. (प्रदीप कुमार), राजा सुरेन्द्र सिंह जू देव (मगरौरा-पिछोर) जिला ग्वालियर की पुत्री हैं। राजा सुरेन्द्र सिंह जू देव की शादी रानी मिथलेश कुमारी पुत्री राजा गुलजार सिंह पिसावा जिला अलीगढ़ से हुई थी।

शिक्षा, कलकता में संघर्ष, व्यापार व धनसम्पत्ति :-

छाज्जूराम ने प्रारम्भिक शिक्षा (1877) बवानीखेड़ा के स्कूल से प्राप्त की। चौधरी साहब गाँव से 11 किलोमीटर दूर बवानीखेड़ा के प्राइमरी स्कूल में पैदल पढ़ने जाते थे। पांचवीं कक्षा का बोर्ड का परिणाम आया तो न केवल अपनी परीक्षा में प्रथम अपितु प्रथम श्रेणी से उत्तीर्ण हुए। मिडल शिक्षा (1880) भिवानी से पास करने के बाद उन्होंने रेवाड़ी से मैट्रिक की परीक्षा (1882) में पास की। मेधावी छात्र होने से इनको छात्रवृतियां भी मिलती रही लेकिन परिवार की स्थिति अच्छी न होने के कारण आगे की पढ़ाई न कर पाये।

आपने मैट्रिक संस्कृत, अंग्रेजी, महाजनी, हिंदी, उर्दू और गणित विषयों से प्रथम श्रेणी में उत्तीर्ण की थी। इस दौरान अपनी पढाई और स्वंय का खर्च चलाने हेतु आप दूसरे बच्चों को ट्यूशन भी देते रहे। इसी सिलसिले में एक बंगाली इंजीनियर एस. अन. रॉय के बच्चों को एक रूपये प्रति माह के हिसाब से ट्यूशन पढ़ाने लग गए। जब रॉय साहब कलकता चले गए तो छाज्जूराम को भी उन्होंने कलकता बुला लिया। पैसे के अभाव में वो कलकता नहीं जा सकते थे, लेकिन फिर भी जैसे-तैसे करके उन्होंने किराये का जुगाड़ किया और कलकता चले गए। उन्होंने वहां भी उसी प्रकार बच्चों को पढ़ाना शुरू कर दिया। यहाँ पर उनको छ: रु. प्रति माह मिलते थे। लेकिन यहां कड़ा संघर्ष यहां आपका इंतज़ार कर रहा था। नए लोग, नए-नए काम, न रहने का ठिकाना, न खाने का पता। तंग आकर घर वापिस जाने का फैसला किया, लेकिन फिर किराए की समस्या सामने आ गई। मन को मारकर मूलरूप से भिवानी निवासी रायबहादुर नरसिंह दास से मुलाकात की तथा घर जाने के लिए किराया उधार माँगा। नरसिंह दास ने उन्हें हौंसला दिया और कलकता में ही रहकर संघर्ष करने की प्रेरणा देते हुए कहा कि कलकता ऐसा शहर है, जहाँ न जाने कितने ही लोग खाली हाथ आये और अपनी मेहनत और

संघर्ष की बदौलत बादशाह बन गए। और इस तरह शुरू हुआ सफर उनको उनके जमाने के देश के सबसे बड़े रहीशों में शुमार कर गया।

उनका सम्पर्क मारवाड़ी सेठों से हुआ, जिन्हें अंग्रेजी भाषा का ज्ञान कम था लेकिन छाज्जूराम को अँग्रेजी भाषा का व्यापक ज्ञान था तो पत्र लिखने और भेजने का काम छाज्जूराम ने शुरू कर दिया, जिस पर सेठों ने इनको मेहनताना दिया। इसी दौरान देखते ही देखते व्यापारी-पत्र-व्यवहार के कारण इनको व्यापार का ज्ञान हो गया एवं व्यापार सम्बन्धी कुछ गुर भी सीख लिए जिसके कारण उनको इन्हीं गुरो ने महान व्यापारी बना दिया। कुछ समय बाद आपने बारदाना (पुरानी बोरियों) का व्यापार शुरू कर दिया। यही व्यापार उनके लिए वरदान साबित हुआ और उनको "जूट-किंग" बना दिया। धीरे-धीरे कलकत्ता में उन्होंने शेयर भी खरीदने शुरू कर दिए। एक समय आया जब वो कलकत्ता की 24 बड़ी विदेशी कम्पनियो के शेयरहोल्डर थे और कुछ समय बाद 12 कम्पनियो के निदेशक भी बन गए, उस समय इन कम्पनियो से 16 लाख रूपये प्रति माह लाभांश प्राप्त हो रहा था। सेठ जी उस जमाने के कलकता के सबसे बड़े शेयरहोल्डर थे।

इसीलिए पंजाब नेशनल बैंक ने उनको अपना निदेशक रख लिया लेकिन काम की अधिकता होने के कारण उन्होंने त्याग पत्र दे दिया। एक समय आया जब उनकी सम्पति 40 मिलियन को पार कर गयी थी। कभी छाज्जूराम के पास एक छतरी को ख़रीदने के लिए पैसे नहीं थे परन्तु अब उनकी गिनती देश के शिखर के सेठो में की जाने लगी थी। उन्होंने 21 कोठी कलकता में (14 अलीपुर, 7 बारा बाजार) में बनवायी| जी. डी. बिरला व पंजाब केशरी लाला लाजपतराय भी चौधरी छाज्जूराम के किरायेदार रहे। उन्होंने एक महलनुमा कोठी अलखपुरा में व एक शेखपुरा (हांसी) में बनवायी| उन्होंने हरियाणा के पांच गाँव भी खरीदे तथा भिवानी, हिसार और बवानीखेड़ा के शेखपुरा, अलीपुरा, अलखपुरा, कुम्हारों की ढाणी, कागसर, जामणी, खांडाखेड़ी व मोठ आदि गाँवों 1600 बीघा ज़मीन भी खरीदी। उनके पंजाब के खन्ना में रुई तथा मुगफली के तेल निकलवाने के कारखाने भी थे। उस जमाने में रोल्स-रॉयस कार केवल कुछ राजाओं के पास होती थी, यह कार उनके बड़े बेटे सज्जन कुमार के पास भी थी।

नशलवाद का कड़वा अनुभव:

जूट किंग बनने एक बाद तो चौधरी साहब की हर जगह धूम मची, वो जिस भी कारोबार में हाथ डालते, वही चल निकलता। लेकिन इस सफलता दरम्यान आपने जिंदगी का जातिपाती और नशलभेद का भी दंश झेलना पड़ा। क्योंकि अनेक व्यापारी उनकी जाति के कारण उनसे दोयम दर्जे का व्यवहार करते थे। एक ब्राह्मण ने तो उन्हें अपने ढाबे पे खाना खिलाने से ही इंकार कर दिया। वे समझते थे कि व्यापार पर महाजनों का अधिकार है। एक जाट क्षत्री युवक व्यापार पर कब्ज़ा करे, यह उनसे सहन नहीं होता था। उन्होंने चौधरी छाजूराम को असफल करने के अनेक कुचक्र रचे, लेकिन असफल रहे।

उदारता और मृदुलता की मूर्त:

इतना बड़ा कारोबार और धन-धान्य का साम्राज्य खड़ा होने पर भी, क्या मजाल जो चौधरी साहब को घमंड छू के भी निकल सका हो। उन्होंने इस धन से जनकल्याण के काम करवाने शुरू कर दिए। उन्होंने जगह-जगह शिक्षण संस्थाएं खुलवाई, पानी के लिए कुँए और बावड़ियां खुलवाई, पथिकों और यात्रियों के लिए धर्मशालाओं आदि का निर्माण करवाया। उनका कहना था: मैं जितना दान देता हूँ, ईश्वर मुझे ब्याज सहित लौटा देता है। उनके दान की राशि और लिस्ट बहुत लम्बी है। देश की अधिकांश शिक्षण संस्थाओं को उन्होंने जहाँ जी खोलकर दान दिया, वहीं उन द्वारा बनाई गई अनेक इमारतें और भवन आज भी उनकी दानवीरता के स्तंभ बने खड़े हैं।

दान वीरता व परोपकारिता:-

रहबरे-आज़म चौधरी छोटूराम के वो धर्म-पिता थे। उन्होंने रोहतक में चौधरी छोटूराम के लिए नीली कोठी का निर्माण भी करवाया (याद रहे चौधरी छोटूराम को उच्च शिक्षा का खर्च वहन करने वाले चौधरी छाज्जूराम ही थे)। कहा जाता है कि अगर चौधरी छाज्जूराम नहीं होते तो चौधरी छोटूराम भी नहीं होते और अगर चौधरी छोटूराम नहीं होते तो किसानो के पास आज भूमि नहीं होती।

सेठ छाज्जूराम की दानदक्षता उस समय भारत में अग्रणीय थी। कलकता में रविंद्रनाथ टैगोर के शांति निकेतन से लेकर लाहौर के डी.ए.वी. कॉलेज तक कोई ऐसी संस्था नहीं थी, जहाँ पर उन्होंने दान न दिया हो। सेठ साहब ने शिक्षा के लिए लाखों रूपये के दान दिए, फिर वह चाहे हिन्दू विश्वविधालय बनारस हो, गुरुकुल कांगड़ी हो, हिसार-रोहतक (हरियाणा) व संगरिया (राजस्थान) की जाट संस्थाए हों, हिसार और कलकता की आर्य कन्या पाठशालाएं हों, हिसार का डीएवी स्कूल हो अथवा अलखपुरा और खांडा खेड़ी के ग्रामीण स्कूल, हर जगह अपार दान दिया। इसके अलावा इंद्रप्रस्थ महिला महाविद्यालय दिल्ली, डीएवी कॉलेज लाहौर, शांति निकेतन, विश्व भारती में भी बार-बार दान दिए। उन्होंने गरीब, असमर्थ व होनहार बच्चों के लिए स्कालरशिप प्लान निकाले, जिसमें वो सैंकड़ों बच्चों की शिक्षा स्पांसर करते थे।

सन 1928-29 के अकालों में, 1908/09 में प्लेग और 1918 के इन्फ्लुएन्जा की महामारियों में, 1914 की दामोदर घाटी की भयंकर बाढ़ में दोनों हाथों से धन लुटाकर मानवता को महाविनाश बचाया। उन्होंने भिवानी में अनेक परोपकारी कार्य किये उन्होंने "लेडी-हेली" नामक हस्पताल का निर्माण पांच लाख रूपये से अपनी बेटी कमला की याद में (1928) करवाया (आज उसी जगह पर चौ. बंसीलाल अस्पताल है)। भिवानी में उन्होंने एक अनाथालय बनवाया, यहीं पर उन्होंने एक गौशाला का निर्माण भी करवाया| अलखपुरा में उन्होंने कुए एवं धर्मशाला भी बनवाई। वे विशुद्ध आर्य समाजी थे इसलिए उन्होंने आर्य समाज मंदिर कलकत्ता के बनवाने में महत्वपूर्ण योगदान दिया।

चौधरी छाज्जूराम ने जाट इतिहास के विख्यात लेखक कलिका रंजन कानूनगो के 1925 में जाट इतिहास की खोज व् लेखन का खर्च भी खुद वहन किया जिससे उनका अपनी कौम

के प्रति फर्ज, जागरूकता और दूरदर्शी प्रेम भी जाहिर होता है।

देशप्रेम व सरदार भगत सिंह को पनाह:-

सेठ छाज्जूराम उच्चकोटि के देशभक्त भी थे । उनकी आँखों में भी भारत की आज़ादी का सपना था। वो भी भारत को आजाद देखना चाहते थे। 17 दिसम्बर, 1928 को सरदार भगतसिंह ने अंग्रेज अधिकारी सांडर्स की गोली मारकर हत्या कर दी तो वो भाभी दुर्गा व उनके पुत्र को साथ लेकर पुलिस की आँखों में धूल झोंकते हुए रेलगाड़ी से लाहौर से कलकत्ता पहुंचे, और कलकत्ता में वे सेठ छाज्जूराम की कोठी पर पहुंचे। सेठ साहिब की धर्मपत्नी वीरांगना लक्ष्मी देवी ने उनका स्वागत किया। यहाँ भगत सिंह लगभग ढाई महीने तक रहे, जिसकी उस समय कल्पना करना भी संभव नहीं था, लेकिन सेठ जी के देशप्रेम के कारण यह सम्भव हो पाया। उन्होंने देश की आज़ादी में सबसे भरी आर्थिक सहयोग दिया। वे कहा करते थे कि देश को आज़ाद करवाने में चाहे उनकी पूरी सम्पति लग जाए, लेकिन देश आज़ाद होना चाहिए। और अपने हाथों से भोजन बनाकर खिलाया

पंडित मोतीलाल नेहरू, नेताजी सुभाषचन्द्र बोस, लाला लाजपत राय, महात्मा गांधी के मनोनीत कांग्रेस अध्यक्ष सीताभिपट्टाभिमैया सहित न जाने कितने ही नेताओं और क्रांतिकारियों को देश की आज़ादी के लिए भारी चंदा दिया। नेता जी सुभाष चन्द्र बोस जर्मनी जा रहे थे तो उन्होंने भी चौधरी छाजूराम जी से आर्थिक सहायता ली थी। सामाजिक बुराइयों के खिलाफ भी चौधरी छाजूराम जी ने एक लम्बी लड़ाई लड़ी। बाल-विवाह व अशिक्षा के वो घोर विरोधी थे।

उनका मन कभी भी राजनीति में नहीं लगा, लेकिन फिर भी चौधरी छोटूराम के कहने पर संयुक्त पंजाब में सं 1927 में एम.एल.सी. भी रहे।

चौधरी छाजूराम का 27 सितंबर 1937 को अकस्मात देहावसान हो गया।

चौधरी छोटूराम की सेठ जी श्रद्धांजलि:-

ऐसे महान पुरुष, सेठो के सेठ, सर्वश्रेष्ठ दानवीर, गरीबनवाज और पतितो-उद्दारक सेठ छाज्जूराम जी के महाप्रयाण (1943) के अवसर पर दीनबंधु चौधरी छोटूराम ने कहा था " महान दानवीर, गरीबों व अनाथों का धनवान पिता, तथा मेरे धर्म पिता सेठ छाज्जूराम अमर होकर हम सबके लिए प्रेरणा का स्रोत बन गए। उनके लिए सच्ची श्रद्धांजलि यही होगी कि हम सभी उनकी इच्छाओं, आकांक्षाओ के अनुसार दिखाए गए मार्ग पर चलते रहें। इस महान विभूति को हम सदैव याद रखेंगे।

बताया जाता है कि 1900 के बाद गुलामी के समय सेठ छाजूराम ने अपनी पूरे जीवन की अधिकतर कमाई यानि 88 लाख रूपये दान देकर मानवता भलाई के काम करवाए थे।

संक्षेप: -

सेठ छाजूराम जी ने रोहतक में छात्रों के लिए हॉस्टल बनवाए, विशेष रूप से जाट छात्रों के लिए, हरियाणा में कूएं बनवाए, सुभाष चंद्र बोस की पार्टी 'इंडियन नेशनल पार्टी' के लिए बहुत दान किया। छोटू राम, सेठ छाजूराम जी को रेलवे स्टेशन पर मिले, चर्चा हुई तो पता

कि वह बहुत गरीब हैं, पढ़ाई करना चाहते हैं, पर पैसे नहीं हैं। सेठ छाजूराम जी ने उनकी पूरी पढ़ाई की खर्चा उठाया और हर मदद की। तुम्हें (छोटू राम) किसानों की मदद करनी है और उन्हें (छोटू राम) हर स्थिति में मदद दिलायी। सेठ छाजूराम जी के पास एक शानदार कोठी रोहतक में थी, जिसे नीली कोठी के नाम से जानते थे, जब वह कलकत्ता से हरियाणा आते थे, तो यहां रुककर आराम करते थे। फिर अपनी हवेली अलखपुरा जाते थे जब सेठ छाजूराम जी को यह मालूम हुआ कि छोटूराम के पास कोई घर नहीं है तो सेठ छाजूराम जी ने ये कोठी छोटूराम को दे दी। इसको नीली कोठी (हिसार) कहते हैं। आज इस कोठी के आधे हिस्से में वीरेंद्र सिंह रहते हैं। हरियाणा में कांग्रेस में थे फिर बीजेपी में आए और केंद्र सरकार में मंत्री बने। अब फिर कांग्रेस में हैं। और आधे में वीरेंद्र सिंह के चाचा का परिवार रहता है। छोटू राम के कोई बेटा नहीं था। वीरेंद्र सिंह छोटूराम की बेटी के पुत्र हैं। जब हरियाणा और पंजाब एक राज्य था। उस समय बहुत खराब अकाल पड़ा। तब सेठ छाजूराम जी ने खुला लंगर शुरू किया। पूरे राज्य के लोगों के लिए जब तक सब ठीक नहीं हुआ, तब तक लंगर चालू रखा।

चौधरी छाजूराम और उनकी पत्नी लक्ष्मी देवी दोनों जब अलखपुरा या आस पास के गांवों में कोई भी लड़की की शादी होती थी। तो ये पूरे खर्चे उठाते थे, खाना, कपड़े लेना -देना, जेवर आदि। जो भी उनकी पत्नी लक्ष्मी देवी से मिलने आता था, वो उसे एक सोने की गिनी (सिक्का) देती थी। जब उनकी उम्र बहुत ज्यादा हो गई और याददाश्त कम हो गई, समय बदल गया था। तो परिवार ने सोने सिक्के के बदले साधारण सिक्के उन्हें एक डिब्बे में रख दिए। उनके पास जो भी आता उसको एक सिक्का सोने का समझ कर दे देती। 19 मार्च 1973 को उनका (पत्नी लक्ष्मी देवी) देहांत हो गया।

2

'रहबर-ए-आजम', 'दीनबंधु', राव बहादुर, सर, चौधरी छोटूराम

'रहबर-ए-आजम', 'दीनबंधु', राव बहादुर, सर, चौधरी छोटूराम
चौधरी सर छोटूराम की जीवनी (जन्म - 24 नवम्बर 1881; मृत्यु - 9 जनवरी 1945)
https://jagohukamran.com/
wp-content/
uploads/%E0%A4%9B%E0%A5%8B%E0%A4%9F%E0%A5%82%E0%A4%B0%E0%

चौधरी सर छोटूराम

छोटूराम का जन्म - 24 नवंबर 1881

बचपन का नाम – रिछपाल

पिता का नाम – सुखीराम

उपाधि - किसानों के मसीहा, रहबर ए आजम, सर, दीनबंधु

मृत्यु - 09 जनवरी 1945

मृत्यु - 09 जनवरी 1945

चौधरी (सर) राम रिछपाल ओहल्यान या सर छोटू राम (जन्म-24 नवंबर 1881; मृत्यु - 9 जनवरी 1945)

भारत के पंजाब प्रांत के एक प्रमुख राजनेता एवं विचारक थे। उन्होने भारतीय उपमहाद्वीप के गरीबों के हित में काम किया। इस उपलब्धि के लिए, उन्हें 1937 में 'नाइट' की उपाधि दी गई। राजनीतिक मोर्चे पर, वह नेशनल यूनियनिस्ट पार्टी के सह-संस्थापक थे, जिसने स्वतंत्रता-पूर्व भारत में संयुक्त पंजाब प्रांत पर शासन किया और भारतीय राष्ट्रीय कांग्रेस और मुस्लिम लीग को दूर रखा।

छोटू राम का जन्म पंजाब प्रांत (वर्तमान हरियाणा, भारत) के रोहतक जिले के गढ़ी सांपला गाँव में एक हरियाणवी जाट परिवार में राम रिछपाल के रूप में हुआ था। उनके माता-पिता चौधरी सुखीराम सिंह ओहल्यान और सरला देवी थे। उन्होंने छोटू राम उपनाम इसलिए प्राप्त किया क्योंकि वह अपने भाइयों में सबसे छोटे थे।

छोटूराम का जन्म रोहतक के छोटे से गांव गढ़ी सांपला में बहुत ही साधारण परिवार में हुआ (झज्जर उस समय रोहतक जिले का ही अंग था)। छोटूराम का असली नाम राम रिछपाल था। वे अपने भाइयों में से सबसे छोटे थे इसलिए सारे परिवार के लोग इन्हें छोटू कहकर पुकारते थे। स्कूल रजिस्टर में भी इनका नाम छोटूराम ही लिखा दिया गया और ये महापुरुष छोटूराम के नाम से ही विख्यात हुए। उनके दादा श्री रामरतन के पास 10 एकड़ बंजर व बारानी जमीन थी। छोटूराम जी के माता श्रीमती हरकी देवी तथा पिता श्री सुखीराम कर्ज और मुकदमों में बुरी तरह से फंसे हुए थे।

आरंभिक शिक्षा

जनवरी सन 1891 में छोटूराम ने अपने गांव से 12 मील की दूरी पर स्थित मिडिल स्कूल झज्जर में प्राइमरी शिक्षा ग्रहण की। उसके बाद झज्जर छोड़कर उन्होंने क्रिशचियन मिशन स्कूल दिल्ली में प्रवेश लिया। लेकिन उनके समक्ष फीस और शिक्षा का खर्चा वहन करना बहुत बड़ी चुनौती थी। छोटूराम जी के अपने ही शब्दों में कि सांपला के साहूकार से जब पिता पुत्र कर्जा लेने गए थे तो अपमान की चोट जो साहूकार ने मारी वो छोटूराम को एक महामानव बनाने के दिशा में एक शंखनाद था। छोटूराम के अंदर का क्रांतिकारी युवा जाग चुका था। अब तो छोटूराम हर अन्याय के विरोध में खड़े होने का नाम हो गया था।

क्रिशचियन मिशन स्कूल के छात्रावास के प्रभारी के विरुद्ध श्री छोटूराम के जीवन की पहली विरोधात्मक हड़ताल थी। इस हड़ताल के संचालन को देखकर छोटूराम जी को स्कूल में "जनरल रोबर्ट" के नाम से पुकारा जाने लगा। सन 1903 में इंटरमीडिएट परिक्षा पास करने के बाद छोटूराम जी ने दिल्ली के अत्यंत प्रतिष्ठित सैंट स्टीफन कॉलेज से 1905 में ग्रेजुएशन की डिग्री प्राप्त की। छोटूराम जी ने अपने जीवन के आरंभिक समय में ही सर्वोत्तम आदर्शों और युवा चरित्रवान छात्र के रूप में वैदिक धर्म और आर्यसमाज में अपनी आस्था बना ली थी।

सन 1905 में छोटूराम जी ने कालाकांकर के राजा रामपाल सिंह के सह-निजी सचिव के रूप में कार्य किया और यहीं सन 1907 तक अंग्रेजी के 'हिन्दुस्तान' समाचार पत्र का सम्पादन किया। यहां से छोटूराम जी आगरा में वकालत की डिग्री करने चले गए।

जनवरी 1891 में छोटूराम ने प्राथमिक विद्यालय में प्रवेश लिया और चार साल बाद उत्तीर्ण हुए। जब वे लगभग ग्यारह वर्ष के थे, तब उन्होंने ज्ञानो देवी से विवाह किया।

प्रथम सेवा

झज्जर जिले में जन्मा यह जुझारू युवा सन 1911 में आगरा के जाट छात्रावास का अधीक्षक बना। 1911 में इन्होनें लॉ की डिग्री प्राप्त की। यहां रहकर छोटूराम जी ने मेरठ और आगरा डिवीजन की सामाजिक दशा का गहन अध्ययन किया। 1912 में चौधरी लालचंद के साथ वकालत आरम्भ कर दी और उसी साल जाट सभा का गठन किया। प्रथम विश्वयुद्ध के समय में चौधरी छोटूराम जी ने रोहतक से 22,144 जाट सैनिक भरती करवाये जो सारे अन्य सैनिकों का आधा भाग था। अब तो चौधरी छोटूराम एक महान क्रांतिकारी समाज सुधारक के रूप में अपना स्थान बना चुके थे। इन्होने अनेक शिक्षण संस्थानों की स्थापना की जिसमें "जाट आर्य वैदिक संस्कृत हाई स्कूल रोहतक" प्रमुख है। एक जनवरी 1913 को जाट आर्य समाज ने रोहतक में एक विशाल सभा की जिसमें जाट स्कूल की स्थापना का प्रस्ताव पारित किया जिसके फलस्वरूप 7 सितम्बर 1913 में जाट स्कूल की स्थापना हुई। वकालत जैसे व्यवाय में भी चौधरी साहब ने ऐतिहासिक आयाम जोड़े। उन्होंने झूठे मुकदमे न लेना, छल–कपट से दूर रहना, गरीबों को निःशुल्क कानूनी सलाह देना, मुव्वकिलों के साथ सद्व्यवहार करना, अपने वकालते जीवन का आदर्श बनाया।

इन्हीं सिद्धान्तों का पालन करके केवल पेशे में में नहीं, बल्कि जीवन के हर पहलू में चौधरी साहब बहुत ऊंचे उठ गए थे। इन्हीं दिनों 1915 में चौधरी छोटूराम जी ने "जाट गजट" नाम का क्रांतिकारी अखबार शुरू किया जो हरियाणा का सबसे पुराना अखबार है, जो आज भी छपता है और जिसके माध्यम से छोटूराम जी ने ग्रामीण जनजीवन का उत्थान और साहूकारों द्वारा गरीब किसानों के शोषण पर एक सारगर्भित दर्शन दिया था जिस पर शोध की जा सकती है। चौधरी साहव ने किसानों को सही जीवन जीने का मूलमंत्र दिया। जाटों का सोनीपत की जूडिशियल बेंच में कोई प्रतिनिधि न होना, बहियों का विरोध, जिनके जरिये गरीब किसानों की जमीनों को गिरवी रखा जाता था, राज के साथ जुड़ी हुई साहूकार कोमों का विरोध जी किसानों की दुर्दशा के जिम्मेदार थे, के संदर्भ में किसान के शोषण के विरुद्ध उन्होंने डटकर प्रचार किया।

स्वाधीनता संग्राम

चौधरी छोटूराम ने राष्ट्र के स्वाधीनता संग्राम में डटकर भाग लिया। 1916 में पहली बार रोहतक में कांग्रेस कमेटी का गठन हुआ जिसमें चौधरी छोटूराम रोहतक कांग्रेस कमेटी के प्रथम प्रधान बने। सारे जिले में चौधरी छोटूराम का आह्वान अंग्रेजी हुकूमत को कंपकपा देता था। चौधरी साहब के लेखों और कार्य को अंग्रेजों ने बहुत 'भयानक' करार दिया। फलस्वरूप रोहतक के डिप्टी कमिश्नर ने तत्कालीन अंग्रेजी सरकार से चौधरी छोटूराम को देश–निकाले की सिफारिश कर दी। पंजाब सरकार ने अंग्रेज हुकमरानों को बताया कि चौधरी छोटूराम अपने आप में एक क्रान्ति हैं, उनका देश निकाला ग़दर मचा देगा, खून की नदियाँ

बह जायेंगी। किसानों का एक-एक बच्चा चौधरी छोटूराम हो जाएगा। अंग्रेजों के हाथ कांप गए और कमिश्नर की सिफारिश को रद्द कर दिया गया। चौधरी छोटूराम, लाला श्यामलाल और उनके तीन वकील साथियों , नवल सिंह, लाला लालचंद जैन और खान मुश्ताक हुसैन ने रोहतक में एक ऐतिहासिक जलसे में मार्शल के दिनों में साम्राज्यशाही द्वारा किए गए अत्याचारों की घोर निंदा की। सारे इलाके में एक भूचाल सा आ गया। अंग्रेजों हुकमरानों की नींद उड़ गई। चौधरी छोटूराम व इनके साथियों को नौकरशाही ने अपने रोष का निशाना बना दिया और कारण बताओ नोटिस जारी किए गए कि क्यों न इनके वकालत के लाइसेंस रद्द कर दिये जायें। मुकदमा बहुत दिनों तक सैशन की अदालत में चलता रहा और आखिर चौधरी छोटूराम की जीत हुई। यह जीत नागरिक अधिकारों की जीत थी।

अगस्त 1920 में चौधरी छोटूराम ने कांग्रेस छोड़ दी क्योंकि वे गांधी जी के असहयोग आन्दोलन से सहमत नहीं थे। उनका विचार था कि इस आन्दोलन से किसानों का हित नहीं होगा । उनका मत था कि आजादी की लड़ाई संवैधानिक तरीके से लड़ी जाए। कुछ बातों पर वैचारिक मतभेद होते हुए भी चौधरी साहब महात्मा गांधी की महानता के प्रशंसक रहे और कांग्रेस को अच्छी जमात कहते थे। चौधरी छोटूराम ने अपना कार्य क्षेत्र उत्तर प्रदेश, राजस्थान और पंजाब तक फैला लिया और जाटों का सशक्त संगठन तैयार किया। आर्य समाज और जाटों को एक मंच प् लाने के लिए उन्होंने स्वामी श्रद्धानन्द और भटिंडा गुरुकुल के मैनेजर चौधरी पीरूराम से संपर्क साध लिया और उसके कानूनी सलाहकार बन गए।

सन 1925 में राजस्थान में पुष्कर के पवित्र स्थान पर चौधरी छोटूराम ने एक ऐतिहासिक जलसे का आयोजन किया। सन 1934 में राजस्थान के सीकर शहर में किराया क़ानून के विरोध में एक अभूतपूर्व रैली का आयोजन किया गया, जिसमें 10000 जाट किसान शामिल हुए। यहां पर जनेऊ और देशी घी दान किया गया, महर्षि दयानन्द सरस्वती के सत्यार्थ प्रकाशक के श्लोकों का उच्चारण किया गया । इस रैली से चौधरी छोटूराम भारत वर्ष की राजनीति के स्तम्भ बन गए।

पंजाब में रौलटएक्ट के विरुद्ध आन्दोलन को दबाने के लिए मार्शल लॉ लागू कर दिया गया था जिसके परिणामस्वरूप देश की राजनीति में एक अजीबोगरीब मोड़ आ गया।

एक तरफ गांधी जी का असहयोग आन्दोलन था तो दूसरी ओर प्रांतीय स्तर पर चौधरी छोटूराम और चौधरी लालचंद आदि जाट नेताओं ने अंग्रेजी हुकूमत के साथ सहयोग की नीति अपना ली थी। पंजाब में मांटेग्यू चैम्सफोर्ड सुधार लागू हो गए थे, सर फजले हुसैन ने खेतिहर किसानों की एक पार्टी जमींदारा पार्टी खड़ी कर दी। चौधरी छोटूराम व इसके साथियों ने सर फजले हुसैन के साथ गठबंधन कर लिया और सर सिकन्दर हयात खान के साथ मिलकर यूनियनिस्ट पार्टी का गठन किया। तब से हरियाणा में दो परस्पर विरोधी आन्दोलन चलते रहे। चौधरी छोटूराम का टकराव एक ओर कांग्रेस से था तथा दूसरी ओरशहरी हिन्दू नेताओं व साहूकारों से होता था।

चौधरी छोटूराम की जर्मींदारा पार्टी किसान, मजदूर, मुसलमान, सिख और शोषित लोगों की पार्टी थी। लेकिन यह पार्टी अंग्रेजों से टक्कर लेने को तैयार नहीं थी। हिन्दू महासभा व दूसरे शहरी हिन्दूओं की पार्टियों से चौधरी छोटूराम का मतभेद था। भारत सरकार अधिनियम 1919 के तहत 1920 में आम चुनाव कराए गए। इसका कांग्रेस ने बहिष्कार किया और चौधरी छोटूराम व लालसिंह जर्मींदारा पार्टी से विजयी हुए। उधर 1930 में कांग्रेस ने एक और जाट नेता चौधरी देवीलाल को चौधरी छोटूराम की पार्टी के विरोध में स्थापित किया। भारत सरकार अधिनियम 1935 के तहत सीमित लोकतंत्र के चुनाव 1937 में हुए। इसमें 175 सीटों में से यूनियनिस्ट पार्टी को 99, कांग्रेस को केवल 18, खालसा नेशनलिस्ट को 13 और हिन्दू महासभा को केवल 12 सीटें मिली थीं। हरियाणा देहाती सीट से केवल एक प्रत्याशी चौधरी दुनीचंद ही कांग्रेस से जीत पाए थे।

चौधरी छोटूराम का कद का अंदाजा इस चुनाव से अंग्रेजों, कांग्रेसियों और सभी विरोधियों को हो गया था। चौधरी छोटूराम की लेखनी जब लिखती थी तो आग उगलती थी। 'ठग बाजार की सैर' और 'बेचारा किसान' के लेखों में से 17 लेख जाट गजट में छपे। 1937 में सिकंदर हयात खान पंजाब के पहले प्रधानमंत्री बने और झज्जर के ये जुझारू नेता चौधरी छोटूराम विकास व राजस्व मंत्री बने और गरीब किसान के मसीहा बन गए। चौधरी छोटोराम ने अनेक समाज सुधारक कानूनों के जारी किसानों को शोषण से निजात दिलवाई।

महत्वपूर्ण योगदान

मुरथल के दीनबन्धु छोटूराम विज्ञान एवं प्रौद्योगिकी विश्वविद्यालय (DCRUST) का निर्माण कराया।

साहूकार पंजीकरण एक्ट - 1938 (प्रस्ताव 1934)

यह कानून 2 सितंबर 1938 को प्रभावी हुआ था। इसके अनुसार कोई भी साहूकार बिना पंजीकरण के किसी को कर्ज़ नहीं दे पाएगा और न ही किसानों पर अदालत में मुकदमा कर पायेगा। इस अधिनियम के कारण साहूकारों की एक फौज पर अंकुश लग गया।

गिरवी जमीनों की मुफ्त वापसी एक्ट - 1938

यह कानून 9 सितंबर 1938 को प्रभावी हुआ। इस अधिनियम के जरिए जो जमीनें 8 जून 1901 के बाद कुर्की से बेची हुई थी तथा 37 सालों से गिरवी चली आ रही थीं, वो सारी जमीनें किसानों को वापिस दिलवाई गईं। इस कानून के तहत केवल एक सादे कागज पर जिलाधीश को प्रार्थना-पत्र देना होता था। इस कानून में अगर मूलराशि का दोगुना धन साहूकार प्राप्त कर चुका है तो किसान को जमीन का पूर्ण स्वामित्व दिये जाने का प्रावधान किया गया।

कृषि उत्पाद मंडी अधिनियम – 1938

यह अधिनियम 5 मई 1939 से प्रभावी माना गया। इसके तहत नोटिफाइड एरिया में मार्किट कमेटियों का गठन किया गया। एक कमीशन की रिपोर्ट के अनुसार किसानों को अपनी फसल का मूल्य एक रुपये में से 60 पैसे ही मिल पाता था। अनेक कटौतियों का

सामना किसानों को करना पड़ता था। आढ़त, तुलाई, रोलाई, मुनीमी, पल्लेदारी और कितनी ही कटौतियां होती थीं। इस अधिनियम के तहत किसानों को उसकी फसल का उचित मूल्य दिलवाने का नियम बना। आढ़तियों के शोषण से किसानों को निजात इसी अधिनियम ने दिलवाई।

व्यवसाय श्रमिक अधिनियम - 1940

यह अधिनियम 11 जून 1940 को लागू हुआ। बंधुआ मजदूरी पर रोक लगाए जाने वाले इस कानून ने मजदूरों को शोषण से निजात दिलाई। सप्ताह में एक दिन की छुट्टी वेतन सहित और दिन में 8 घंटे काम करने के नियत किये गए। 14 साल से कम उम्र के बच्चों से मजदूरी नहीं कराई जाएगी। दुकान व व्यवसायिक संस्थान रविवार को बंद रहेंगे। छोटी-छोटी गलतियों पर वेतन नहीं काटा जाएगा। जुर्माने की राशि श्रमिक कल्याण के लिए ही प्रयोग हो पाएगी। इन सबकी जांच एक श्रम निरीक्षक द्वारा समय-समय पर की जाया करेगी।

कर्जा माफी अधिनियम - 1934

यह क्रान्तिकारी ऐतिहासिक अधिनियम दीनबंधु चौधरी छोटूराम ने 8 अप्रैल 1935 में किसान व मजदूर को सूदखोरों के चंगुल से मुक्त कराने के लिए बनवाया। इस कानून के तहत अगर कर्ज का दुगुना पैसा दिया जा चुका है तो ऋणी ऋण-मुक्त समझा जाएगा। इस अधिनियम के तहत कर्जा माफी (रीकैन्सिलेशन) बोर्ड बनाए गए जिसमें एक चेयरमैन और दो सदस्य होते थे। दाम दुप्पटा का नियम लागू किया गया। इसके अनुसार दुधारू पशु, बछड़ा, ऊंट, रेहड़ा, घेर, गितवाड़ आदि आजीविका के साधनों की नीलामी नहीं की जाएगी।

इस कानून के तहत अपीलकर्ता के संदर्भ में एक दंतकथा बहुत प्रचलित हुई थी कि लाहौर हाईकोर्ट में मुख्य न्यायाधीश सर शादीलाल से एक अपीलकर्ता ने कहा कि मैं बहुत गरीब आदमी हूं, मेरा घर और बैल कुर्की से माफ किया जाए। तब न्यायाधीश सर शादीलाल ने व्यंग्यात्मक लहजे में कहा कि एक छोटूराम नाम का आदमी है, वही ऐसे कानून बनाता है, उसके पास जाओ और कानून बनवा कर लाओ। अपीलकर्ता चौ. छोटूराम के पास आया और यह टिप्पणी सुनाई। चौ. छोटूराम ने कानून में ऐसा संशोधन करवाया कि उस अदालत की सुनवाई पर ही प्रतिबंध लगा दिया और इस तरह चौधरी साहब ने इस व्यंग्य का इस तरह जबरदस्त उत्तर दिया।

मोर के शिकार पर पाबंदी

चौधरी छोटूराम ने भ्रष्ट सरकारी अफसरों और सूदखोर महाजनों के शोषण के खिलाफ अनेक लेख लिखे। कोर्ट मे उनके विरुद्ध मुकदमें लड़े व जीते। 'मोर बचाओ', 'ठग्गी के बाजार की सैर', 'बेचार जमींदार, 'जाट नौजवानों के लिए जिन्दगी के नुस्खे' और 'पाकिस्तान' आदि लेखों द्वारा किसानों में राजनैतिक चेतना, स्वाभिमानी भावना तथा देशभक्ति की भावना पैदा करने का प्रयास किया गया।

इन लेखों द्वारा किसान को धूल से उठाकर उनकी शान बढ़ाई। महाजन और साहूकार ही नहीं, अंग्रेज अफसरों के विरुद्ध भी चौ. छोटूराम जनता में राष्ट्रीय चेतना जगाते थे। अंग्रेजों द्वारा बेगार लेने और किसानों की गाड़ियां मांगने की प्रवृत्ति के विरोध में आपने जनमत तैयार किया था।

गुड़गांव जिले के अंग्रेज डिप्टी कमिश्नर कर्नल इलियस्टर मोर का शिकार करते थे। लोगों ने उसे रोकना चाहा परन्तु 'साहब' ने परवाह नहीं की। जब उनकी शिकायत चौधरी छोटूराम तक पहुंची तो आपने जाट गजट में जोरदार लेख छापे, जिनमें अन्धे, बहरे, निर्दयी अंग्रेज के खिलाफ लोगों का क्रोध व्यक्त किया गया। मिस्टर इलियस्टर ने कमिश्नर और गवर्नर से शिकायत की।

जब ऊपर से माफी मांगने का दबाव पड़ा तो चौधरी छोटूराम ने झुकने से इन्कार कर दिया। अपने चारों ओर आतंक, रोष, असन्तोष और विद्रोह उठता देख दोषी डी.सी. घबरा उठा और प्रायश्चित के साथ वक्तव्य दिया कि वह इस बात से अनभिज्ञ था कि "हिन्दू मोर-हत्या को पाप मानते हैं"। अन्त में अंग्रेज अधिकारी द्वारा खेद व्यक्त करने तथा भविष्य में मोर का शिकार न करने के आश्वासन पर ही चौधरी छोटूराम शांत हुए

रोहतक जिले के डी.सी. लिंकन ने सन् 1933 में 'जाट गजट' के लेखों के विषय में एक लेख की ओर अम्बाला कमिश्नरी के अंग्रेज़ अफसर को ध्यान दिलाया -

"राव बहादुर चौधरी छोटूराम ने जाट जाति के उत्थान के लिये जाट गजट प्रचलित किया था। किन्तु यह तो जमींदार पार्टी का कट्टर समर्थक बन गया है और सरकारी कर्मचारियों पर दोष लगाकर उनको लज्जित कर रहा है, यह ब्रिटिश सरकार का कट्टर विरोधी बन चुका है , पर यह प्रायः कांग्रेस के अभिप्राय जैसे विचार प्रकट करता है।"

मार्च 28, सन् 1944 में मि. जिन्ना को कान पकड़कर पंजाब से बाहर निकालना -

सन् 1944 में भारत की राजनीति में मुस्लिम लीग का प्रभाव बहुत प्रबल हो गया था। मुसलमान जाति उसके झण्डे के नीचे संगठित होकर जिन्ना को अपना नेता मान चुकी थी, परन्तु जिन्ना इस बात से बहुत चिन्तित थे कि मुसलमानों के गढ़ पंजाब में चौधरी छोटूराम के कारण उनकी दाल नहीं गल पा रही है। अतः वहां की यूनियनिस्ट सरकार को किसी भी प्रकार तोड़ने के लिए वे जी-तोड़ कोशिश कर रहे थे।

जिन्ना लाहौर पहुंचे और पंजाब के प्रधानमन्त्री श्री खिजर हयात खां पर दबाव डाला परन्तु चौधरी छोटूराम के निर्देश पर श्री खिज़र हयात खां ने मि. जिन्ना को 24 घण्टे के भीतर पंजाब से बाहर निकल जाने का आदेश दे दिया। वह निराश होकर आदेश अनुसार पंजाब से बाहर निकल गया।

उन दिनों जब राष्ट्र के कांग्रेसी चोटी के नेता तथा अन्य सभी नेता जिन्ना के सामने किंकर्तव्यविमूढ़ होकर हथियार डाल रहे थे और अंग्रेज शासक जिन्ना की पीठ ठोक रहे थे तो केवल चौधरी छोटूराम का ही साहस था कि उसके विरुद्ध ऐसा कठोर पग उठाया। अहंकार की मूर्ति जिन्ना को कितनी खीझ हुई होगी, इसकी कल्पना सहज ही की सकती है।

जिन्ना को पंजाब से बाहर निकाले जाने पर पंजाब के मुसलमानों में कोई रोष पैदा नहीं हुआ और न ही उन्होंने इसका विरोध किया। इसका कारण साफ है कि पंजाब के मुसलमानों के दिल चौ. छोटूराम ने जीत रखे थे जो इनको छोटा राम कहा करते थे। जिन्ना को पंजाब से निकालने के बाद तो मुसलमानों ने चौधरी छोटूराम को रहबरे आजम का खिताब दे दिया।

मि. जिन्ना को पंजाब से निकालने पर सर छोटूराम की प्रसिद्धि पूरे भारत में हो गई और वे उच्चकोटि के राष्ट्रीय नेताओं की श्रेणी में आ गए। मि. जिन्ना की प्रतिष्ठा मिट्टी में मिल गई, परन्तु कांग्रेस के नेताओं ने उसे धूल से निकालकर फिर ऊपर चढ़ा दिया। इसी तरह हिन्दू महासभा अध्यक्ष सावरकर की अलग हिन्दू राष्ट्र की मांग भी जिन्ना को मजबूत करती चली गयी।

महात्मा गांधी ने उसके पास जाकर उसकी मांगों के विषय में पूछा तथा राजाजी फार्मूले के अनुसार पाकिस्तान उसे बड़े थाल में रखकर भेंट कर दिया। यदि कांग्रेस आजादी लेने में इतनी जल्दी न करती या कुछ दिन के लिए ठहरी रहती और सर छोटूराम की बात को मान लेती तो पाकिस्तान बनने का प्रश्न ही नहीं होता और देश की अखण्डता कायम रहती रहती।

पाठक समझ गये होंगे कि सर छोटूराम की कितनी महान् देशभक्ति थी कि वे कभी भी पाकिस्तान नहीं बनने देते जिससे भारत की अखण्डता कायम रहती। पाकिस्तान तो कांग्रेस के नेताओं ने बनवा दिया। बात बिल्कुल स्पष्ट है कि देश के टुकड़े न होने देने में सर चौधरी छोटूराम की देशभक्ति कांग्रेस की तुलना में बहुत महान है।

स्वतंत्रता के करीब

सन् 1942 में सर सिकन्दर खान का देहान्त हो गया और खिज्र हयात खान तीवाना ने पंजाब की राजसत्ता संभाली। सर छोटूराम अब्दुल कलाम आजाद की नीतियों के समर्थक थे। दोनों ही चुनौती बन गई थीं। पहले और दूसरे महायुद्ध में चौधरी छोटूराम द्वारा कांग्रेस के विरोध के बावजूद सैनिकों की भर्ती से अंग्रेज बड़े खुश थे। अंग्रेजों ने हरयाणा के इलाके की वफादारियों से खुश होकर हरयाणा निवासियों को वचन दिया कि भाखड़ा पर बांध बनाकर सतलुज का पानी हरयाणा को दिया जाएगा।

सर छोटूराम ने ही भाखड़ा बांध का प्रस्ताव रखा था। सतलुज के पानी का अधिकार बिलासपुर के राजा का था। झज्जर के महान सपूत ने बिलासपुर के राजा के साथ एक समझौते पर हस्ताक्षर किए।

सन् 1924 से 1945 तक पंजाब की राजनीति के अकेले सूर्य चौधरी छोटूराम का 9 जनवरी 1945 को देहावसान हो गया।

दीनबंधु छोटू राम यूनिवर्सिटी ऑफ़ साइंस एंड टेक्नोलॉजी

दीनबंधु छोटू राम विज्ञान और प्रौद्योगिकी विश्वविद्यालय (DCRUST), मुरथल.

दीनबंधु छोटू राम विज्ञान और प्रौद्योगिकी विश्वविद्यालय (DCRUST), पूर्व छोटू राम राजकीय कॉलेज ऑफ इंजीनियरिंग, मुरथल (CRSCE), मुरथल, सोनीपत, हरियाणा, भारत में स्थित एक राज्य विश्वविद्यालय है। यह 2006 में हरियाणा सरकार द्वारा एक

अधिनियम द्वारा उन्नयन के द्वारा,1986 में स्थापित एक महाविद्यालय के उन्नयन से स्थापित किया गया था।

इतिहास

यह 1986 में हरियाणा सरकार द्वारा सर छोटूराम (1881-1945) की स्मृति में स्थापित किया गया था। तब यह छोटू राम राजकीय अभियांत्रिकी महाविद्यालय, मुरथल के रूप में जाना जाता था। हरियाणा सरकार ने 6 जून 2006 को हरियाणा राज्य के विधान-मंडल के एक अधिनियम के 29, 2006 के माध्यम से इसका एक विश्वविद्यालय में उन्नतन कर दिया।

यह विश्वविद्यालय धारा 12(बी) विश्वविद्यालय अनुदान आयोग अधिनियम, 1956 के तहत मार्च 2009 में अनुदान के लिए पात्र माना गया है।

लक्ष्य

- अध्ययन और अनुसंधान के उभरते हुए क्षेत्रों, खासकर विज्ञान, अभियांत्रिकी, प्रौद्योगिकी, वास्तुकला और प्रबंधन के अध्ययन, मानविकी इत्यादि में उच्च शिक्षा पर ध्यान देना और को बढ़ावा देना।
- इन क्षेत्रों तथा इनसे जुड़े खेत्रों में उत्कृष्टता प्राप्त करना।

स्थान

विश्वविद्यालय राष्ट्रीय राजमार्ग संख्या 44 पर आई.एस.बी.टी., दिल्ली से 50 कि.मी. तथा सोनीपत रेलवे स्टेशन से 8 कि.मी. कि दूरी पर स्थित है। विश्वविद्यालय का विशाल परिसर कुंडली से पानीपत के बीच की औद्योगिक और वाणिज्यिक बेल्ट में 273 एकड़ (1.10 कि.मी.^{2}) में विकसित किया गया है।

विभाग

विश्वविद्यालय में निम्नलिखित विभाग हैं:

अभियांत्रिकी

- वास्तुकला
- जैव-चिकित्सा
- जैव-प्रौद्योगिकी
- ऊर्जा और पर्यावरण अध्ययन के लिए उत्कृष्टता केंद्र (CEEES)
- रासायनिक
- सिविल
- कंप्यूटर विज्ञान
- बिजली
- इलेक्ट्रॉनिक्स और संचार

- सामग्री विज्ञान और नैनो (एमएसएन)
- यांत्रिक

प्रबंधन एवं मानविकी

- मानविकी
- प्रबंधन

विज्ञान

- रसायन विज्ञान
- गणित
- भौतिकी

छात्रावास

दीनबंधु छोटू राम विज्ञान और प्रौद्योगिकी विश्वविद्यालय में लड़को का छात्रावास - विश्वविद्यालय परिसर में कुल 7 छात्रावास हैं, जिनमे से 3 लड़कियों के लिए और बाकी 4 लड़कों के लिए है। लड़कियों के छात्रावास में 450 कि क्षमता है, जबकि लड़कों के छात्रावास में 966 को समायोजित कर सकते हैं।

लड़कों के छात्रावास – के.एस. कृष्णन हॉल (BH-1), चंद्रशेखर हॉल (BH-2), हरगोबिंद खुराना हॉल (BH-3) और आर्यभट हॉल (BH-4)

लड़कियों के छात्रावास – गार्गी हॉल (GH), कल्पना चावला हॉल (KCH) और मदर टेरेसा हॉल (MTH)

विदेशी सहयोग

विशिष्ट क्षेत्रों में अनुसंधान को बढ़ावा देने के लिए विश्वविद्यालय ने निम्नलिखित विदेशी संस्थानों के साथ समझौता ज्ञापन किए हैं:

- Ostwestfalen-Lippe एप्लाइड साइंसेज के विश्वविद्यालय के साथ अनुप्रयुक्त विज्ञान के क्षेत्र में अनुसंधान के लिए समझौता ज्ञापन के तहत जो छात्र DCRUST में अध्ययन कर रहे हैं वे HOL विश्वविद्यालय की अनुसंधान सुविधाओं का उपयोग कर सकते हैं।
- टाम्परे प्रौद्योगिकी विश्वविद्यालय के साथ समझौता ज्ञापन (एमओयू)

विश्वविद्यालय राष्ट्रमंडल विश्वविद्यालयों की एसोसिएशन का एक सदस्य है।

चौधरी (सर) राम रिछपाल ओहल्यान या सर छोटू राम (जन्म-24 नवंबर 1881 - 9 जनवरी 1945) भारत के पंजाब प्रांत के एक प्रमुख राजनेता एवं विचारक थे। उन्होने भारतीय उपमहाद्वीप के गरीबों के हित में काम किया। इस उपलब्धि के लिए, उन्हें 1937 में 'नाइट' की उपाधि दी गई।

चौधरी छोटूराम को कई मठों से जाना जाता है, जिनमें 'रहबर-ए-आजम', 'दीनबंधु' और 'किसानों का मसीहा' शामिल हैं। लेकिन 'शेर-ए-पंजाब' नाम उन्हें नहीं दिया गया।

जानें कौन हैं किसानों के मसीहा कहे जाने वाले सर छोटू राम, जिन्होंने अंग्रेजों को भी झुकने पर मजबूर कर दिया था

छोटूराम मृत्यु सालगिरह (Chhotu Ram Death Anniversary): 1937 के पंजाब के प्रांतीय चुनाव में सर छोटू राम की पार्टी ने 175 में से 99 सीट पर जीत हासिल की। उनकी हिंदू और मुस्लिम समुदाय में गहरी पैंठ थी।

सर छोटू राम को दीनबंधु भी कहा जाता है।

किसानों के मसीहा, सर छोटू राम (**Sir Chhotu Ram Messiah of Farmers**):

किसानों के मसीहा कहे जाने वाले सर छोटू राम की आज (9 जनवरी) को पुण्यतिथि है। ब्रिटिश राज के दौरान भारत के किसानों की समस्याओं के निराकरण के लिए अंग्रेजों से भिड़ जाने वाले छोटू राम किसानों के बीच किसी देवता की तरह पूजे जाते हैं। भारतीय राजनीति में आज भी किसानों के हितों को लेकर किए गए उनके कामों की प्रासंगिकता बनी हुई है।

सर छोटू राम ने कहा था कि 'किसान को लोग अन्नदाता तो कहते हैं, लेकिन यह कोई नहीं देखता कि वह अन्न खाता भी है या नहीं। जो कमाता है वही भूखा रहे यह दुनिया का सबसे बड़ा आश्चर्य है.' सर छोटू राम को दीनबंधु के नाम से भी जाना जाता है। आइए जानते हैं कौन थे किसानों के मसीहा कहे जाने वाले सर छोटू राम, जिन्होंने अंग्रेजों को भी झुकने पर मजबूर कर दिया था।

पंजाब में जन्में रिछपाल, बने यूं बन गए छोटूराम

24 नवंबर 1881 को रोहतक के एक गांव गढ़ी सांपला में चौधरी छोटूराम का जन्म हुआ था। परिजनों ने उनका नाम रिछपाल रखा था, लेकिन घर में सबसे छोटे होने की वजह से सब उन्हें छोटू राम पुकारते थे। प्राथमिक स्कूल में नाम लिखाने के दौरान उनका यही नाम लिख दिया गया। जो आगे चलकर भी छोटू राम ही रहा। 11 साल की उम्र ही उनकी शादी ज्ञानो देवी से कर दी गई। छोटू राम आगे भी पढ़ाई करना चाहते थे, तो दिल्ली के एक ईसाई स्कूल में एडमिशन ले लिया। हालांकि, दिल्ली जाने से पहले हुई एक घटना ने उनके जीवन को एक नया मोड़ दिया।

पिता के अपमान ने बोया छोटू राम में क्रांति का बीज

छोटू राम एक सामान्य से किसान परिवार से आते थे. उनके पिता सुखीराम पर कर्ज समेत कई मुकदमों का बोझ था। जब बेटे छोटू राम ने आगे पढ़ने की इच्छा जताई, तो पिता मना नहीं कर सके। उनके पिता ने साहूकार से कर्ज लेने की सोची, लेकिन पढ़ाई के लिए कर्ज

देने की जगह साहूकार ने उनके पिता को खूब अपमानित किया। पिता के इस अपमान ने बालक छोटू राम के मन में क्रांति और विद्रोह के बीज बो दिए।

जब छोटू राम बन गए 'जनरल रॉबर्ट'

सर छोटू राम ने 1905 में दिल्ली के सेंट स्टीफंस कॉलेज में दाखिल लिया। यहां से ग्रेजुएशन करने के दौरान उन्होंने पहली बार क्रांति की मशाल जलाई। सर छोटू राम ने अन्य छात्रों के साथ मिलकर हॉस्टल के वार्डन के खिलाफ हड़ताल का ऐलान कर दिया। इतना ही नहीं, कॉलेज में छात्रों की सुविधाओं के लिए अब वह हर हड़ताल में आगे से आगे नजर आने लगे। इसकी वजह से कॉलेज में वो 'जनरल रॉबर्ट' के नाम से भी मशहूर हो गए। 1910 में उन्होंने आगरा कॉलेज से एलएलबी की डिग्री हासिल की थी।

समाज सुधारक के तौर पर मिली पहचान

सर छोटू राम ने जाट आर्य-वैदिक संस्कृत हाई स्कूल खुलवाया। कहा जाता है कि अपनी आमदनी का एक बड़ा हिससा वो इस स्कूल में दान किया करते थे। शिक्षा के क्षेत्र में काम करने के साथ ही सर छोटू राम ने 1912 में जाट सभा का गठन किया। 1915 में 'जाट गजट' नाम से अखबार निकाल उसमें किसानों के लिए लेख लिखने के साथ किसानों की समस्याओं के हल के लिए पैरवी शुरू की। इतना ही नहीं, प्रथम विश्व युद्ध के समय उन्होंने रोहतक से 22 हजार से ज्यादा सैनिकों को सेना में भर्ती होने के लिए प्रेरित किया।

कांग्रेस में शामिल हुए, फिर बनाई खुद की पार्टी

1916 में सर छोटूराम कांग्रेस में शामिल हो गए और 1920 में रोहतक जिला कांग्रेस समिति के अध्यक्ष बनाए गए। हालांकि, कांग्रेस के साथ वो ज्यादा दिनों तक नहीं रह सके। दरअसल, महात्मा गांधी के असहयोग आंदोलन में किसानों की अनदेखी छोटू राम को मंजूर नहीं थी। उन्होंने सर फजले हुसैन और सर सिकंदर हयात खान के साथ मिलकर जमींदारा पार्टी बनाई, जो बाद में यूनियनिस्ट पार्टी हो गई।

हिंदू, मुस्लिम सभी समुदायों में थी गहरी पकड़

1937 के पंजाब के प्रांतीय चुनाव में सर छोटू राम की पार्टी ने 175 में से 99 सीट पर जीत हासिल की। छोटू राम की हिंदू, मुस्लिम समुदाय में गहरी पैंठ थी और उन्हें जमींदारों का भी समर्थन प्राप्त था। वो पंजाब के विकास और राजस्व मंत्री बने। दीनबंधु छोटू राम ने किसानों के लिए क्रांतिकारी सुधार किए। उन्हें दो महत्वपूर्ण कानून पारित कराने का श्रेय दिया जाता है। इनमें से एक पंजाब रिलीफ इंडेब्टनेस, 1934 और दूसरा द पंजाब डेब्टर्स प्रोटेक्शन एक्ट, 1936 था। इन कानूनों में कर्ज का निपटारा किए जाने, उसके ब्याज और किसानों के मूलभूत अधिकारों से जुड़े हुए प्रावधान थे।

गिरवी जमीनों की मुफ्त वापसी जैसे कई अहम कानून कराए पारित

1938 में सर छोटू राम ने साहूकार रजिस्ट्रेशन एक्ट पारित करवाया। इसके साथ गिरवी जमीनों की मुफ्त वापसी एक्ट-1938, कृषि उत्पाद मंडी अधिनियम- 1938, व्यवसाय श्रमिक अधिनियम- 1940 और कर्जा माफी अधिनियम- 1934 कानून को भी पारित

करवाया। 9 जनवरी, 1945 को सर छोटू राम का निधन हुआ था। केंद्र सरकार की ओर से लाए गए तीन कृषि कानूनों के खिलाफ किसान आंदोलन के दौरान भी सर छोटू राम का नाम खूब गूंजा था।

चौधरी सर छोटूराम की जीवनी: कौन थे किसानों के मसीहा

हरियाणा प्रदेश के झज्जर जिले के गांव गढ़ी सापला में छोटूराम का जन्म 24 नवंबर 1881 हुआ था, उनके बचपन का नाम रिछपाल था, लेकिन घर में सबसे छोटा होने के कारण उनको छोटू कहने लगे। बाद में उनका नाम छोटूराम पड़ा। अंग्रेजों के शासनकाल में उनको किसानों के अधिकारों की आवाज उठाने के रूप में जाना जाता है। उनके पिता का नाम सुखीराम और दादा का नाम रामरतन था। उनके पास 10 एकड़ बरानी व बंजर जमीन थी।

चौधरी सर छोटूराम की शिक्षा

छोटूराम की प्रारंभिक शिक्षा उनके गांव से थोड़ी दूर झज्जर के मिडिल स्कूल में हुई। फिर बाद में वह क्रिश्चियन मिशन स्कूल दिल्ली में दाखिल हो गए, लेकिन वहां पर फीस का खर्च ज्यादा था। उनको वहन करने में दिक्कत का सामना करना पड़ रहा था। 1930 में इंटर पास करने के बाद उन्होंने दिल्ली के सेंट स्टीफन कॉलेज से ग्रेजुएशन किया। फिर धीरे-धीरे उन्होंने आर्य समाज में भी अपनी पहचान बनाई। 1905 में सर छोटूराम ने राजा रामपाल के वहां एक सचिव के रूप में कार्य किया और 1907 तक अंग्रेजी अखबार का संपादन किया। इसके बाद वह वकालत की डिग्री करने आगरा चले गए।

क्रांतिकारी भावना

एक दिन चौधरी छोटूराम अपने पिता के साथ कर्ज लेने साहूकार के पास सापला गए। वहां पर उस साहूकार ने उसके पिता सुखीराम का बहुत अपमान किया। उसी दिन से छोटूराम ने ठान लिया कि वह अन्याय के खिलाफ लड़ेंगे। उनकी पहली हड़ताल क्रिश्चियन मिशन स्कूल के प्रभारी के खिलाफ हुई। इस हड़ताल के बाद वह जनरल राबर्ट के नाम से प्रसिद्ध हुए। इसके बाद उन्होंने गरीबों, किसानों और कमेरो के लिए आवाज उठाई और उनको अंग्रेजी हुकूमत से अधिकार दिलाए। 1920 में छोटूराम ने कांग्रेस छोड़ दी क्योंकि वह महात्मा गांधी के असहयोग आंदोलन के पक्षधर नहीं थे, वह सोचते थे कि सरकार के साथ मिलकर गरीब किसानों का भला किया जा सकता है। सरकार के खिलाफ लड़कर नहीं, फिर उन्होंने यूनियनिस्ट पार्टी की स्थापना की और 1937 के प्रोवोशियन असेंबली चुनाव में उनकी पार्टी विजय हुई और वह विकास व राजस्व मंत्री बने।

सामाजिक कार्य व महत्वपूर्ण योगदान

1. सन 1913 में रोहतक में जाट स्कूल की स्थापना की।

2. वकालत जैसे व्यवसाय में भी उन्होंने नए – नए कीर्तिमान जोड़े जैसे झूठे मुकदमे न लेना, छल कपट से दूर रहना, गरीबों को निशुल्क कानूनी सलाह देना।

3. छोटूराम ने सन 1915 में क्रांतिकारी समाचार पत्र जाट गजट की शुरुआत की।

4. चौधरी छोटूराम ने सन 1930 में दो महत्वपूर्ण कानून पास कराने का श्रेय प्राप्त है। इन कानूनों से किसानों को साहूकारों से छुटकारा दिलाने का कार्य किया।

पंजाब रिलीफ इंडिपेंडेंस सन 1934 और द पंजाब डेब्ट्रस प्रोटेक्शन एक्ट 1936 यह कानून किसानों की कमर तोड़ने वाले ब्याज, उनके कर्ज का निपटारा और किसानों के अधिकारों से जुड़े आयाम थे। इन कानूनों से किसानों को साहूकारों के शोषण से मुक्ति मिली।

5. भाखड़ा बांध: सर छोटूराम ने ही भाखड़ा बांध का प्रस्ताव रखा था।

छोटूराम ने किसानों को क्या दो बातें बताई थी: मेरे भोले किसान एक तो बोलना सीख ले और दूसरा दुश्मन को पहचान ले।

सम्मान –

अक्टूबर 2018 में पीएम नरेंद्र मोदी ने सापला, जिला रोहतक में सर छोटूराम की 64 फुट ऊंची प्रतिमा का अनावरण किया था। इस मौके पर मोदी ने कहा था छोटूराम का कद इतना बड़ा था कि सरदार पटेल ने उनके बारे में कहा था कि अगर छोटूराम जीवित होते तो हमें पंजाब की चिंता नहीं करनी पड़ती।

जाट कौम अपनी ताकत को पहचाने और अधिकारों को जाने

सवर्ण जातियों के संगठन आजादी के सैकड़ों वर्षों पहले से कार्य कर रहे थे लेकिन जाट कौम ने अपना अलग से संगठन का पहली बार सन 1907 में ख्याल आया और जाट सभा बनाई। लेकिन फिर भी जाट कौम ने सर्व जातीय खापों में विश्वास रखा क्योंकि जाट कौम का स्वभाव सभी को साथ लेकर चलने का रहा जिसका मूल कारण था कि उत्तर भारत का जाट (किसान) अपने क्षेत्र में अपनी जातियों के लिए रोजगार का एकमात्र साधन था। इसलिए उसने अपने संगठन और अपनी ताकत की ओर कभी ध्यान नहीं दिया। जाटों के संगठन और उनके अधिकारों की मांग पहली बार दीनबन्धु सर चौधरी छोटूराम ने उठाई। उनकी राजनीति का आधार आर्थिक होते हुए भी जातीय संगठन पर आधारित था। चौधरी छोटूराम ने नारा दिया कि राज करेगा जाट। कांग्रेस के असहयोग आन्दोलन के विरोध में सन 1920 में उन्होंने कांग्रेस से अपना नाता तोड़ा और सन 1927 में साईमन कमीशन का स्वागत किया तथा स्वागत कमेटी के वे अध्यक्ष थे। उन्होंने बार-बार कहा कि काले अंग्रेज गोरे अंग्रेजों से बुरे साबित होंगे। चौधरी सर छोटूराम की इन सभी नीतियों को जानने के लिए हमें गहराई से अध्ययन करने की आवश्यकता है कि किस प्रकार उन्होंने अपनी कौम के लिए अंग्रेजी हुकूमत और कांग्रेस का तेल निकाला ? (पुस्तक - पंजाब पोलटिक्स रॉल ऑफ सर छोटूराम)

आजादी से पहले सवर्ण जातियों में ब्राह्मण और कायस्थों के संगठन अधिक सक्रिय थे और इन्हीं जातियों का अंग्रेजी सरकार के प्रशासन में अधिक दखल और भागेदारी थी क्योंकि यही लोग पढ़े-लिखे थे। लेकिन शासन में अधिक हिस्सा पाने के लिए इनमें जबरदस्त होड़ थी। सन 1857 के संग्राम में जाट और इसकी सहयोगी जातियां देश की आजादी के लिए खून बहा रही थी तो पं. नेहरू के दादा पं. गंगाधर कौल तथा कायस्थ नेता जीवन लाल में

आपसी होड़ थी कि कौन कितना अपने को अंग्रेजों का वफादार साबित करता है। इसी होड़ में उन्होंने क्रान्तिकारियों से गद्दारी व अंग्रेजों की वफादारी करके अपने तथा अपनी जाति के लोगों के लिए बड़े-बड़े पद हासिल किए। (पुस्तक - राजा नाहरसिंह का बलिदान तथा ट्रेटर्स ऑफ 1857) जब 15 अगस्त 1947 को देश स्वतन्त्र हुआ तो भारत के 15 राज्यों में से 12 राज्यों की कांग्रेस कमेटियों ने प्रथम प्रधानमन्त्री के लिए सरदार पटेल के नाम का अनुमोदन किया लेकिन ब्राह्मण कायस्थ और बणिया जातियों के संगठन ने अंग्रेजों के आशीर्वाद से पं. नेहरू को प्रधानमन्त्री नियुक्त किया जो गैर लोकतान्त्रिक था। इसलिए भारत में रहे एक अंग्रेज उच्च अधिकारी मिस्टर क्रिप्स ने सन् 1948 में इंग्लैण्ड में बयान दिया अंग्रेज भारत में व्यापार के लिए गए थे और उन्होंने 200 साल तक ये कार्य किया, जब इसमें विघ्न पड़ने लगे तो अपने व्यापार के हित में भारत की बागडोर अपने एजेंटंटों को दे आये। (पुस्तक किसान विद्रोह और संघर्ष तथा पार्टिसियन ऑफ इण्डिया)

यहां विशेष ध्यान देने की बात है कि जब तक पहला चुनाव सन् 1952 में नहीं करवाया गया, पं. नेहरू ने सभी राज्यों में अपनी ब्राह्मण जाति से मुख्यमन्त्री मनोनीत किये। इससे पहले देश की सत्ता के बंटवारे में प्रधानमन्त्री का पद ब्राह्मण जाति को गया और राष्ट्रपति का पद डॉ. राजेन्द्र प्रसाद कायस्थ के हिस्से में आया तथा बाद में राष्ट्रपिता का पद बणिया जाति को गया। सन 1947 के बाद कायस्थ जाति ब्राह्मण जाति से पीछे चली गई जिसमें सबसे बड़ा हाथ पं. नेहरू का था जो उस समय के प्रशासनिक आंकड़े स्वयं ही बोल रहे हैं। दुर्भाग्यवश दीनबन्धु चौधरी छोटूराम का 09 जनवरी 1945 को अकस्मात निधन होने पर जाटों का हर दावा दफन हो गया वर्ना इसी संयुक्त पंजाब के बारे में नेहरू कहा करते थे कि संयुक्त पंजाब उनकी पहुंच से बाहर है और उनका सबसे बड़ा सिरदर्द है।

डॉ. अम्बेडकर को भारतीय संविधान का निर्माता कहा जाता है और उन्होंने कहा था - जब तक जातीयता का अहसास न हो राष्ट्रीयता हो ही नहीं सकती। यह कटु सत्य है इसीलिए तो अंग्रेजों ने जाति पर आधारित जाट और राजपूत रेजीमेंट बनाई थी। (बाकी रेजीमेंट क्षेत्रीय आधार पर हैं)। आजादी के बाद जब गैर सवर्ण जातियों ने अपने संगठन मजबूत करने शुरू कर दिए और प्रशासन में अपने हिस्से की मांग करने लगे तो शिखर पर बैठे सवर्ण जातियों के लोगों की कुर्सियां हिलने लगी। इस पर सवर्ण जातियों के इन लोगों ने सरकारी तौर पर प्रचार करना शुरू कर दिया कि कोई जात-पात नहीं होनी चाहिए इससे देश कमजोर होता है। जबकि वास्तविकता यह है कि जब जातियां मजबूत होंगी तो देश भी मजबूत होगा क्योंकि यही जातियां इस देश के स्तम्भ हैं। ये लोग यही बतलाने में पूर्णतः असमर्थ हैं कि जाति विहीन समाज की व्यवस्था कैसे होगी? इस पर ये लोग यूरोपीय देशों के उदाहरण देने लग जाते हैं जबकि वहां की संस्कृति और सामाजिक व्यवस्था भारत में पूर्णतः भिन्न है। लेकिन दुःख की बात है कि हमारी कौम अधिक भावुक होने के कारण इस दुष्प्रचार की चपेट में आ रही है जबकि दुष्प्रचार करने वाले सवर्ण जातियों के लोग अपने नामों के साथ जातीय पहचान

के सरनेम व गौत्र का खुलकर इस्तेमाल करते हैं। इसके लिए उदाहरण देने की आवश्यकता नहीं है (जाट कौम न तो सवर्ण जाति है न ही दलित यह ब्राह्मणिक वर्ण व्यवस्था से अलग हैद्)। लेकिन बड़े दुःख की बात है कि हमारी नई पीढ़ी इस दुष्प्रचार से बुरी तरह प्रभावित है। (पुस्तक-अम्बेडकर विचारावली तथा राष्ट्र में अनेक राष्ट्र)

उत्तर भारत में बाड़मेर-बीकानेर से बिजनौर तथा कठुवा से ग्वालियर तक का क्षेत्र जाट बाहुल्य क्षेत्र है जिसमें 5 करोड़ जाट लगभग 35 हजार गांवों व कस्बों में 4800 गौत्रों के साथ रहते हैं जिनके बीच अहीर, गुर्जर और मीणा जातियों के छोटे-छोटे पैकेट हैं। इसके अतिरिक्त जाटों के गांवों में उनकी सहजातियां भी रहती हैं।

उत्तर भारत के 65 लोकसभा क्षेत्रों में जाट वोट निर्णायक स्थिति में हैं तथा 32 क्षेत्र जाट बाहुल्य हैं। जाट कौम का देश के लिए हर क्षेत्र में भारत की किसी भी एक जाति से अधिक योगदान है। जाट कौम का देश के लिए तीन क्षेत्र में भारत की किसी भी एक जाति से अधिक योगदान है (मंडी चोर और पाखंडी छोड़कर) चाहे व लड़ाई का मैदान हो या खेती का मैदान या फिर खेल का मैदान हो। केन्द्रीय अनाज भंडार में जाटों का 80 प्रतिशत योगदान है। लगभग आधा दर्जन रियासतों को जब्त करने पर भी 15 अगस्त 1947 को जाटों की छोटी-बड़ी 26 रियासतें थी अर्थात् राज करना जाटों का स्वाभाविक गुण और अधिकार रहा है। दिल्ली का राष्ट्रपति भवन, संसद भवन और इंडिया गेट जाटों के रायसीना गांव की जमीन पर हैं। आज भी दिल्ली में जाटों के 245 गांव हैं। कहने का अर्थ है कि दिल्ली भी जाटों की रही और दिल्ली के चारों ओर घेरा भी जाटों का रहा। फिर दिल्ली जाटों से दूर क्यों ? सोची समझ चाल के तहत सन् 1947 में दिल्ली से एक लाख मुस्लिम जाने पर उनकी जगह 4 लाख 80 हजार पाक शरणार्थी अपने चहेतों के नाम कालोनियां बनाकर बसाये गए और सन 1959 में हजारों तिब्बती बसाये। और उसके बाद उत्तरांचलियों के साथ-साथ विदेशियों (बांग्लादेशी) तक को दिल्ली में बसाकर गांवों के साथ-साथ जे.जे. कालोनियां खड़ी कर दी जिसका एकमात्र उद्देश्य जाटों को अल्पमत में लाकर उनकी पहचान और संस्कृति को मिटाना था। वरना 12 लाख नागाओं का नागालैण्ड, 3 लाख बोड़ों का बोडोलैण्ड और 2 लाख गोरखों का गोरखालैण्ड इसी देश में है तो फिर देश में 5 करोड़ जाटों का जटलैंड क्यों नहीं?

क्योंकि आजादी मिलने पर जाटों ने सोचा कि उन्होंने सब कुछ पा लिया वरना यह कैसे हो सकता था कि जो राज कर रहे थे वो राज से दूर रहे और जिनके पूर्वज अंग्रेजों के पिट्ठू व मुंशी थे वे ही सन् 1947 के बाद राज करने लगे। इसका मूल कारण जाटों की इच्छाशक्ति और महत्वाकांक्षा का पतन होना। जबकि पाकिस्तान से शरणार्थी बनकर आये श्री मनमोहन सिंह कोहली और श्री लालकृष्ण आडवाणी (सिंधी) दोनों ही प्रधानमन्त्री पद के दावेदार बने और सुषमा स्वराज तथा अरूण जेटली लोकसभा व राज्यसभा में विपक्ष के उपनेता बने। यह सभी इच्छाशक्ति और महत्वाकांक्षा का ही करिश्मा है वरना इन्हीं के पूर्वजों ने कभी दीनबन्धु सर छोटूराम को काले झण्डे दिखाये थे। जाट कोई जाति नहीं, जाट एक कौम है। वास्तव में जाट कौम ही नहीं एक राष्ट्र है। यह बात विद्वान इतिहासकार

कालीरंजन कानूनगो तथा उपेन्द्रनाथ शर्मा ने अपने इतिहासों में लिखी है। लेकिन यहां तो जाट हरियाणा और पंजाब की कुर्सियों तक ही सीमित रह गये।

जाट दिल्ली की राजसत्ता से पीछे रहने के लिए स्वयं जिम्मेदार हैं क्योंकि इसी जाति का एक पढ़ा-लिखा वर्ग जात-पात का विरोध करने लगा है। लेकिन हैरत की बात है कि यही लोग अपने बच्चों के रिश्तों के लिए जाटों को ही ढूंढते हैं। दूसरा यही लोग दुष्प्रचार करते हैं कि जाट कौम कभी इकट्ठा नहीं हो सकती। जबकि सच्चाई यह है कि कोई भी परिवार, गांव, समाज और जाति किसी मुद्दे पर इकट्ठा हुआ करती है। जब कौम के पास 65 साल से (चौधरी छोटूराम के देहान्त के बाद) कोई कौमी मुद्दा ही नहीं तो फिर किस बात के लिए इकट्ठा हो? इसलिए आज कौम को अपने हक के आधार पर मुद्दे बनाने की आवश्यकता है।

उदाहरण के लिए पूरे भारत में जाटों का समान रूप से आरक्षण हो। यह पहला ज्वलंत मुद्दा हो, दूसरा मुद्दा जाटों की दिल्ली देश की राजधानी में जाटों की एक चौपाल हो जिसे जाट हाऊस के नाम से जाना जाये। साथ-साथ तीसरा मुद्दा हो दिल्ली की कुर्सी। जब एक नेता 10-12 सांसद लेकर दिल्ली की कुर्सी का दावा करता है तो उनसे दुगुने जाट सांसद होने पर भी जाट क्यों नहीं ? इसलिए जाट कौम को अपनी ताकत को जानना और अधिकारों को पहचानना होगा।

बोलना ले सीख और दुश्मन को ले पहचान

हे मेरे जाट भाई, मेरी दो बात मान ले - पहली, बोलना ले सीख - दूजी, दुश्मन को ले पहचान। यह बात दीनबन्धु चौधरी सर छोटूराम ने अपने जीवन में बार-बार दोहराई। 'बोलना ले सीख' उनका अभिप्राय था कि जाट कौम अपने अधिकार के लिए बोलना शुरू करे, गूंगा बनकर रहने से उसकी किसी समस्या का हल नहीं है। यदि हम अपने अधिकारों की मांग नहीं करते हैं तो आने वाली हमारी पीढ़ियां हमें कायर कहेंगी। विकास की दौड़ में गूंगी कौम हमेशा पिछड़ जाती हैं और दूसरे लोग उनके अधिकारों का जमकर अतिक्रमण करते हैं। इसलिए उनका कहना था कि हमें जहां भी मंच मिले अपनी आवाज को बुलन्द करके अपने अधिकारों के लिए हुंकार भरी होगी, गर्जना करके सत्ता और शोषक को बतला दें कि हम अपने अधिकारों के लिए जागरूक हैं। यदि हमारे अधिकारों का अतिक्रमण हुआ तो हम चुप रहने वाले नहीं हैं और हम अपने अधिकारों के लिए आवाज उठाना जानते हैं। संतोषी बने रहना विकास की दौड़ में सबसे बड़ी अड़चन है। इसलिए उन्होंने जाट कोम को संतोषी भाव को त्यागने का आह्वान किया था । उन्होंने अपनी इस नीति को बार-बार जाट गजट में दोहराया था।

दूसरी बात "अपने दुश्मन को ले पहचान" जब हम बोलना सीख गये तो साथ-साथ अपने दुश्मन की पहचान भी करनी होगी जो हमारे हितों और अधिकारों का हनन कर रहा है। हमें जानना होगा कि कौन वर्ग और जाति हमारा शोषण कर रही है। उनका यह भी कहना था कि दुश्मनों को भी जानना पड़ेगा जो धर्म के नाम पर हमारा आर्थिक, सामाजिक और

राजनीतिक शोषण करके हमारी कौम में फूट डालना चाहते हैं। इसलिए उनका कहना था कि दुश्मन की पहचान करके ही उनसे निपटा जा सकेगा। ये दुश्मन हमारे चारों तरफ नजदीक रहकर हमारे हितों पर प्रहार करते रहते हैं, लेकिन हम बेखबर बने रहते हैं। इसलिए हमें अपने अधिकारों की रक्षा के लिए हमें बोलना सीखकर दुश्मन की पहचान करनी होगी। चौधरी छोटूराम अपने हर भाषण से पहले यह शेर अवश्य कहा करते थे - खुदी को कर बुलन्द इतना कि हर तकदीर से पहले खुदा बन्दे से खुद पूछे कि बता तेरी रजा क्या है।

चौधरी छोटूराम हमारे नेता ही नहीं थे बल्कि वे स्वयं एक विषय और संस्था थे। और इस विषय के बारे में हम जितना भी अध्ययन करते जायेंगे हम उतना ही इस विषय के उजियारे छोर की तरफ बढ़ते चले जायेंगे जो हमें अंधकार से मुक्त करता है। चौधरी छोटूराम रोहतक जिले की कांग्रेस कमेटी के अध्यक्ष थे। जब सन 1920 में कर्मचन्द गांधी ने अंग्रेजों के विरोध में अपना पहला आंदोलन असहयोग की घोषणा की तो उन्होंने तुरन्त कांग्रेस छोड़ दी। क्योंकि उन्होंने अपनी दूरदर्शिता से यह भांप लिया था कि जिस जाट किसान को वे कई सालों से दुश्मन की चुंगल से निकालने की योजना बना रहे हैं इस आन्दोलन के कारण वे सदा-सदा के लिए उनके चंगुल में फंस जायेंगे। क्योंकि वे जानते थे कि जब जाट किसान जमीन की मालगुजारी देना बन्द कर देगा तो ब्रिटिश सरकार उनकी जमीन को नीलाम कर देगी और उसे व्यापारी वर्ग खरीद लेगा। इसका उदाहरण उनके सामने 1857 के आन्दोलन का था जिसमें अंग्रेजों ने सैकड़ों जाटों गांवों को जमीन को नीलाम कर दिया था जो कभी वापिस नहीं मिली। देश के आजाद होने के बाद आज भी ऐसे उदाहरण हैं जिसमें सभी प्रयासों के बाद न तो जाटों को जमीन मिली और ना ही मुआवजा। जिसमें हरियाणा का रोहणात और दिल्ली का बाकरगढ़ आदि गांवों के उदाहरण दिये जा सकते हैं।

दूसरा, चौधरी साहब यह अच्छी तरह समझ चुके थे कि गांधी के आन्दोलन में केवल शोषण जातियां उदाहरण के लिए ब्राह्मण, बनिया और कायस्थ इकट्ठे हो गये थे जो जाट कौम के पुराने शोषक थे। इसलिए चौधरी छोटूराम ने अपने और अपनी कौम को इस आन्दोलन से दूर रखकर इसके विरोध में संयुक्त पंजाब में जमींदारा पार्टी का गठन किया और सही समय पर कौम के दुश्मन की पहचान की। चौधरी छोटूराम ने अपने पूरे जीवन में अपनी कौम के फायदे का कभी कोई एक अवसर भी नहीं गंवाया। जब सन् 1928 में साईमन कमीशन भारत आया तो उसकी स्वागत कमेटी के अध्यक्ष बने जबकि कांग्रेस उनका विरोध कर रही थी। वे भली-भांति जानते थे साइमन कमीशन की रिपोर्ट से जाट कौम को दीर्घकालीन फायदे होने हैं और उनकी प्रगति में कोई बाधा नहीं आयेगी। इसी बात पर दुश्मनों के समाचार पत्रों ने चौधरी छोटूराम को अंग्रेजों का पिट्ठू लिखना शुरू किया। लेकिन ये दुश्मन कैसे भूल गये थे कि इंग्लैण्ड का राजा जार्ज पंचम सन् 1911 में भारत आया तो उसकी स्वागत कमेटी के संयोजक पण्डित नेहरू के पिता मोतीलाल नेहरू ही थे। और जार्ज पंचम के स्वागत में आज का राष्ट्रीय गान जन-मन-गण रचा गया और गाया गया और इसके साथ-साथ मोतीलाल ने नारा लगाया लॉन्ग लिव अनार्की जिसका अर्थ था

कि ब्रिटिश साम्राज्य हमेशा कायम रहे। याद रहे रवीन्द्रनाथ ठाकुर के बहनोई इंग्लैण्ड में रहते थे। उन्होंने ही जार्ज के स्वागत में एक गान लिखने के लिए टैगोर को कहा था और बाद में रविन्द्रनाथ टैगोर को गीतान्जलि के लिए नोबल पुरस्कार मिला। उसका कारण परोक्ष रूप से यही गाना था। इसी गान को राष्ट्रीय गान बनाने के विरोध में संविधान सभा के 319 सदस्यों ने कड़ा विरोध किया लेकिन पण्डित नेहरू ने उनकी एक नहीं सुनी तो फिर पण्डित मोतीलाल और पण्डित जवाहर लाल नेहरू को अंग्रेजों का पिट्ठू क्यों नहीं बतलाया गया ? बाद में पण्डित टैगोर ने लाला कर्मचन्द गांधी को महात्मा की उपाधि दे दी तो लाला गांधी ने पण्डित जी को बदले में गुरुदेव की उपाधि देकर अपनी गुरु दक्षिणा चुकाई। इसी प्रकार जब गांधी ने नेहरू को देश का प्रधानमन्त्री बनाया तो नेहरू ने गांधी को पूरे राष्ट्र का ही पिता बना दिया।

वैसे इंग्लैण्ड के रक्षामन्त्री मि. क्रिप्स ने सन 1948 में इंग्लैण्ड में ब्यान दिया हमने अपने व्यापार की सुरक्षा के लिए भारत पर 200 वर्ष तक राज किया और उसी व्यापार की सुरक्षा के हित में हम भारत की सत्ता अपने एजेंटों को दे आये। इससे स्पष्ट है कि अंग्रेजों के पिट्ठू और एजेन्ट कौन थे।

जब सन 1947 में दूसरा विश्वयुद्ध आरम्भ हुआ तो चौधरी छोटूराम ने जाटों को आह्वान किया कि वे सेना में भर्ती हो जाएं और इसी आह्वान पर लाखों जाट सेना में भर्ती हुये और जाटों ने रणक्षेत्र में अपनी बहादुरी को सिद्ध किया और वास्तविक क्षत्रिय कहलाये। चौधरी छोटूराम का उद्देश्य था कि जाट सेना में जायेंगे तो अपने ग्रामीण माहौल से निकालकर दुनिया को देखेंगे जिससे उनको बहुत बड़ा अक्सपोजर मिलेगा और साथ-साथ जाटों की आर्थिक हालत में भी सुधार आयेगा। उनकी यह सोच सच साबित हुई जब जाट रणबांकुरों ने अपनी वीरता के बल पर भारतीयों को मिले 40 विक्टोरिया क्रास में से 10 विक्टोरिया क्रास जाटों के नाम थे। (एक गैर जाट रांघड़ जाति का चौथी जाट बटालियन से था।) इन्हीं जाट सैनिकों के बच्चे बाद में जनरल और अन्य ऊंचे-ऊंचे पदों पर पहुंचे और यह प्रक्रिया आज तक जारी है।

याद रहे अहिंसा के पुजारी कर्मचन्द गांधी ने बाद में इसी युद्ध में अंग्रेजों का समर्थन किया। जबकि सभी जानते हैं कि युद्ध में हमेशा हिंसा होती है और युद्ध हिंसा के लिए ही लड़े जाते हैं। लेकिन फिर भी कर्मचन्द गांधी को अंग्रेजों का पिट्ठू न लिखकर अहिंसा का पुजारी कहा जाता है।

चौधरी छोटूराम दुश्मन को पहचानने में तनिक भी विलम्ब नहीं करते थे। इसलिए वे कहा करते थे - गोरे अंग्रेजों से काले अंग्रेज बुरे साबित होंगे। और इसके लिए आज कोई प्रमाण देने की आवश्यकता नहीं है। धर्म के नाम पर हमारे दुश्मनों ने हमारे विरोध में जो प्रचार किया उसका मुंहतोड़ जवाब चौधरी छोटूराम ने संयुक्त पंजाब के सन् 1936 के चुनावों में दिया जब जर्मींदारा पार्टी के 120 विधायक विजयी रहे कांग्रेस पार्टी मात्र 16 तथा जिन्ना मुस्लिम लीग के मात्र 2 विधायक ही जीत पाये। उनमें से भी एक जर्मींदारा पार्टी में चला

गया और उन्होंने सिद्ध कर दिया कि कर्मचन्द गांधी का असहयोग आन्दोलन केवल उच्च जातियों तथा शहरों तक ही सीमित था।

पंजाब में हमारे दुश्मनों के अखबार चौ. छोटूराम को हिटलर लिखते थे इसके उत्तर में चौधरी साहब कहते थे वहां हिटलर तो होगा ही जहां यहूदी रहेंगे। यहूदी कौम संसार की एक बड़ी व्यापारी और शोषक कौम रही है। इसी कारण हिटलर ने उनकी तबाही की थी। साम्यवादी सिद्धान्त का जन्मदाता कार्लमार्क्स स्वयं एक यहूदी था जिनका उद्देश्य जर्मींदारों को उनकी जमीन से बेदखल करने तक ही सीमित था और कुछ नहीं। इसलिए हमें यह जानने का अधिकार है कि पूंजीवाद और साम्यवाद दोनों ही जाट कौम के दुश्मन हैं और अनैतिक हैं। इसी कारण चौधरी चरणसिंह ने सन् 1952 में नागपुर के कांग्रेस अधिवेशन में पण्डित नेहरू के सहकारी खेती प्रस्ताव का विरोध किया था और उसे पास नहीं होने दिया था। इसलिए जाट कौम का हित केवल छोटूरामवादी समाजवाद में है और यह सच्चा समाजवाद चौधरी छोटूराम का था जिसे हमें अपनाना होगा।

वर्तमान में जाट कौम बोलना तो सीख रही है लेकिन मुद्दों से हटकर। क्योंकि जाट कौम चौधरी छोटूराम के बाद कोमी मुद्दे बनाने में पूर्णतया असफल रही है। इसी कारण जाट कौम के अनेक दुश्मन भी पैदा हो गये जिनमें प्रमुख हैं - जिन्होंने अपने पाखण्डी ग्रन्थों में जाट कौम को शूद्र लिखा और फिर सन 1932 में जाट कौम को लाहौर हाईकोर्ट से एक शूद्र जाति घोषित करवाया और साथ-साथ जाट कौम के इतिहास का अतिक्रमण जारी रखा और आज जाट कौम के आरक्षण का विरोध कर रहे हैं। दूसरा दुश्मन वो है जिनके पूर्वजों ने चौधरी छोटूराम को काले झण्डे दिखाये और जाट कौम की एक बड़े भाग की नौकरियों पर कब्जा कर लिया और जाट कौम की संस्कृति का अतिक्रमण कर रहे हैं। तीसरा दुश्मन जो अनुसूचित जाति के कानून के तहत जाटों के स्वाभिमान को चोट पहुंचाने का प्रयास कर रहे हैं।

यदि हमने अपना खोया हुआ गौरव प्राप्त करना है तो दीनबन्धु चौधरी छोटूराम को पुनः जीवित करना होगा, जिस प्रकार केवल 30 वर्षों में दलित जातियों ने डॉ. अम्बेडकर को जीवित कर दिया। जाट भाइयो, आओ और कौम को आगे बढ़ाने का बीड़ा उठाओ।

चौधरी सर छोटूराम की मृत्यु 9 जनवरी, 1945 को हुई थी। यूनियनिस्ट पार्टी के हल और तलवार के चिन्ह वाले झंडे में लिपटे उनके शरीर को लाहौर से रोहतक लाया गया। रोहतक में कांग्रेस कमेटी की तरफ़ से प. श्रीराम शर्मा ने कांग्रेस पार्टी का तिरंगा झंडा पेश किया। चौधरी सर छोटूराम का दाहसंस्कार जाट हीरोज़ मेमोरीयल हाई स्कूल रोहतक की सेठ छाजूराम बिल्डिंग के सामने किया गया।

उनकी मृत्यु के बाद जब सोमवार, 19 फ़रवरी, 1945 को पंजाब असेम्बली का सेशन शुरू हुआ तो सदन में उन्हें श्रधांजलि पेश की गई। पंजाब के प्रीमियर ख़िजर टिवाना समेत सभी वज़ीरों व सदस्यों ने शोक प्रकट किया। मुझे इनमें डॉ. शेख मुहम्मद आलम का शोक संदेश दिल से प्रकट किया दर्द लगा।

चौधरी छोटूराम को श्रधांजलि देते हुए डॉ. शेख मुहम्मद आलम (रावलपिंडी डिवीजन टाउन, मुहम्मडन, अर्बन) -

जनाब, काफ़ी देर बाद मैं इस अगस्त हाउस को एक बहुत ही अलग विषय पर संबोधित करने के लिए खड़ा हुआ हूं, जिसके बारे में मौखिक रूप से संवेदना व्यक्त की जानी है। मैं इस दुर्भाग्यपूर्ण घटना के बारे में कुछ सरल शब्दों में अपनी भावनाओं को व्यक्त करना चाहता हूँ। सभी तरह की राय के लोगों ने स्वर्गीय चौधरी सर छोटू राम पर सहानुभूति की बौछार की है। स्वर्गीय चौधरी सर छोटू राम की स्मृति को एक शानदार श्रद्धांजलि देने वालों में वो नेता भी शामिल हैं जो मानते हैं कि धर्म को राजनीति में हस्तक्षेप नहीं करना चाहिए और उन दलों के नेता भी जो मानते हैं कि धर्म को राजनीति में हस्तक्षेप करना चाहिए। विभिन्न दलों के नेता, अर्थात् वे दल जो खुद को दलितों व दबे कुचले हुए जमींदारों के शुभचिंतक होने का दावा करते हैं, और जो गैर-कृषको के नेता कहे जाते हैं, स्वर्गीय सर छोटू राम की प्रशंसा में हमारे साथ जुड़े हैं। सर छोटू राम की महानता के बारे में विभिन्न दलों के इन नेताओं ने जो कुछ व्यक्त किया है, उसके संबंध में मैं कुछ नहीं कहना चाहता, लेकिन अब तक किए गए तमाशे से एक बात बिल्कुल स्पष्ट हो गई है कि एक आदमी के रूप में सर छोटू राम में कुछ अलग था, और मैं कहूंगा कि यही एकमात्र गुण था जिसने मुझे हमेशा बहुत दृढ़ता से आकर्षित किया था। इसी गुण के कारण ही मैं आज इस सदन में उनकी प्रशंसा करने के लिए खड़ा हूं, एक यूनियनिस्ट के रूप में नहीं, एक कृषक के रूप में नहीं, और एक राष्ट्रवादी के रूप में नहीं, बल्कि एक व्यक्ति के रूप में। एक व्यक्ति के रूप में उनमें वास्तव में कुछ विशेष ख़ासियत थी, जो उन्हें दूसरों से अलग करती थी और केवल उसी गुण के कारण वह हमारे बीच इतने लोकप्रिय थे।मैं यह भी निवेदन कर सकता हूं कि उनके इसी गुण के कारण ही आज विभिन्न वर्गों के लोग भी अब उनकी प्रशंसा कर रहे हैं और उनके दुखद निधन पर बहुत दुखी हैं। अब सदन के पटल पर की गई सभी अनावश्यक टिप्पणियों को एक तरफ रखते हुए, मैं फिर से यह निवेदन करूंगा कि सर छोटू राम, एक व्यक्ति के रूप में हमारे बीच एक बहुत ही प्रतिष्ठित स्थान रखते थे। उनके मित्रों और यहाँ तक कि विरोधियों ने भी उन्हें विभिन्न रंगों में प्रस्तुत करते हुए इस तथ्य को स्वीकार किया है कि उनके दिल और दिमाग़ की योग्यता का स्तर बहुत ऊँचा था कि वो प्रशंसा के हक़दार थे और उनके सच्चे स्वभाव और सशक्त चरित्र के कारण ही उन्होंने उन्हें हमेशा सम्मान दिया था। वे पूँजीवाद के घोर विरोधी थे और गरीबों के प्रति स्नेही होने के कारण वे हमेशा उनके लिए डटे रहते थे। उनका जीवन गरीबों और दलित जमींदारों की स्थिति में सुधार के लिए एक निरंतर संघर्ष में गुज़रा और हम में से कोई भी इस तथ्य से इनकार नहीं कर सकता है कि अपने पूरे जीवन में वह एक वर्ग की भलाई के लिए प्रयास कर रहे थे, चाहे उस वर्ग का बहुमत मुस्लिम या हिंदू ही क्यों न हो। उन्होंने उस वर्ग की बेहतरी के लिए अच्छा प्रदर्शन किया, जिसकी मदद करने के लिए वह निकले थे। उन्होंने उनके अधिकारों की रक्षा की। उन्होंने उनमें नया रक्त संचार किया। उन्होंने सदन से उनके अधिकारों को दिलाया और उनके सिर को ऊंचा रखने के लिए

उनके लिए हर संभव प्रयास किया। उनमें कई गुण थे लेकिन दो चीजें जो मुझे सबसे ज्यादा प्रभावित करती थीं, वह थी छोटू राम एक आदमी के रूप में और दूसरा पूंजीवाद के विरोध में।

अब, जनाब, मेरी इच्छा है कि हमारी सहानुभूति न केवल दिवंगत के परिवार के शोक संतप्त सदस्यों तक पहुंचाई जाए बल्कि यह बात झोंपड़ियों में रहने वाले जमींदारों और यहां तक कि उन गरीब किसानों तक भी पहुंचाई जानी चाहिए जो मुश्किल से अपना गुजारा करते हैं, जिनके साथ दिवंगत मंत्री स्वर्गीय सर छोई राम का जज़्बाती रिश्ता था। हालांकि, मैं सरकार से कहना चाहता हूं कि वह हमारी भावनाओं को दिवंगत सर छोटू राम के दुश्मनों तक भी पहुंचाएं।

मेरे माननीय मित्र लाला भीम सेन सच्चर, जोकि विपक्ष के नेता हैं, ने ठीक ही कहा है कि सर छोटू राम अपने शक्तिशाली व्यक्तित्व के कारण दोस्त और दुश्मन बनाने में मदद नहीं कर सकते थे। मैं उनसे काफी सहमत हूं, लेकिन मैं कहूंगा कि दुश्मन कई तरह के होते हैं। ऐसे दुश्मन हैं जिनकी दुश्मनी ईमानदारी पर आधारित है जबकि दूसरी तरफ ऐसे दुश्मन हैं जिनकी दुश्मनी द्वेष में निहित है, सर छोटू राम के दूसरे प्रकार के दुश्मन भी थे। इस संबंध में मैं बता दूं कि कुछ ऐसे अख़बार थे जिनका प्रकाशन और स्तर मुख्य रूप से सर छोटू राम को गाली देने पर निर्भर करता था और उन पर कीचड़ उछालकर पैसा मिलता था। अब जाहिर तौर पर सर छोटू राम की मौत ने उनके पेशे को घातक झटका दिया है। मुझे उन अख़बारों पर बहुत दया आती है, क्योंकि अब वे पैसे नहीं हड़प सकेंगे जो वे अब तक करते रहे हैं। मुझे यह कहते हुए दुख हुआ कि ज़मींदारों के अधिकारों की रक्षा की ज़िम्मेदारी अपने ऊपर लेने वाले अख़बार भी उसी तर्ज पर काम कर रहे हैं, जैसा कि उन अख़बारों ने अपनाया है, जिनकी आय का स्रोत, जैसा कि मैंने बताया है, मुख्य रूप से दिवंगत मंत्री को कोसने पर निर्भर करता है।

मुझे उन अख़बारों से पूरी सहानुभूति है जिनकी आय सर छोटू राम की मृत्यु के कारण हमेशा के लिए रुक गई है।

अपनी सीट पर बैठने से पहले मैं कहूंगा कि सर छोटू राम वास्तव में एक महान व्यक्ति थे और मैं उन्हें एक यूनियनिस्ट के रूप में ही नहीं बल्कि पूंजीवाद के कट्टर विरोधी के रूप में, ग़रीब ज़मींदारों के एक महान शुभचिंतक और हमदर्द के रूप में बहुत सम्मान देता हूँ। अंत में मैं शोक संतप्त संबंधियों और गरीब जमींदारों के साथ-साथ स्वर्गीय सर छोटू राम के उन दयनीय शत्रुओं के प्रति गहरी सहानुभूति व्यक्त करता हूं, जिनकी आय को उनकी मृत्यु ने समाप्त कर दिया है।

\- यूनियनिस्ट राकेश सांगवान

विशेष: किसानों के 'संविधान निर्माता' कमेरों के लड़ाका दीं बंधु चौधरी सर छोटूराम
महेश चौधरी (24 Nov 2023)

''हम गोरे बनियों (व्यापारियों) का शासन बदल कर काले बनियों का शासन नहीं चाहते। हम चाहते हैं कि भारत में किसान-मज़दूर का राज हो।''

ये 8 जनवरी 1945 की शाम थी और आज़ादी से पहले के पंजाब प्रांत की राजधानी लाहौर में सूबे की सरकार के सबसे वरिष्ठ मंत्री देर रात तक कुछ फाइलों पर हस्ताक्षर करते रहे। फाइल्स थी भाखड़ा-नांगल बांध परियोजना से जुड़े तमाम मामलों को अंतिम स्वीकृति देने की और मंत्री का नाम था रह्बर-ए-आज़म दीनबंधु चौधरी सर छोटूराम। यही सर छोटूराम उसके अगले दिन यानी 9 जनवरी 1945 को अंतिम सांस लेते हैं और अपने जीवन के अंतिम दिन भी किसानों को ऐसी सौगात देकर जाते है जिससे आज पूरे पंजाब, हरियाणा और उत्तरी राजस्थान की फसलें लहराती है। किसानों को बंपर पैदावार देती है इसी के बल पर भूखे भारत के गोदाम किसानों ने भरे हैं।

किसानों के हित में जितने कानून, नीतियां और योजनायें उन्होंने बनाई उसके लिए उनको अगर 'किसानों का संविधान निर्माता' भी कहा जाए तो कोई अतिशयोक्ति नहीं होगी। वैश्विक स्तर पर शोषित और शोषक की लड़ाई को बड़े-बड़े विद्वान् 'वर्ग-संघर्ष' के भारी-भारी शब्दों में समझाते हैं उसको आम किसान-मजदूर को कमेरा और लुटेरा की लड़ाई जैसे शब्दों से बेहद आसानी से समझाने वाले, कमाऊ और खाऊ के बीच की रेखा को खींचने वाले, राजनैतिक आज़ादी से पहले आर्थिक-सामजिक आज़ादी के पक्षधर छोटूराम ताउम्र कमेरों के लड़ाका रहे।

उनकी लड़ाई निजी जीवन में भी कम नहीं थी। उनका जन्म तात्कालिक पंजाब प्रांत के रोहतक (अब हरियाणा के झज्जर) जिले के गढ़ी सांपला गांव में 24 नवम्बर 1881 को एक 10 बीघा जमीन पर खेती करने वाले और साहूकारों के कर्ज में डूबे सुखीराम ओहल्याण के यहां हुआ। नाम रखा गया राम रिछपाल लेकिन घर में सबसे छोटे होने के चलते सब छोटू नाम से बुलाते थे। स्कूल गए तो छोटूराम नाम लिख दिया गया। प्रारंभिक शिक्षा (मिडल) झज्जर से पूरी की, पूरे रोहतक जिले में अव्वल रहे। लेकिन साहूकारों की बेहिसाब सूदखोरी के चलते परिवार कर्ज में कर्ज में डूबा था। बड़ी मुश्किल से फिर से कर्ज लेकर अपने चाचा राजेराम की मदद से दिल्ली के क्रिश्चियन मिशन स्कूल में प्रवेश लिया। यहां पर प्रिंसिपल ने उनकी प्रतिभा को देखते हुए ना सिर्फ फीस से माफ़ी दे दी बल्कि छः रूपया महीना वजीफ़ा भी तय किया। इसके सहारे इंटरमीडिएट तक की पढाई पूरी की लेकिन फिर संकट सामने दिख रहा था। ऐसे में सहारा बने हिसार में जन्मे और बंगाल में व्यवसायरत सेठ छाजूराम उन्हें आगे की शिक्षा के लिए आर्थिक सहायता दी। सन 1905 दिल्ली के सैंट स्टीफंस कॉलेज से अपनी स्नातक तक की शिक्षा पूरी की और तुरंत बाद कालाकांकर रियासत के राजा रामपाल सिंह के यहां नौकरी करने लगे। साथ ही अंग्रेजी अखबार 'हिन्दुस्तान' का सम्पादन करने लगे। सन 1907 कानून की पढाई के लिए आगरा चले गए, सन 1911 में इलाहाबाद विश्वविद्यालय के आगरा कॉलेज से कानून की डिग्री पूरी की।

सन 1912 में रोहतक वापस लौटे और बतौर वकील काम करने लगे। साथ में सामाजिक हित के लिए काम करने लगे, शिक्षा पर विशेष जोर दिया और रोहतक में एक विद्यालय की स्थापना की। शिक्षा के लिए ये काम वो ताउम्र करते रहे और अनगिनत विद्यालय और छात्रावासों की स्थापना उन्होंने अपने जीवनकाल में की। छोटूराम ने किसानों में राजनीतिक चेतना जगाने के लिए साल 1915 में उन्होंने उर्दू साप्ताहिक 'जाट गजट' का प्रकाशन शुरू किया, जी हां आपने सही पढ़ा उर्दू साप्ताहिक। भारत में पैदा हुई उर्दू, आम किसान-मजदूर की भाषा उर्दू जिसे इतिहास और वर्तमान की सही समझ नहीं रखने वाले और अपना राजनैतिक एजेंडा सेट करने वाले सिर्फ मुस्लिमों की भाषा साबित करने में लगे रहते है। इसमें उनका लिखा लेख 'ठग बाज़ार की सैर' और सत्रह लेखों की श्रृंखला 'बेचारा जमींदार' ने व्यापक बहस खडी की। इसके चलते अंग्रेज सरकार ने उन्हें 'भयानक व्यक्ति' कहा।

ऐसे सामाजिक और जागरूक व्यक्ति का सक्रिय राजनीति से दूर रहना कहां संभव था। उन्होंने सन 1916 में भारतीय राष्ट्रीय कांग्रेस की सदस्यता ली और रोहतक कांग्रेस कमिटी की स्थापना की। पहले अध्यक्ष बने, अध्यक्ष रहते हुए ही असहयोग आंदोलन में महात्मा गांधी से वैचारिक असहमति के चलते सन 1920 में कांग्रेस छोड़ दी। उनका मानना था कि बिना आर्थिक और सामाजिक न्याय के आज़ादी की लड़ाई अधूरी है, उनकी ये वैचारिकी समय के साथ मजबूत होती चली गयी और जरूरत पड़ने पर वे इसके लिए खुलकर अपना पक्ष रखने से कभी नहीं हिचकिचाए। जब भारतीय समाज में व्याप्त भेदभाव का अध्ययन करने सन 1927 में साइमन कमीशन भारत आया तो पूरी कांग्रेस ने उसका विरोध किया, लेकिन बाबासाहेब भीमराव अम्बेडकर के साथ-साथ चौधरी छोटूराम कमीशन के पक्ष में खड़े हुए। साइमन कमीशन का लाहौर रेलवे स्टेशन पर स्वागत करने गये। कांग्रेस के स्वतंत्रता संग्राम से असहमति पर सन 1929 में एक पत्रकार के सवाल करने पर वे इन शब्दों में स्पष्ट करते है "'हम गोरे बनियों (व्यापारियों) का शासन बदल कर काले बनियों का शासन नहीं चाहते। हम चाहते हैं कि भारतवर्ष में किसान-मजदूर का राज हो।"

राजनैतिक यात्रा

चौधरी छोटूराम ने सन 1923 में पंजाब के प्रसिद्ध मुस्लिम नेता सर फजले हुसैन के साथ मिलकर किसानों का एक मजबूत संगठन बनाया जिसे यूनियनिस्ट पार्टी (जमींदारा लीग) नाम दिया गया। इस पार्टी ने ग्रामीणों को धर्म के आधार पर नहीं बल्कि उनके आर्थिक आधार पर एकजुट करने का काम किया। यह पार्टी हिंदू-मुस्लिम एकता की प्रबल समर्थक थी। पार्टी के गठन के अवसर पर छोटूराम ने कहा था कि आज से कोई भी किसान, चाहे वह दलित हो या सवर्ण, अगर वह जमींदारा पार्टी से जुड़ा है तो वह जमींदार कहलाएगा। वह जमींदारा पार्टी का सच्चा सिपाही और जमींदार होगा।

पंजाब एक मुस्लिम बहुल प्रांत था। शहरी हिंदुओं का व्यापार, वाणिज्य और लोक सेवाओं में दबदबा था। पेशेवर साहूकार भी बहुसंख्यक हिंदू थे। सन 1923 में पंजाब विधान परिषद चुनाव में छोटूराम विजयी हुए। यूनियनिस्ट पार्टी बहुमत प्राप्त पार्टी के रूप में

उभरी। सितंबर 1924 में छोटूराम जब कृषिमंत्री बने तो पंजाब के गैर-कृषि हिंदू और मुस्लिम, विशेष रूप से व्यापारी और साहूकार नाराज हो गए और उन्होंने इसका विरोध किया। ऐसा इसलिए हुआ क्योंकि छोटूराम किसानों के पुरजोर समर्थक थे।

चौधरी छोटूराम ने मंत्री के रूप में किसानों के अधिकारों के लिए लड़ाई लड़ी। इसलिए, शहरी तबका उनका दुश्मन बन गया। छोटूराम ने ग्रामीण इलाकों और ग्रामीणों के विकास के लिए कई कदम उठाए। परिषद के तीसरे चुनाव में छोटूराम ने फिर जीत दर्ज की लेकिन शहरी हिंदुओं के विरोध के कारण उन्हें मंत्रिमंडल में शामिल नहीं किया गया। 1927 में छोटूराम को पंजाब विधान परिषद में यूनियनिस्ट पार्टी का नेता चुना गया। वे इस पद पर 1936 तक रहे। 1937 के यूनाइटेड पंजाब प्रोवेंशियल असेंबली चुनावों में यूनियनिस्ट पार्टी ने 175 सीटों में से 95 सीटों पर जीत दर्ज़ कर बहुमत हासिल किया। तब लाहौर अविभाजित पंजाब प्रांत की राजधानी हुआ करता था। 1 अप्रैल 1937 को पंजाब में यूनियनिस्ट पार्टी के मंत्रिमंडल ने शपथ ली। छोटूराम विकास मंत्री बने और ये विभाग उनके पास 1941 तक रहा। बाद में छोटूराम को राजस्व मंत्री बनाया गया और वे इस पद पर अपनी मृत्यु (9 जनवरी 1945) तक रहे।

सुनहरे क़ानूनों का सुनहरा चरण

यूनाइटेड पंजाब में चौधरी छोटूराम ने किसानों के हितों को सर्वोपरि महत्व दिया। वे कहा करते थे कि मैं पक्का खेतिहर हूं और इनके हक के लिए लड़ना मैं अपना सर्वोपरि कर्तव्य समझता हूं। सन 1932 की सर्वजातीय कॉन्फ्रेंस में किसान का राज स्थापित करने कि लिए उन्होंने मंडी बिल, कर कानून, भूमि सुधार व कर्मचारी कानून आदि का परिचय देकर अपने आपको किसानों का सच्चा हितैषी सिद्ध कर दिया। सन 1937 में पंजाब प्रोविंशियल असेंबली के चुनाव संपन्न हुए। सन 1936 में पंजाब में 57% मुस्लिम, 28% हिन्दू, 13% सिक्ख और 2% ईसाई थे। इस जनसंख्या का 90% भाग किसानों का था, जिनमें से 80% किसान कर्जदार थे। यूनियनिस्ट पार्टी व्यावहारिक स्तर पर 90% आबादी के हितों की रक्षक थी। पंजाब विधान परिषद के चुने हुए सदस्य और मंत्री की हैसियत से छोटूराम ने किसानों को साहूकारों के चंगुल से छुड़ाने, उनकी भूमि को भूमि कर से मुक्त कराने, लगान हटाने और उनके आर्थिक विकास के लिए मंत्रिमण्डल में सदा आवाज उठायी और इनसे संबंधित कानून बनाने में प्रमुख भूमिक निभाई।

उन्होंने जो कानून बनाए उनको किसानों ने 'सुनहरे कानून' (golden acts) और शहरियों एवं साहूकारों ने उनके द्वारा बनाए गए कानूनों को 'काले कानून' का नाम दिया। इन कानूनों से पंजाब के किसानों को शोषण से मुक्ति मिली और उन कानूनों ने पंजाब के किसान की तक़दीर बदल दी थी। पंजाब के इतिहास में वह ऐसा दौर था कि देहात का किसान मज़दूर उत्साह से लबरेज़ था तो व्यापारी छाती पीट रहा था। असल में किसान हितैषी कानून तो वे थे ही, इन सुनहरे क़ानूनों में एक मंडी एक्ट भी था जिसने उस समय गैर कृषक व्यापारी वर्ग को यूनियनिस्ट पार्टी व यूनियनिस्ट नेताओं के विरुद्ध लामबंद

होने पर मजबूर कर दिया। साल 1938 में जब यूनियनिस्ट मंत्रिमंडल ने पंजाब विधान परिषद में किसान- मजदूर हितैषी कानूनों के बिल पास करवाए तो व्यापारियों, साहूकारों एवं सांप्रदायिक ताकतों ने ख़ूब विरोध किया।

इनमे से कुछ महत्वपूर्ण कानून इस प्रकार है:

कर्जा माफी अधिनियम (The Punjab Relief of indebtedness act 1935 & The Punjab Relief of indebtedness(Amendment) act 1940)

यह अधिनियम 8 अप्रैल 1935 को पारित किया गया। इस अधिनियम के तहत अगर कोई किसान अपने कर्ज की दोगुनी राशि चुका देता है तो वह कर्जमुक्त माना जाता है। इसके अलावा, इस अधिनियम के तहत किसान के खेत, मकान, खेती के उपकरण और एक तिहाई अन्न कुर्क नहीं किया जा सकता है।

कर्जदार रक्षक कानून (The Punjab Debtors' Protection Act, 1936।)

यह अधिनियम 1936 में पारित किया गया। इस अधिनियम के तहत किसानों को कर्ज लेने के लिए साहूकारों से ज़बरदस्ती कर्ज लेने या ज़्यादा ब्याज देने से रोका गया।

पंजाब साहूकार पंजीकरण अधिनियम (The Punjab Registration of Moneylenders Act,1938)

यह अधिनियम 2 सितंबर 1938 को पारित किया गया। इस अधिनियम के तहत साहूकारों को सरकार से पंजीकृत होने की आवश्यकता पड़ती है। इससे साहूकारों पर अंकुश लगा और किसानों को अनाप-सनाप ब्याज से बचाया गया।

गिरवी/बंधक भूमि वापिस अधिनियम 1938

यह अधिनियम 9 सितंबर 1938 को पारित किया गया। इस अधिनियम के तहत 1901 के बाद कुर्की से बेची गई जमीनों को किसानों को वापस दिलाया गया। इस अधिनियम से लाखों किसानों को लाभ हुआ।

पंजाब कृषि-उत्पाद मार्केटिंग अधिनियम (The Punjab Agricultural Produce Marketing Act 1938)

यह अधिनियम 5 मई 1939 को पारित किया गया। इस अधिनियम के तहत नोटिफाइड क्षेत्रों में मार्केट कमेटियों का गठन किया गया। इन मार्केट कमेटियों के माध्यम से किसानों को उनकी फसल का उचित मूल्य दिलवाया गया।

पंजाब कृषि-उत्पाद मार्केटिंग अधिनियम 1939

इस अधिनियम के लागू होने के बाद मंडियों का पंजीकरण किया गया और महाजनों को लाइसेंस लेना आवश्यक कर दिया गया। मंडी मार्केटिंग समिति में 2/3 प्रतिनिधि किसानों के और 1/3 महाजनों के निर्धारित किए गए।

जब इस कानून का बिल पेश किया गया तो इसका विरोध करते हुए हिंदू महासभा के विधायक डॉ. गोकुलचंद नारंग ने इसे "मारकूट बिल" कहा। कई गैर-किसानों ने कहा कि इस

बिल से उनका सर्वनाश हो जाएगा। डॉ. गोकुलचंद नारंग ने कहा, "इस बिल के पारित होने पर रोहतक का दो कौड़ी का जाट लखपति बनिया के बराबर मार्केटिंग समिति में बैठेगा।"

चौधरी छोटूराम ने इसका जवाब देते हुए कहा, "मैं डॉ. साहब से कहना चाहता हूं कि जाट एक अरोड़े से किसी भी तरह कम आदर का पात्र नहीं है। वह समय आ रहा है जब धन के गुलाम लोगों को परिश्रमी धनी जाट बहुत पीछे छोड़ देगा।"

यह बताना जरूरी है कि डॉ. गोकुलचंद नारंग हिंदू महासभा से जुड़े नेता थे और लगभग साहूकार भी थे। इसलिए, इन लोगों ने इस कानून को सांप्रदायिक रंग देने की कोशिश की थी जबकि इनके कर्ज तले हर धर्म का किसान-मजदूर दबा हुआ था।

विडंबना यह है कि जिस मंडी कानून को पास करवाने में पुरानी पीढ़ी को कई स्तरों पर कई लड़ाइयां लड़नी पड़ीं। उसी कानून को वर्तमान सरकार ने नए कृषि कानूनों के नाम पर खत्म कर दिया है। सरकार इसे किसानों को आजादी का तोहफा देने का ढिंढोरा पीट रही थी और नई पीढ़ी गुमराह हो रही थी।

छोटूराम की वैचारिकी

चौधरी छोटूराम की राजनैतिक वैचारिकी को उनके द्वारा 'जाट गजट' में लिखे विभिन्न लेखों से समझा जा सकता है।

छोटूराम ने मोहम्मद अली जिन्ना के दो राष्ट्र सिद्धांत का पुरजोर विरोध किया और पाकिस्तान की स्थापना का विरोध किया। उनका व्यक्तित्व ऐसा था कि उनके कारण अविभाजित पंजाब प्रांत में न तो जिन्ना की चल पाई और न ही हिंदू महासभा की। वो उस पंजाब प्रांत की सरकार के मंत्री थे जिसका आज दो तिहाई हिस्सा पाकिस्तान में है। 1936 में फज़ले हसन की मृत्यु तक छोटूराम ने सांप्रदायिकता के ज्वार को रोकने में अहम भूमिका निभाई। जिन्ना ने कई दांव खेले, लेकिन यूनियनिस्ट नेता उनके प्रभाव में नहीं आए। हालांकि, फज़ले हुसैन की मृत्यु के बाद सांप्रदायिकता का जहर धीरे-धीरे प्रांत की राजनीति में घुलने लगा। बाद में, 1937 में लखनऊ में जिन्ना-सिकंदर हयात पैक्ट हुआ, जिसमें यूनियनिस्ट पार्टी के मुस्लिम सदस्य मुस्लिम लीग के सदस्य बन सकते थे। इस पैक्ट को छोटूराम से विश्वास में लिए बिना किया गया था। चौधरी छोटूराम की मृत्यु तक पंजाब में सांप्रदायिक तनाव नियंत्रण में रहा। उनकी मृत्यु के बाद यूनियनिस्ट पार्टी में ऐसा कोई नेता नहीं था जो इस पर नियंत्रण रख सके। आज हिन्दू मुसलमान के नाम पर जो उन्माद फैलाया जा रहा है, इसी तरह का माहौल उस समय मुस्लिम लीग व हिन्दू महासभा वाले बना रहे थे। तब चौधरी छोटूराम ने कहा था " इस देश के हिंदुओं व मुसलमानों को इस बात की गांठ बांध लेनी चाहिए कि न तो करोड़ों मुसलमानों को यहां से भगाया जा सकता है और न करोड़ों हिंदुओं को! हिंदुओं व मुसलमानों को साथ में जीना व साथ में मरना है। बड़ी दुःखद बात यह रही कि 9 जनवरी 1945 को रहबर-ए-आजम का इंतकाल हो गया। जीते जी धार्मिक उन्मादियों को संयुक्त पंजाब में घुसने तक नहीं दिया और दीनबंधु की मौत के बाद संयुक्त पंजाब का बंटवारा धार्मिक उन्मादियों ने करवा दिया। लोक में छोटूराम के लिए

कहावत प्रचलित है की-

"भारत मां का कट कै हिस्सा न्यारा ना होता।
ज़िन्दा होता छोटू राम तो बंटवारा ना होता।"

वे किसान की लूट का बड़ा कारण तथाकथित धर्म को मानते और यह समझते कि जब तक किसान धर्मआडंबरियों की पकड़ से नही छूट जाता तब तक उसे ठगे जाने से नही बचाया जा सकता । वे धर्म के नाम पर किए जाने वाले मिथ्याचारों को क्लोरोफार्म की संज्ञा देते है। वो लिखते है की "किसान! तेरा ईश्वर ही रक्षक है। सरकार तो अभी तक यह समझती है कि तू कंगाली का वर्णन करता है तो मकरापन करता है। तेरी तरफ़ से दुहाई देने वाला कोई समाचार पत्र नही है। तेरी बिरादरी कुंभकर्ण की नींद सोई हुई है। तेरा कुटुंब अस्त व्यस्त हैं। अगर इस बावले कुटुंब को कोई जगाने का प्रयत्न करता है तो मौलवियों, पंडितो के वर्ग में खलबली मच जाती है। थोड़ा-सा जागरुक होने के लक्षण कहीं दिखाई पड़े कि इन धर्म के शत्रुओं ने धर्म के नाम पर क्लोरोफार्म के फोहे सुंघाने आरंभ कर दिए।" धर्म की राजनीति की तह में जाते हुए वो कहते थे की "शहरी गैर जमींदारों में यह बात फैशन में प्रवेश कर गई है कि उचित अनुचित हर अवसर पर, हर बात में धर्म की टांग अड़ा देते हैं। किसी चीज का धर्म के साथ चाहे कोसों का भी वास्ता न हो लेकिन वह धर्म को उसमें घुसेड़ने का प्रयास करते हैं। वह मुसलमानों, हिन्दुओं और सिखों को तीन विभिन्न समूहों में बंटा हुआ रखना चाहते हैं ताकि वह प्रत्येक समूहों के भीतर धर्म की आड़ लेकर अपनी वरिष्ठता कायम रखें और धर्म की भांग पिलाकर जमींदारों पर हुकूमत करते रहें।" धर्म की राजनीति को वर्ग-हित से जोड़ते हुए लिखते है "मेरी नज़र में पूँजीवाद के समर्थक एक जैसे हैं। चाहे वह हिन्दू हो, या मुसलमान हो, या सिख हों, या ईसाई हों या अंग्रेज़ हों। मेरी परिभाषा में यह सब बनिए हैं। चाहे उनके नाम डॉक्टर गोकुल चंद और लाला सीता राम हों, चाहे मलिक बरकत अली या शेख मोहम्मद जान हो। चाहे सरदार संतोष सिंह हो और चाहे मिस्टर डेविडसन और मिस्टर गेस्ट हों।"

छोटूराम कहा करते थे कि "किसान को लोग अन्नदाता तो कहते हैं लेकिन यह कोई नहीं देखता कि वह अन्न खाता भी है या नहीं। जो कमाता है वही भूखा रहे यह दुनिया का सबसे बड़ा आश्चर्य है।" अपने गुस्से को वो कुछ इन इस तरह तल्ख शब्दों में बयान करते है "राजा-नवाबों और हिन्दुस्तान की सभी प्रकार की सरकारों को कहता हूं कि वो किसान को इस कद्र तंग न करें कि वह उठ खड़ा हो। दूसरे लोग जब सरकार से नाराज़ होते हैं तो कानून तोड़ते हैं, पर किसान जब नाराज़ होगा तो कानून ही नहीं तोड़ेगा, सरकार की पीठ भी तोड़ेगा।" छोटूराम ने कृषक और वंचित वर्ग की जागृति का जो अभियान चलाया था, उसे उन्होंने सिर्फ यूनाइटेड पंजाब तक ही सीमित नहीं रखा, बल्कि पड़ोसी प्रांतों उत्तर प्रदेश और राजस्थान में भी चलाया। उन्होंने किसानों का एक मजबूत संगठन तैयार किया और उन्हें अपने बच्चों को शिक्षित करने का आह्वान किया। सेठ देवीबक्श सर्राफ के आर्थिक सहयोग से उन्होंने राजस्थान के कई ठिकानों में स्कूल खोले ताकि किसानों के बच्चे शिक्षित हो सकें।

जन-जागृति के लिए उन्होंने लोगों को भेजा। खासतौर से शेखावाटी क्षेत्र में इसका बड़ा असर पड़ा।

आज किसानों की जमीनें नीलाम की जा रही है, ट्रैक्टर नीलाम किये जा रहे है, कदम-कदम पर किसान जलालत को भुगत रहे है, ऐसे में याद आती है छोटूराम युग के एक किसान की दास्तां। लाहौर हाईकोर्ट में मुख्य न्यायाधीश सर शादीलाल से एक अपीलकर्ता ने कहा कि "मैं बहुत गरीब आदमी हूं, मेरा घर और बैल कुर्की से माफ किया जाए!" तब न्यायाधीश सर शादीलाल ने व्यंग्यात्मक लहजे में कहा कि एक छोटूराम नाम का आदमी है, वही ऐसे कानून बनाता है, उसके पास जाओ और कानून बनवा कर लाओ। अपीलकर्ता छोटूराम के पास आया और यह टिप्पणी सुनाई। छोटूराम ने कानून में ऐसा संशोधन करवाया कि उस अदालत की सुनवाई पर ही प्रतिबंध लगा दिया।

छोटूराम खेती-किसानी को सबसे महत्वपूर्ण और पवित्र काम मानते हुए लिखते हैं "अगर दुनिया में कोई पेशा ऐसा है, जिसकी कमाई नेक है, तो वह पेशा हलपति जमींदार का है, अगर दुनिया में कोई मनुष्य ऐसा है, जो धैर्य और संतोष की जिन्दा मिसाल है तो वह यही जमींदार है।" किसान से आह्वान करते हुए कहते हैं – "ए ज़मींदार (किसान) तू समाज का निचला भाग नहीं है बल्कि सबसे श्रेष्ठ है। तुम हलपति ही नहीं, देखो तुम खेड़ापति और गढ़पति भी हो; तुम हुकूमत का तख्त-ए-मश्क बनने के लिए पैदा नहीं हुए हो बल्कि हुकूमत करने के लिए पैदा हुए हो; तुम अपने असली स्वरूप को पहचान लो..."

चौधरी छोटूराम अपने चिर-परिचित अंदाज़ में लिखते हैं: "किसान कुंभकरण की नींद सो रहा है, मैं जगाने की कोशिश कर रहा हूं - कभी तलवे में गुदगुदी करता हूं, कभी मुंह पर ठंडे पानी के छींटे मारता हूं। वह आंखें खोलता है, करवट लेता है, अंगड़ाई लेता है और फिर जम्हाई लेकर सो जाता है। बात यह है कि किसान से फायदा उठाने वाली जमात एक ऐसी गैस अपने पास रखती है जिससे तुरंत बेहोशी पैदा हो जाती है और किसान फिर सो जाता है।" वे आगे लिखते है "जब दुनिया में सबसे बड़े और प्राचीनतम व्यवसाय से जुड़े लोग धर्म की सीमाओं से बाहर निकल कर स्वयं को संगठित करने की शुरुआत करते हैं तो पुजारी, मौलवी, ग्रंथि, ज्योतिषी, मुल्ला, क़ाज़ी, ज्ञानी, वक़ील, डॉक्टर, पत्रकार, दुकानदार और सभी बेहद बेचैनी महसूस करने लगते हैं। क्या तुम्हें यहां कोई मक़सद दिखाई नहीं देता? हां , यहां मक़सद है कि तेरे जाग जाने और संगठित हो जाने की सूरत में इन लोगों को अपनी रोज़ी और लीडरी खो जाने का डर है और तू यदि इनका दास ही बना रहना चाहता है तो इनके निर्देशों, संदेशों और उपदेशों के अनुसार आचरण कर ; इन्हें चंदा दे देकर इनके लिए धन जुटाता रह।"

चौधरी छोटूराम बार- बार कहा करते थे "ए भोले किसान, मेरी दो बात मान ले- एक बोलना सीख और एक दुश्मन को पहचान ले।" छोटूराम सरकारी लगान व साहूकारों के कर्ज में डूबते किसानों को देखकर आक्रोश स्वरूप अक्सर एक शेर गुनगुनाया करते थे।

"जिस खेत से दहकां को मयस्सर न हो रोजी।

उस खेत के हर खोश-ए-गंदुम को जला दो।"

9 जनवरी 1945 को सर छोटूराम का लाहौर में निधन हुआ। उनके पार्थिव शरीर को रोहतक लाया गया और उनका अंतिम संस्कार उन्हीं द्वारा स्थापित 'जाट हीरोज़ मेमोरियल सीनियर सेकेंडरी स्कूल' परिसर में हुआ। अंतिम संस्कार में भारी भीड़ जमा हुई। भोले- भाले ग्रामीण रोते हुए यह कह रहे थे - "हमारा राजा मर गया।"

(लेखक स्वतंत्र पत्रकार एवं शोधकर्ता हैं। विचार व्यक्तिगत हैं।)

चौधरी छोटूराम जी के हिन्दू धर्म के विषय में विचार

चौधरी छोटूराम जी भारत में मजहब लेख में स्वयं लिखते हैं कि भारत एक धार्मिक देश है मजहब से ओत प्रेत है। भले ही लोग धर्म पर न चले लेकिन जब धर्म के विषय में कोई घटना घटती है तो अच्चानक से सब धार्मिक भावनाओं स्व ओत प्रोत हो उठते हैं। वे आगे कहते हैं कि भारत की धार्मिकता का कई लोग मजाक उड़ाते हैं। हालांकि ये चंद लोग ही हैं। लेकिन मुझे यह सोचने में बड़ा आंनद आता है कि भारत एक धार्मिकता से ओत प्रेत देश है। मेरा भारत अधार्मिक नहीं है। मेरे भारतवासियों के दिमागों में मजहब की जड़े गहरी और मजबूत है।

वे कहते हैं कि मजहब के प्रति धार्मिकता बेहतर है अधिक स्वस्थ धारणा है।

उन्होंने लिखा कि भारत में अनेक देवी देवताओं को पूजा जाता है। ईश्वरवादी भी है और नास्तिक भी हैं। परन्तु सब अपने आप को हिन्दू कहते हैं। मैं खुद आर्य समाजी हूँ, एक परमात्मा को मानता हूँ, फिर भी अपने आप को गर्व से हिन्दू कहता हूं।

आगे चौधरी साहब हिन्दू धर्म के विषय में बताते हुए लिखते हैं कि हिन्दू धर्म को मैं किसी एक कुंजे में कैद नहीं कर सकता। हिन्दू धर्म बहुत विशाल है। यह वेद, उपनिषद, गीता, पुराण, रामायण, महाभारत व अनेक सन्तो की वाणियो का संगम है। हिन्दू धर्म में एकेश्वरवादी भी है, मूर्तिपूजक भी है हर तरह के मतों का संगम है हिन्दू धर्म। हिन्दू धर्म एक उदार धर्म है।

अनेक युग आए, युग गए। हमलावर आए और गए। अनेक झकोले लगे, अनेक आंदोलन हुए। परन्तु हिन्दू धर्म सबको हजम करता रहा। इसलिए हिन्दू धर्म उदार है, विशाल है, व्यापक है, सहिष्णु है, सहनशील है, अहिंसक है। अस्पृश्यता का कलंक व जहर न हो तो शुद्ध गंगाजल है। सुधारक आए, आते रहेंगे। समय और स्थान के अनुसार, जमाने की चाल व मांग के अनुसार हिन्दू धर्म अपने को ढालता रहेगा।

शैतान की पूजा, वीर-पूजा, नाग-पूजा, हनुमान-पूजा, पितर-पूजा, पशु-पूजा, वृक्ष-पूजा, कीड़ा-पूजा, पत्थर-पूजा, सूर्य-चंद्रमा-पूजा, धरती-पूजा, अतिथि सत्कार, सब पूजाएं, मान्यताएं हिन्दू धर्म के ताने-बाने में गुंथी हुई हैं। बौद्धिक विकास, आध्यात्मिक विकास, जीवन के सब आश्रमों का विकास, सब प्रकार के रसों का विकास और इन सबका मिठास

हिन्दू धर्म में पाया जाता है। पत्थर-कंकर घिसकर मिश्री बन जाते हैं। कड़वापन घुल-घुल कर अमृत जल बन जाता है। न घृणा, न द्वेष, न निहित स्वार्थ। सौंदर्य और भूंडापन साथ-साथ, अमीर-फकीर, चोर-जार-साहूकार, कातिल, चाण्डाल, किसान-मजदूर, दाता-भिखारी, राजा-रंक आदि सब हिन्दू। बुरी तरह से अस्पष्ट है, भयानक रूप से धकियाना है, चकित करने वाली व्यापक और आनन्ददायक लीला है – यहां कट्टरता नहीं है, जो अपनी-अपनी मान्यता के अनुसार चलता/चलती है। एकता में अनेकता है। शक्तिशाली भी है और भुरभुरापन भी है। जुड़ता भी है, टूटता भी है, हमले भी होते हैं, परन्तु हारता नहीं, जिंदा रहता है। अमर है। पवित्रा से पवित्रा, गंदे से गंदी, पूजा – लिंग तक की पूजा, भूत-प्रेत की पूजा, जादू-टोने, जंत्रा-मंत्रा-षड्यंत्रा, प्रपंच, कुचक्र, झाड़े, गंडे-डोरे, ऊंचे से ऊंचा देश, नीचे से नीचा पतन, ऊंचे विचार भी, नीचा व्यवहार भी, गंगा और गंदा नाले साथ-साथ बहते हैं। उपदेश भी, वासनाएं भी साथ-साथ, सीता जैसी पवित्रता भी। वीर भी, हिजड़ा भी। युधिष्ठर भी, दुर्योधन भी। मानव जाति को और क्या चाहिए? सब कुछ हिन्दू धर्म में समाया हुआ है।

शायद मेरे इस विवरण से आप विचलित हो जाएं, क्योंकि हिन्दू धर्म की संकुचित व्याख्या नहीं की जा सकती है। यह तो खुली और बहती नदी के समान है, जिसमें अनेक नाले आकर गिरते हैं – वेद इसका मूल स्रोत है। मैंने जो देखा, पढ़ा, मनन किया, समझा वह लिख दिया। कुछ छिपाया नहीं, कुछ बढ़ाया नहीं।

आजकल देखा गया है कि सोशल मीडिया में चौधरी साहब के प्रति गलत जानकारी फिलि जा रही है कृपया ऐसे लोगों से सावधान रहें।

मुसलमानों के रहबर-ए-आज़म और हिन्दुओं के दीनबंधु, जिनकी वजह से बने किसानों के हित में कानून!

मुसलमानों के रहबर-ए-आज़म और हिन्दुओं के दीनबंधु, सर छोटूराम का जन्म 24 नवम्बर 1881 में झज्जर के छोटे से गाँव गढ़ी सांपला में बहुत ही साधारण किसान परिवार में हुआ। उन्होंने वकालत की डीग्री ली। ताउम्र उन्होंने किसानों और गरीबों के लिए काम किया। 9 जनवरी 1945 को उनका निधन हुआ।

द्वारा निशा डागर (नवंबर24, 2018)

दीनबंधु, सर छोटूराम

"किसान को लोग अन्नदाता तो कहते हैं, लेकिन यह कोई नहीं देखता कि वह अन्न खाता भी है या नहीं। जो कमाता है वही भूखा रहे यह दुनिया का सबसे बड़ा आश्चर्य है।"

किसानों के रहबर, सर छोटू राम के इन चंद शब्दों ने इतिहास के पन्नों में किसानों को न केवल एक महत्वपूर्ण स्थान दिया बल्कि उनकी आवाज़ को बुलंदी भी दी। शायद उनकी इसी बुलंदी की वजह से आज भी सर छोटूराम को किसानों का मसीहा कहा जाता है।

एक किसान का बेटा और देश के किसानों के हितों का रखवाला, जिसके लिए गरीब और जरुरतमन्द किसानों की भलाई हर एक राजनीति, धर्म और जात-पात से ऊपर थी; सर छोटू राम बस आम किसानों के थे।

जितना मान उन्हें रोहतक में हिन्दू किसानों से मिला उतनी ही इज़्ज़त उन्हें लाहौर के मुसलमान किसानों ने बख्शी।

दीनबंधु सर छोटूराम की प्रतिमा
दीनबंधु सर छोटूराम की प्रतिमा
पिता के अपमान ने बोया क्रांति का बीज!

मुसलमानों के रहबर-ए-आज़म और हिन्दुओं के दीनबंधु सर छोटूराम का जन्म 24 नवम्बर 1881 में झज्जर के छोटे से गाँव गढ़ी सांपला में बहुत ही साधारण किसान परिवार में हुआ (झज्जर तब रोहतक जिले का ही अंग था)। उस समय रोहतक पंजाब का भाग था। उनका असली नाम राम रिछपाल था। अपने भाइयों में से सबसे छोटे थे इसलिए सारे परिवार के लोग इन्हें छोटू कहकर पुकारते थे।

स्कूल रजिस्टर में भी इनका नाम छोटू राम ही लिखा दिया गया और बाद में, ये महापुरुष छोटूराम के नाम से ही विख्यात हुए। उनके दादा जी रामरतन के पास कुछ बंजर जमीन थी, जिसपर उनके पिता, श्री सुखीराम किसानी करते पर कर्जे और मुकदमों में बुरी तरह से फंसे हुए थे। करते भी क्या, उनके परिवार को किसानी के अलावा और किसी चीज़ का सहारा नहीं था।

छोटू राम की प्रारम्भिक शिक्षा तो गाँव के पास के स्कूल से हो गयी। पर वे आगे भी पढ़ना चाहते थे। इसलिए उनके पिता उनकी आगे की पढ़ाई के लिए साहूकार से कर्जा मांगने गये। पर वहां साहूकार ने उनका बहुत अपमान किया।

अपने पिता के इस अपमान ने बालक छोटू राम के कोमल मन में विद्रोह के बीज बो दिए थे।

उन्होंने एक इसाई मिशनरी स्कूल में दाखिला ले लिया, जहाँ से उनके जीवन की पहली क्रांति की शुरुआत हुई। उन्होंने अन्य छात्रों के साथ मिलकर स्कूल के हॉस्टल के वार्डन के ख़िलाफ़ हड़ताल की, जिसकी वजह से स्कूल में उन्हें 'जनरल रोबर्ट' के नाम से जाना जाने लगा। अब तो 'छोटूराम' हर अन्याय के विरोध में खड़े होने का नाम बन था।

साल 1905 में उन्होंने दिल्ली के सैंट स्टीफंस कॉलेज से ग्रेजुएशन की। आर्थिक हालातों के चलते उन्हें मास्टर्स की डिग्री छोड़नी पड़ी। उन्होंने कालाकांकर के राजा रामपाल सिंह के सह-निजी सचिव के रूप में कार्य किया और यहीं पर साल 1907 तक अंग्रेजी के हिन्दुस्तान समाचारपत्र का संपादन किया। इसके बाद वे आगरा में वकालत की डिग्री करने चले गये।

वकालत को दिए नए आयाम

साल 1911 में इन्होंने वकालत की डिग्री प्राप्त कर ली और 1912 से चौधरी लालचंद के साथ वकालत करने लगे। उसी साल उन्होंने जाट सभा का भी गठन किया। साथ ही अनेक शिक्षण संस्थानों की स्थापना की जिसमें "जाट आर्य-वैदिक संस्कृत हाई स्कूल रोहतक" प्रमुख है।

जाट कुमार सभा लाहौर

जाट कुमार सभा लाहौर

वकालत में भी उन्होंने नए आयाम जोड़े। उन्होंने झूठे मुकदमे न लेना, बेईमानी से दूर रहना, गरीबों को निःशुल्क कानूनी सलाह देना, मुव्वकिलों के साथ सदव्यवहार करना आदि सिद्धान्तों को अपने वकालती जीवन का आदर्श बनाया।

इन्हीं सिद्धान्तों का पालन करके केवल पेशे में ही नहीं, बल्कि जीवन के हर पहलू में चौधरी साहब बहुत ऊंचे उठ गये थे। सर छोटूराम देश में किसानों की दुर्दशा से भली-भांति परिचित थे। इसलिए उन्होंने साल 1915 में 'जाट-गजट' नामक अख़बार शुरू किया। इसके माध्यम से उन्होंने ग्रामीण जनजीवन का उत्थान और साहूकारों द्वारा गरीब किसानों के शोषण पर क्रांतिकारी लेख लिखे।

उन्होंने राष्ट्र के स्वाधीनता संग्राम में भी बढ़-चढ़ कर भाग लिया। वे अंग्रेजी अफसरों के अत्याचारों के खिलाफ़ न तो बोलने से डरते थे और न ही लिखने से। पूरे देश में उनकी शख़्सियत के चर्चे होने लगे।

साल 1937 में पंजाब के प्रोवेंशियल असेंबली चुनावों में उनकी पार्टी को जीत मिली और वे विकास व राजस्व मंत्री बन गए। इसके बाद लोग उन्हें 'राव बहादुर' कहने लगे।

किसान आन्दोलन

देश के किसानों को एक करने के लिए उन्होंने यूनियनिस्ट पार्टी का गठन किया, जिसे ज़मींदार लीग के नाम से जाना गया। किसानों के लिए उनके अभियान और आंदोलनों के चलते छोटूराम भारतीय राजनीति का प्रमुख स्तंभ बन गये थे। उनकी कलम जब भी चलती, तो भारतीयों के साथ-साथ ब्रिटिश राज को भी झकझोर कर रख देती। लोगों के बीच उनके बढ़ते कद को देख, एक बार रोहतक के ब्रिटिश डिप्टी कमिश्नर ने अंग्रेजी सरकार से सर छोटूराम को देश-निकाला देने का प्रस्ताव दिया। इस प्रस्ताव पर जब चर्चा हुई तो एक भी आवाज़ डिप्टी कमिश्नर के पक्ष में नहीं आई। तत्कालीन पंजाब सरकार ने अंग्रेज हुक्मरानों को बताया कि चौधरी छोटू राम अपने आप में एक क्रांति हैं। अगर उन्हें देश निकाला मिला तो फिर से देश में क्रांति होगी और इस बार हर एक किसान चौधरी छोटूराम बन जायेगा। सर छोटूराम के देश-निकाले की बात तो रद्द हो ही गयी पर साथ में उस कमिश्नर को उनसे माफ़ी भी मांगनी पड़ी।

किसानों के हितों के लिए लिखे 'ठग बाज़ार की सैर' और 'बेचारा किसान' जैसे उनके कुल 17 लेख जाट गजट में छपे, जिन्होंने किसान उत्थान के दरवाजें खोले।

सर छोटूराम पर लिखी गयीं पुस्तकें

सर छोटूराम पर लिखी गयीं पुस्तकें

किसानों के हित में बनाये कानून

सर छोटूराम ने ऐसे कई समाज-सुधारक कानून पारित करवाए, जिससे किसानों को शोषण से मुक्ति मिली। इनमें शामिल हैं, पंजाब रिलीफ इंडेब्टनेस (1934), द पंजाब डेब्टर्स प्रोटेक्शन एक्ट (1936), साहूकार पंजीकरण एक्ट- 1938, गिरवी जमीनों की मुफ्त वापसी एक्ट-1938, कृषि उत्पाद मंडी अधिनियम -1938, व्यवसाय श्रमिक अधिनियम- 1940 और कर्जा माफी अधिनियम- 1934 कानून। इन कानूनों में कर्ज का निपटारा किए जाने, उसके ब्याज और किसानों के मूलभूत अधिकारों से जुड़े हुए प्रावधान थे।

बताया जाता है कि कर्जा माफी अधिनियम न केवल किसानों के लिए था बल्कि लाहौर हाईकोर्ट के एक जज को किसानों के मसीहा का जवाब था। दरअसल, एक बार कर्जे में डूबे किसान ने लाहौर हाईकोर्ट में मुख्य न्यायाधीश से कहा कि वह बहुत गरीब है और इसलिए अगर हो सके तो उसकी सम्पत्ति की नीलामी न की जाये। तब न्यायाधीश ने व्यंग्यात्मक लहजे में कहा कि छोटूराम नाम का आदमी है, वही ऐसे कानून बनाता है, उसके पास जाओ और कानून बनवा कर लाओ।

वह किसान बड़ी आस लेकर छोटूराम के पास आया और यह बात सुनाई । सर छोटू राम ने कानून में ऐसा संशोधन करवाया कि उस अदालत की सुनवाई पर ही प्रतिबंध लगा दिया गया।

भाखड़ा-नंगल बांध भी सर छोटूराम की ही देन है। उन्होंने ही भाखड़ा बांध का प्रस्ताव रखा था पर सतलुज के पानी पर बिलासपुर के राजा का अधिकार था। तब सर छोटूराम ने ही बिलासपुर के राजा के साथ एक समझौते पर हस्ताक्षर किए। बाद में उनके इस प्रोजेक्ट को बाबा साहेब अम्बेडकर ने आगे बढ़ाया।

अंतिम यात्रा

साल 1945 में 9 जनवरी को सर छोटूराम ने अपनी आखिरी सांस ली। वे स्वयं तो चले गये पर उनके लेख आज भी देश की अमूल्य विरासत है। किसानों के इस नेता ने जो लिखा वह आज भी देश और समाज की व्यवस्था पर लागू होता है। उन्होंने अपने एक लेख में लिखा था,

"मैं राजा-नवाबों और हिन्दुस्तान की सभी प्रकार की सरकारों को कहता हूँ, कि वो किसान को इस कद्र तंग न करें कि वह उठ खड़ा हो.... दूसरे लोग जब सरकार से नाराज़ होते हैं तो कानून तोड़ते हैं, पर किसान जब नाराज़ होगा तो कानून ही नहीं तोड़ेगा, सरकार की पीठ भी तोड़ेगा।"

सर छोटूराम जी के सम्मान में जारी पोस्टल स्टैम्प

दीनबंधु सर छोटूराम की प्रतिमा

आज पूरे देश भर में उनके नाम पर कई संस्थानों और योजनाओं के नाम हैं। उनके पोते चौधरी बिरेंदर सिंह ने हरियाणा में उनके जन्म-स्थान पर उनकी एक 64 फीट लंबी प्रतिमा भी बनवाई है। भारत के इस महान धरती-पुत्र और दीनबंधु सर छोटूराम को द बेटर इंडिया का कोटि-कोटि नमन!

किसानों के अधिकारों की लड़ाई का नेतृत्व करने वाला फिर चाहिए सर छोटूराम जैसे मसीहा

छोटू राम को सामाजिक और राजनीतिक योगदान के लिए 1937 में ब्रिटिश सरकार ने उन्हें नाइट की उपाधि प्रदान की और सर की पदवी से नवाजा।
Bhupendra Singh Sat, 06 Oct 2018 11:35 PM (IST)

[चौधरी बीरेंद्र सिंह]: चौधरी सुखराम सिंह ओहल्यान और श्रीमती सरला देवी के सबसे छोटे पुत्र सर छोटू राम ने स्वाधीनता पूर्व पंजाब के सामाजिक और राजनीतिक फलक पर अपने नाम के विपरीत एक कद्दावर छवि बनाई। हरियाणा के गांव गढ़ी सांपला के जाट परिवार में 24 नवंबर 1881 को जन्मे सर छोटू राम किसानों के बीच एक विचारधारा के रूप में उभरे। वह किसानों के एक जुझारू और नि:स्वार्थ सेवक थे, जिन्होंने अपना पूरा जीवन उत्पीड़ित और हाशिये पर रहे खेतिहर समुदायों के कल्याण और उनके गरिमापूर्ण जीवन के लिए समर्पित कर दिया। किसानों की उन्नति के लिए उनके योगदान और किसान समुदाय के जीवन में बदलाव लाने के उनके विचार आज के दौर में भी प्रासंगिक हैं।

उनके सामाजिक और राजनीतिक योगदान के लिए 1937 में ब्रिटिश सरकार ने उन्हें नाइट की उपाधि प्रदान की और सर की पदवी से नवाजा। उनके अनुयायियों ने उन्हें दीनबंधु और रहबर-ए-आजम जैसी कई उपाधियों से नवाजा। सर छोटू राम ने किसानों के दुखों के मूल कारण को समझ लिया था कि किसान अन्यायपूर्ण लगान और पैदावार की अनुचित कीमत के दो पांटों के बीच पिस रहा है। इनके बीच फंसा किसान अपनी कमाई का एक बडा हिस्सा मुकदमों में गंवा देता है और कर्ज के दुष्चक्र से कभी निकल नहीं पाता। निरक्षरता और अज्ञान ने समस्या को बढ़ाया और लोक सेवाओं में भी किसानों का प्रतिनिधित्व शून्यप्राय था।

आर्थिक शोषण के साथ-साथ किसानों को सामाजिक तिरस्कार का भी सामना करना पडता था। अर्थव्यवस्था और राष्ट्र निर्माण में उनकी भूमिका को कभी मान्यता नहीं मिलती थी। सार्वजनिक मताधिकार नहीं था और मत देने का अधिकार भी विभेद पर आधारित था। विधायी प्रक्रिया में कृषक वर्ग की कोई पैठ नहीं थी और अपने वजूद को बेहतर बनाने की

इच्छाशक्ति का भी अभाव था। ऐसे समय में सर छोटू राम देश के पहले बड़े कृषि सुधारक के रूप में उभरे जिन्होंने किसानों के अधिकारों की लड़ाई का नेतृत्व किया।

यह कहना अतिशयोक्ति नहीं होगा कि कृषि के मोर्चे पर उन्होंने एक रक्तहीन क्रांति को मूर्त रूप दिया। उनकी सामाजिक और राजनीतिक सोच के चलते आज से कई दशक पहले न्यूनतम समर्थन मूल्य की अवधारणा ने आकार लिया। 1905 में संस्कृत में विशेष योग्यता के साथ दिल्ली के सेंट स्टीफंस कॉलेज से स्नातक होने और उसके बाद 1910 में आगरा कॉलेज से एलएलबी करने के पश्चात उन्होंने 1912 में वकालत शुरू की थी, परंतु आगे चलकर वह राष्ट्रीय संघवादी पार्टी के सह-संस्थापक बने जो स्वतंत्रता पूर्व भारत के पंजाब प्रांत में, कांग्रेस और मुस्लिम लीग को पछाड़कर लगातार शासन करती रही।

किसानों की स्थिति को सुधारने के सर छोटू राम के प्रयासों से पंजाब ऋण राहत अधिनियम, 1934 और पंजाब कर्जदार संरक्षण अधिनियम, 1936 जैसे कानून अस्तित्व में आए। इनमें ऋण निपटान बोर्डों, ब्याज की अधिकतम सीमा, खेतिहरों को उचित मूल्य जैसी खास पहल की गईं। उनकी कोशिशों से कई और भी कानून बने जिनसे किसानों के साथ अनुसूचित जाति के लोगों तथा ग्रामीण एवं शहरी बेरोजगारों के जीवन में सुधार आया। उन्होंने किसानों से अपनी हीन भावना तथा नियतिवादी दृष्टिकोण त्यागकर आत्मविश्वास अपनाने का आह्वान किया। उन्होंने जाटों को संगठित कर उनमें आत्मविश्वास का संचार करने में महत्वपूर्ण भूमिका निभाई।

सर छोटू राम और उनकी पार्टी ने कृषि, सिंचाई सुविधाओं, उद्योगों के विकास के लिए कई कदम उठाए। पंजाब की समग्र अर्थव्यवस्था के विकास और विशेष रूप से किसानों के विकास में उनका अहम योगदान रहा। उन्होंने सिंचाई की देनदारियों को तर्कसंगत बनाने और किसानों की सेवा के लिए प्रांत के सिंचाई विभाग के कामकाज को सुव्यवस्थित करने के लिए ठोस प्रयास किए।

किसानों की चुनौतियों के साथ ग्रामीण और शहरी बेरोजगारी से निपटने के लिए सर छोटू राम ने राज्य में कृषि आधारित उद्योगों और कुटीर उद्योगों के विकास के महत्व की दृढ़ता से वकालत की। स्वतंत्रता से पहले सर छोटू राम और उनकी पार्टी के कार्य और नीति ने वह जमीन तैयार की, जिस पर कालांतर में हरित क्रांति के उच्च पैदावार वाले बीजों ने साठ के दशक के बाद जड़ें जमाईं। उन्होंने किसानों के जीवन सुधार के अपने प्रयासों के तहत 'ठगी बाजार की सैर' और 'बेचारा जमींदार' शीर्षकों के तहत 17 लेखों की एक शृंखला भी लिखी।

सर छोटू राम भगवद्गीता और भगवान कृष्ण की शिक्षाओं से प्रेरित थे। रोहतक में एक मार्च, 1942 को दिए अपने भाषण में उन्होंने कहा, 'दृढ़विश्वास मेरे जीवन की आंतरिक आत्मा को दर्शाता है। मैंने अपनी अंतरात्मा की पुकार से कमजोरों की सेवा करने का मार्ग चुना है और किसान को कमजोरी के प्रतीक के रूप में चुना है और अत्याचार एवं सामाजिक शोषण की ताकतों के खिलाफ झंडा बुलंद किया है।'

गीता के दर्शन ने उनके चिंतन पर गहरा प्रभाव छोड़ा। छोटू राम के अनुसार, वह अर्जुन को भगवान कृष्ण की सलाह से प्रेरित थे कि 'इनाम की चाह या दंड के डर से आप कर्तव्य के मार्ग से नहीं हटेंगे, आपका ध्यान बस कर्म पर होना चाहिए, उसके फल पर नहीं।'

[चौधरी बीरेंद्र सिंह]: [लेखक केंद्रीय इस्पात मंत्री एवं सर छोटू राम के नाती हैं]

कौन थे सर छोटूराम? क्यों कहा जाता है उन्हें 'किसानों के असली मसीहा'

https://jagohukamran.com/wp-content/
uploads/%E0%A4%A6%E0%A5%80%E0%A4%A8%E0%A4%AC%E0%A4%82%E0'

किसानों के मसीहा थे छोटूराम, सरदार पटेल ने उनके बारे में कही थी ये खास बात ...
चौधरी सर छोटूराम जी का जन्म 24 नवंबर, 1881 में झज्जर, हरियाणा के एक छोटे से गांव गढ़ी सांपला में बहुत ही साधारण परिवार में हुआ था। उन्हें ब्रिटिश शासन में किसानों के अधिकारों के लिए आवाज बुलंद करने के लिए जाना जाता था।

वे पंजाब प्रांत के सम्मानित नेताओं में से थे और उन्होंने 1937 के प्रांतीय विधानसभा चुनावों के बाद अपने विकास मंत्री के रूप में कार्य किया। उन्हें नैतिक साहस की मिसाल और किसानों का मसीहा माना जाता था। उन्हें दीनबंधू भी कहा जाता है।

उनका असली नाम रिछपाल था और वो घर में सबसे छोटे थे, इसलिए उनका नाम छोटू राम पड़ गया। उन्होंने अपने गांव से पढ़ाई करने के बाद दिल्ली में स्कूली शिक्षा ली और सेंट स्टीफंस कॉलेज से ग्रेजुएशन पूरा किया। साथ ही अखबार में काम करने से लेकर वकालत भी की।

https://jagohukamran.com/wp-content/
uploads/%E0%A4%9B%E0%A5%8B%E0%A4%9F%E0%A5%82%E0%A4%B0%E

... जब इंदिरा को कहा गया था 'गूंगी गुड़िया', बदल दिया था पाकिस्तान का भूगोल

कहा जाता है कि सर छोटूराम बहुत ही साधारण जीवन जीते थे। और वे अपनी सैलरी का एक बड़ा हिस्सा रोहतक के एक स्कूल को दान कर दिया करते थे। वकालत करने के साथ ही उन्होंने 1912 में जाट सभा का गठन किया और प्रथम विश्व युद्ध में उन्होंने रोहतक के 22 हजार से ज्यादा सैनिकों को सेना में भर्ती करवाया।

1916 में जब रोहतक में कांग्रेस कमेटी का गठन हुआ तो वो इसके अध्यक्ष बने। लेकिन बाद में महात्मा गांधी के असहयोग आंदोलन से असहमत होकर इससे अलग हो गए। उनका कहना था कि इसमें किसानों का फायदा नहीं था। उन्होंने यूनियनिस्ट पार्टी का गठन किया और 1937 के प्रोवेंशियल असेंबली चुनावों में उनकी पार्टी को जीत मिली थी और वो विकास व राजस्व मंत्री बने।

~~~~ ~~~ ~~~
~~~~

चौधरी सर छोटूराम जी का योगदान–

साहूकार पंजीकरण एक्ट (1934) – यह कानून 2 सितंबर 1938 को प्रभावी हुआ था। इसके अनुसार कोई भी साहूकार बिना पंजीकरण के किसी को कर्ज़ नहीं दे पाएगा और न ही किसानों पर अदालत में मुकदमा कर पायेगा। इस अधिनियम के कारण साहूकारों की एक फौज पर अंकुश लग गया।

गिरवी जमीनों की मुफ्त वापसी एक्ट (1938) – यह कानून 9 सितंबर 1938 को प्रभावी हुआ। इस अधिनियम के जरिए जो जमीनें 8 जून 1901 के बाद कुर्की से बेची हुई थी तथा 37 सालों से गिरवी चली आ रही थीं, वो सारी जमीनें किसानों को वापिस दिलवाई गईं। इस कानून के तहत केवल एक सादे कागज पर जिलाधीश को प्रार्थना-पत्र देना होता था। इस कानून में अगर मूलराशि का दोगुना धन साहूकार प्राप्त कर चुका है तो किसान को जमीन का पूर्ण स्वामित्व दिये जाने का प्रावधान किया गया।

कृषि उत्पाद मंडी अधिनियम (1938) – यह अधिनियम 5 मई 1939 से प्रभावी माना गया। इसके तहत नोटिफाइड एरिया में मार्किट कमेटियों का गठन किया गया। एक कमीशन की रिपोर्ट के अनुसार किसानों को अपनी फसल का मूल्य एक रुपये में से 60 पैसे ही मिल पाता था। अनेक कटौतियों का सामना किसानों को करना पड़ता था। आढ़त, तुलाई, रोलाई, मुनीमी, पल्लेदारी और कितनी ही कटौतियां होती थीं। इस अधिनियम के तहत किसानों को उसकी फसल का उचित मूल्य दिलवाने का नियम बना। आढ़तियों के शोषण से किसानों को निजात इसी अधिनियम ने दिलवाई।

व्यवसाय श्रमिक अधिनियम (1940) – यह अधिनियम 11 जून 1940 को लागू हुआ। बंधुआ मजदूरी पर रोक लगाए जाने वाले इस कानून ने मजदूरों को शोषण से निजात दिलाई। सप्ताह में 61 घंटे, एक दिन में 11 घंटे से ज्यादा काम नहीं लिया जा सकेगा। वर्ष भर में 14 छुट्टियां दी जाएंगी। 14 साल से कम उम्र के बच्चों से मजदूरी नहीं कराई जाएगी। दुकान व व्यवसायिक संस्थान रविवार को बंद रहेंगे। छोटी-छोटी गलतियों पर वेतन नहीं काटा जाएगा। जुर्माने की राशि श्रमिक कल्याण के लिए ही प्रयोग हो पाएगी। इन सबकी जांच एक श्रम निरीक्षक द्वारा समय-समय पर की जाया करेगी।

कर्जा माफी अधिनियम (1934) – यह क्रान्तिकारी ऐतिहासिक अधिनियम दीनबंधु चौधरी छोटूराम ने 8 अप्रैल 1935 में किसान व मजदूर को सूदखोरों के चंगुल से मुक्त

कराने के लिए बनवाया। इस कानून के तहत अगर कर्जे का दुगुना पैसा दिया जा चुका है तो ऋणी ऋण-मुक्त समझा जाएगा। इस अधिनियम के तहत कर्जा माफी (रीकैन्सिलेशन) बोर्ड बनाए गए जिसमें एक चेयरमैन और दो सदस्य होते थे। दाम दुप्पटा का नियम लागू किया गया। इसके अनुसार दुधारू पशु, बछड़ा, ऊंट, रेहड़ा, घेर, गितवाड़ आदि आजीविका के साधनों की नीलामी नहीं की जाएगी।

https://jagohukamran.com/wp-content/uploads/ 16_12_2020-16jha15bb.jpg

मोर के शिकार पर पाबंदी – चौधरी छोटूराम ने भ्रष्ट सरकारी अफसरों और सूदखोर महाजनों के शोषण के खिलाफ अनेक लेख लिखे। कोर्ट मे उनके विरुद्ध मुकदमें लड़े व जीते। मोर बचाओ 'ठग्गी के बाजार की सैर', 'बेचार जमींदार, 'जाट नौजवानों के लिए जिन्दगी के नुस्खे' और 'पाकिस्तान' आदि लेखों द्वारा किसानों में राजनैतिक चेतना, स्वाभिमानी भावना तथा देशभक्ति की भावना पैदा करने का प्रयास किया।

https://jagohukamran.com/wp-content/uploads/bhankhda- edited.jpg

भाखड़ा बांध – सर छोटूराम ने ही भाखड़ा बांध का प्रस्ताव रखा था। सतलुज के पानी का अधिकार बिलासपुर के राजा का था। झज्जर के महान सपूत ने बिलासपुर के राजा के साथ एक समझौते पर हस्ताक्षर किए।

मृत्युः छोटू राम की मृत्यु 9 जनवरी 1945 को हुई।

लेखक - हरीराम जाट
नसीराबाद, अजमेर (राज.) मो.- 9461376979

3

पंडित नेकीराम शर्मा हरियाणा

पंडित नेकीराम शर्मा हरियाणा

पंडित नेकीराम शर्मा हरियाणा (जन्म - 5 सितम्बर 1887; मृत्यु - 8 जून 1956

पंडित नेकीराम शर्मा हरियाणा (जन्म - 5 सितम्बर 1887; मृत्यु - 8 जून 1956

पंडित नेकीराम शर्मा एक महान स्वतंत्रता सेनानी थे, जिन्हें हरियाणा केसरी के नाम से जाना जाता है। उनका जन्म 5 सितंबर 1887 को हरियाणा के रोहतक जिले के कैलंगा गांव में हुआ था। वह स्वतंत्रता आंदोलन में सक्रिय रूप से शामिल थे और उन्होंने अंग्रेजों के खिलाफ कई आंदोलन में भाग लिया।

नेकीराम शर्मा के बारे में कुछ और जानकारी:

- स्वतंत्रता आंदोलन में भूमिका: नेकीराम शर्मा ने असहयोग आंदोलन, नमक सत्याग्रह, व्यक्तिगत सत्याग्रह और भारत छोड़ो आंदोलन में सक्रिय भूमिका निभाई।

- **गांधीजी के साथ संबंध:** उन्होंने महात्मा गांधी के साथ मिलकर स्वतंत्रता आंदोलन को आगे बढ़ाने में महत्वपूर्ण भूमिका निभाई।
- **जेल यात्रा:** उन्होंने कई बार जेल यात्रा की और स्वतंत्रता के लिए संघर्ष किया।
- **अंतिम सांस:**

पंडित नेकीराम शर्मा ने 8 जून 1956 को अंतिम सांस ली।

पंडित नेकीराम शर्मा को हरियाणा में एक महत्वपूर्ण स्वतंत्रता सेनानी के रूप में याद किया जाता है।

पंडित नेकी राम शर्मा एक प्रमुख भारतीय स्वतंत्रता सेनानी और राजनीतिज्ञ थे, जो ब्रिटिश औपनिवेशिक शासन के विरोध और भारत के स्वतंत्रता आंदोलन में उनके योगदान के लिए जाने जाते थे। उन्होंने भारतीय राष्ट्रीय कांग्रेस के सदस्य के रूप में भारत की संसद के ऊपरी सदन, राज्य सभा में पंजाब का प्रतिनिधित्व किया।

प्रारंभिक जीवन और शिक्षा

पंडित नेकी राम शर्मा का जन्म 5 सितंबर, 1887 को हरियाणा के रोहतक जिले के केलंगा (अब कलिंगा के नाम से जाना जाता है) गांव में पंडित हरिप्रसाद शर्मा के घर हुआ था। उन्होंने उत्तर प्रदेश के सीतापुर, बनारस और अयोध्या में समय बिताते हुए संस्कृत में उन्नत अध्ययन किया। भारतीय स्वतंत्रता आंदोलन में उनका परिचय 1905 में बनारस में भारतीय राष्ट्रीय कांग्रेस के वार्षिक सत्र में शुरू हुआ, जहां उनकी मुलाकात गोपाल कृष्ण गोखले, लोकमान्य बाल गंगाधर तिलक, लाला लाजपत राय, सुरेंद्रनाथ बनर्जी और मदन मोहन मालवीय जैसे प्रतिष्ठित नेताओं से हुई।

स्वतंत्रता संग्राम की यात्रा

1907 में, भगत सिंह, लाला लाजपत राय और तिलक जैसे नेताओं की क्रांतिकारी भावना से प्रेरित होकर पंडित नेकी राम अपने गांव लौट आए, जहाँ उन्होंने ब्रिटिश शासन के खिलाफ अपना आजीवन संघर्ष शुरू किया। 1908 में तिलक को सज़ा सुनाए जाने से उनमें विशेष रूप से जोश भर गया, जिससे उन्होंने ब्रिटिश शासन का डटकर विरोध करने की कसम खाई। इस अवधि के दौरान, पंडित नेकी राम ने सशस्त्र विद्रोह के बारे में सोचा, यहाँ तक कि बम बनाने पर भी विचार किया। हालाँकि, कलकत्ता में कांग्रेस नेता सुरेन्द्रनाथ बनर्जी के साथ एक बैठक ने उन्हें अहिंसक मार्ग की ओर पुनः निर्देशित किया।

प्रमुख स्वतंत्रता आंदोलनों में भूमिका

पंडित नेकी राम कई स्वतंत्रता आंदोलनों में गहराई से शामिल थे, जिनमें शामिल हैं:

- **असहयोग आंदोलन (1920-22):** महात्मा गांधी के आह्वान पर उन्होंने सक्रिय रूप से भाग लिया और 1921 में इसमें शामिल होने के कारण गिरफ्तार भी हुए। वे पहली बार 1915 में गांधीजी से मिले थे और अहिंसा पर उनकी शिक्षाओं और अस्पृश्यता के

खिलाफ अभियान से प्रेरित हुए थे।

- **होम रूल आंदोलन:** वे आंदोलन में शामिल हो गए और 1918 में पंडित जवाहरलाल नेहरू से मिले, जिससे उनकी दोस्ती लंबे समय तक बनी रही। जून 1918 में, आंदोलन में उनकी भूमिका के लिए उन्हें आसफ अली के साथ गिरफ्तार कर लिया गया।
- **रौलट एक्ट विरोधी आंदोलन (1919):** पंडित नेकी राम ने दमनकारी रौलट एक्ट का विरोध किया और विरोध प्रदर्शनों में अग्रणी बन गए।
- **नमक सत्याग्रह (1930-34), व्यक्तिगत सत्याग्रह (1940-41) और भारत छोड़ो आंदोलन (1942-44):** उन्होंने इन अभियानों में प्रमुख भूमिका निभाई और ब्रिटिश शासन के प्रति अपने अथक विरोध के कारण कुल 2,200 दिन जेल में बिताए।
- **ब्रिटिश सरकार द्वारा दमन के प्रयासों का विरोध**

होमरूल आंदोलन में पंडित नेकी राम की लोकप्रियता और प्रभाव के कारण ब्रिटिश अधिकारियों ने उन्हें 25 एकड़ जमीन की पेशकश की, जिसे उन्होंने अस्वीकार कर दिया।

उन्होंने ब्रिटिश जिला कलेक्टर को प्रत्युत्तर देते हुए कहा था,

यह सारा देश मेरा है; तुम मुझे कौन सी जमीन दोगे ?

अंबाला मंडल राजनीतिक सम्मेलन

असहयोग आंदोलन का समर्थन करने के लिए पंडित नेकी राम ने 22 अक्टूबर, 1920 को भिवानी में अंबाला मंडल राजनीतिक सम्मेलन का आयोजन किया। 50,000 किसानों सहित लगभग 60,000 लोगों की उपस्थिति के साथ, इस कार्यक्रम में महात्मा गांधी, मौलाना अबुल कलाम आज़ाद और कस्तूरबा गांधी जैसे प्रमुख नेताओं की भागीदारी देखी गई।

परंपरा

पंडित नेकी राम शर्मा भारत के स्वतंत्रता संग्राम के इतिहास में एक प्रतिष्ठित व्यक्ति हैं। स्वतंत्रता और न्याय के प्रति उनका समर्पण, ब्रिटिश दमन के खिलाफ उनकी अवज्ञा और भारत के प्रमुख आंदोलनों में उनकी सक्रिय भागीदारी ने देश की स्वतंत्रता के मार्ग पर एक अमिट छाप छोड़ी है।

भिवानी में जन्मे स्वतंत्रता सेनानी नेकीराम का नाम बड़े सम्मान के साथ लिया जाता है। नेकीराम ने अंग्रेजों के तमाम प्रलोभनों को ठुकरा दिया था, लेकिन देश की शान पर कोई आंच नहीं आने दी।

जिले के कलिंगा गांव में 1887 में जन्मे महान स्वतंत्रता सेनानी और हरियाणा के पंडित नेकीराम शर्मा को अग्रणीय स्वतंत्रता सेनानियों में गिना जाता है। उन्होंने स्वतंत्रता के लिए हर छोटे-बड़े आंदोलन में हिस्सा लिया। वर्ष 1907 से वे मात्र 20 वर्ष की आयु में स्वतंत्रता आंदोलन के लिए सक्रिय भूमिका निभाने लगे थे। भगत सिंह, लाला लाजपत राय और 1908 में लोकमान्य तिलक को जेल भेजना नेकीराम शर्मा को सहन नहीं हुआ और वे अंग्रेजों के

घोर विरोधी बन गए।

पंडित नेकीराम शर्मा ने वर्ष 1919 में रोलेट एक्ट आंदोलन का विरोध किया। 1920 और 1922 के बीच असहयोग आंदोलन, 1930 और 34 के नमक सत्याग्रह, 1942 और 44 के भारत छोड़ो आंदोलन में उन्होंने अपनी अहम भूमिका निभाई। इन सभी आंदोलनों के दौरान वे 2200 दिन जेल में रहे। देश के अग्रणीय स्वतंत्रता संग्राम के नेता राष्ट्रपिता महात्मा गांधी, मदन मोहन मालवीय, लाला लाजपत राय, गोपाल कृष्ण गोखले के साथ उन्होंने देश की आजादी की लड़ाई में हिस्सा लिया। अंग्रेजों के बीच उनका प्रभाव इतना था कि अंग्रेजों ने उन्हें 625 एकड़ जमीन का प्रलोभन भी दिया, लेकिन वे किसी प्रलोभन में नहीं आए. बल्कि उन्होंने जेल जाना पसंद किया।

यहां तक कि वे अपने पुत्र की शादी और पुत्री के निधन पर भी जेल में ही थे। क्योंकि अंग्रेजों ने उन्हे पैरोल नहीं दी थी। साल 1947 में देश के आजाद होने के बाद भारत सरकार ने उन्हें 200 रूपये पेंशन दी, जो उस समय बहुत बड़ी राशि होती थी। लेकिन उन्होंने स्वतंत्रता सेनानी की पेंशन ये कहते हुए अस्वीकार कर दी कि देश की सेवा करना देश पर ऋण चढ़ाना नहीं है। ये उनका राष्ट्रधर्म है। इसके ऐवज में उन्हे किसी पेंशन की जरूरत नहीं है। साल 1956 को उनका निधन हो गया।

पंडित नेकीराम शर्मा राजकीय महाविद्यालय

वर्ष 1927 में स्थापित हुए कॉलेज में वर्तमान समय में 12 से अधिक संचालित कोर्स में साढ़े छह हजार छात्र संख्या है। प्रदेश के मुख्यमंत्री मनोहर लाल खट्टर, वित्तमंत्री कैप्टन अभिमन्यु सहित जानी मानी हस्तियां इस कॉलेज से पढ़कर निकली हैं। कॉलेज में स्मार्ट क्लासरूम और अत्याधुनिक ऑडिटोरियम, छात्र-छात्राओं के लिए छात्रावास सहित अनुभवी प्रोफेसर्स की फैकल्टी उपलब्ध है। कॉलेज की खासियत यह है कि यहां पर विज्ञान व वाणिज्य संकाय से स्नातक व स्नातकोत्तर की पढ़ाई करने के लिए रोहतक ही नहीं बल्कि प्रदेश के 10 से अधिक जिलों से छात्र-छात्राएं दाखिला पाने के लिए आवेदन करते हैं।

4

लोककवि मास्टर नेकीराम

लोककवि मास्टर नेकीराम

लोककवि मास्टर नेकीराम - सांग सम्राट, सांग कला के पुरोधा थे।

लोककवि मास्टर नेकीराम (जन्म - 6 अक्टूबर, 1915; मृत्यु - 10 जून, 1996)

सांग कला के विकास में गांव जैतड़ावास (रेवाड़ी) निवासी प्रसिद्ध सांग सम्राट व लोककवि मास्टर नेकीराम और उनके परिवार का अहम योगदान रहा है। इनसे पहले इनके पिता मास्टर मूलचंद और उनके शिष्य नानकचंद भगतजी तथा इनके बाद इनके पुत्र मास्टर राजेंद्र सिंह ने सांग कला का संरक्षण करते हुए इसे निरंतर 100 वर्षों तक बनाए रखा।

6 अक्टूबर 1915 में प्रसिद्ध संगीताचार्य मास्टर मूलचन्द व लाडो देवी के घर में जन्में

मास्टर नेकीराम ने गहन रुचि के चलते बचपन में ही अपने पिता से सांग कला की तालीम ली। इन्होंने शामधा (अलवर) स्थित बाबा गरीब नाथ मंदिर के तत्कालीन महंत व अपने गुरु बाबा गोपाल नाथ के आशीर्वाद से मात्र 14 वर्ष की अल्पायु में अपने पहले सांग का मंचन किया। इसके बाद फिर इन्होंने पीछे मुड़क्कर नहीं देखा और कुछ ही वर्षों बाद अपनी ऊंची तथा सुरीली आवाज के बल पर ये अपने जमाने के एक लोकप्रिय और प्रभावी सांगी बने। मास्टर नेकीराम की प्रमुख विशेषता यह थी कि जैसे-जैसे रात ढलती थी वैसे-वैसे उनकी आवाज बढती चली जाती थी। पूरा परिवार एक साथ बैठकर उनका सांग देख सकता था। इनकी सांग पार्टी में इनके सभी शिष्य-कलाकार गायन व अभिनय कला में सिद्धहस्त थे।

मास्टर नेकीराम ने तीन दर्जन से भी अधिक सांगों का सृजन किया और उनका 60 वर्षों तक मंचन किया। उनका सांग मंचन लगभग सात-आठ घंटे तक चलता था। उन्होंने अपने सांगों के माध्यम से मन्दिर, कुआ, बावड़ी, धर्मशाला, गौशाला, स्कूल, तालाब आदि के निर्माण सहित अनेक जनहित कार्य करवाए। इसके अतिरिक्त उन्होंने अपने सांगों द्वारा गरीब कन्यायों के विवाह व अनेक बेसहारा लोगों की मदद करके एक मानवता की मिशाल कायम की। इतना ही नहीं उन्होंने विभिन्न राज्यों में स्थापित सैनिक छावनियों में भी अपने सांग मंचन से सैनिकों के उत्साहवर्धन किया। 60 वर्षों तक सांग मंचन करने के बाद 10 जून, 1996 को मास्टर नेकीराम का निधन हो गया। वर्तमान में लोकगायक चंद्रभान खुशपुरा के अलावा इनके शिष्य बुद्धराम, छाजूराम राजवाड़ा, सोनू नावदी, ईश्वर सिंह बाछौद इनकी सांग परंपरा को आगे बढ़ा रहे हैं।

लोक कवि नेकीराम हरियाणा के एक प्रसिद्ध लोक कलाकार और स्वतंत्रता सेनानी थे। वह हरियाणवी भाषा के एक महत्वपूर्ण कवि थे, जिन्होंने सांग, लोकगीत और नाटक में महत्वपूर्ण योगदान दिया।

नेकीराम की प्रमुख उपलब्धियां:

- **लोकगीत और सांग:**

नेकीराम ने हरियाणवी भाषा में कई प्रसिद्ध सांग और लोकगीत लिखे, जिनमें से कई आज भी लोकप्रिय हैं।

- **स्वतंत्रता आंदोलन:**

उन्होंने भारत के स्वतंत्रता आंदोलन में सक्रिय रूप से भाग लिया और इसके लिए लोगों को प्रेरित करने के लिए अपने सांग और लोकगीत का उपयोग किया।

- **सामाजिक चेतना:**

नेकीराम ने अपने लेखन के माध्यम से सामाजिक और आर्थिक अन्याय के खिलाफ आवाज उठाई और लोगों को जागरूक करने का काम किया।

• संदेश प्रकाशन:

उन्होंने भिवानी से "संदेश" नामक एक हिंदी साप्ताहिक पत्रिका भी प्रकाशित की।

• सम्मान:

नेकीराम को "सांग सम्राट" के रूप में जाना जाता है और उन्हें हरियाणा के सबसे बड़े लोक कलाकारों में से एक माना जाता है।

नेकीराम के बारे में कुछ और बातें:

• उन्होंने गांधीजी के नमक सत्याग्रह और व्यक्तिगत सत्याग्रह में भी सक्रिय रूप से भाग लिया।
• 10 जून, 1996 में उनकी मृत्यु हो गई।
• उनकी स्मृति में उनके गांव जैतड़ावास में एक स्मारक स्थल बनाया गया है।
• उनकी पुण्यतिथि पर हर साल एक कवि सम्मेलन का आयोजन किया जाता है।

मास्टर नेकीराम का जन्म सांग सम्राट मास्टर मूलचन्द व श्रीमती लाडो देवी के घर में 6 अक्तूबर 1915 को हुआ था। बचपन से ही संगीत में अपनी गहन रुचि के चलते बालक नेकीराम ने अल्पायु में ही अपने पिता से इस कला की तालीम लेनी शुरू कर दी। इनके पिता मास्टर मूलचंद प्रभावी सांगी होने के साथ-साथ एक प्रतिभा सम्पन कवि भी थे। मास्टर नेकीराम ने अपने पिता का अनुशरण करते हुए सांग कला को विरासत के रूप में ग्रहण किया और इसे ऐसी गति दी कि वह सांग इतिहास में एक मिशाल बन गई। ये अपने पिता के ही शागिर्द थे, लेकिन इन्होंने अपने पिता के निर्देशानुसार राजस्थान के अलवर जिले के गांव सामधा स्थित मन्दिर के प्रथम महंत महाराज गरीब नाथ के शिष्य और गद्दी महंत महाराज गोपाल नाथ को अपना गुरू बनाया। मात्र 14 वर्ष की अल्पायु में ही अपने पिता के सान्निध्य में अपने पहले सांग भगत पूर्णमल का मंचन किया। इसके बाद तो फिर नेकीराम ने पीछे मुड़कर नहीं देखा और कुछ ही वर्षों बाद वे अपने जमाने के एक लोकप्रिय सांगी बने और लोकप्रियता के उस शिखर पर पहुंचे जहां विरले ही पहुंच पाते हैं।

नेकीराम उस दौर में सबसे कम उम्र वाले सांग पार्टी के मुखिया थे। आगे चलकर वे सांग के क्षेत्र में अपने बेहतरीन सांग मंचन और अपनी ऊंची तथा सुरीली आवाज के बल पर अपने दौर के शिखर सितारा बने। उन्होंने अपने समकालीन अधिकतर सांगियों से अपनी प्रतिभा का लोहा मनवाया। नेकीराम की इस उपलब्धि से खुश होकर सांग प्रेमियों ने इनको इनके

पिता की तरह संगीत व गायन के मास्टर की उपाधि दी। इसके बाद तो वे सांग जगत में मास्टर नेकीराम के नाम से स्थापित हो गए लेकिन सांग प्रेमी हमेशा ही इन्हें आदर के साथ मास्टर जी कहकर सम्बोधित करते थे।

मास्टर नेकीराम अपने सांग मंचन के दौरान जब अपनी आकृर्षक वेशभूषा में धोती-कुर्ता,बन्द गले का कोट और उस पर जगमगाते अनेक तमगें,सिर पर रेशमी रूमाल,सुडोल शरीर,तेजस्वी मुख और हाथ में बैत लिए मंच पर शिरकत करते थे तो मंच की रौनक बढ जाती थी। इस सुन्दर और आकर्षक वेशभूषा में इनका व्यक्तित्व सचमुच बादशाह रूपी दिखाई देता था। मास्टर जी के मंच पर आते ही श्रोताओं की हजारों-हजारों निगाहें एक हो जाती थी। मास्टर नेकीराम मंच पर आकर माँ शारदे व गुरू वंदन के बाद जब गाना शुरू करते थे तो दर्शक ही नहीं कलाकार भी थिरकने लग जाते थे। वे एक से बढ कर एक ऐसी रागनियां गाते थे कि जिनका कोई जवाब नहीं। उनकी रागनियों को केवल वे ही गा सकते थे इस सच्चाई को नकारा नहीं जा सकता।

मास्टर नेकीराम की प्रमुख विशेषता यह थी कि जैसे-जैसे रात बढती थी वैसे-वैसे उनकी आवाज भी बढती चली जाती थी। उनका गायन उनके पिता की तरह कर्णप्रिय,अभिनय व संगीत उच्चकोटि का था। उन्हें एक ऐसे सांगी के रूप में जाना जाता है जिन्होंने अपने मधुर गायन व बिन्दास अभिनय से दर्शकों के बीच अपनी अलग पहचान बनाई। पूरा परिवार एक साथ बैठकर उनका सांग देख सकता था मजाल कहीं अश्लीलता आ जाए। यहीं कारण था कि वे अपने जमाने के सांगियों से कहीं आगे थे। उनका सांग मंचन लगातार लगभग आठ घन्टे तक चलता था।

8 व 9 जनवरी, 1971 को नांगल चौधरी (हरियाणा) में हरियाणा कला मण्डल द्वारा मास्टर नेकीराम के दो सांगों का आयोजन कराया गया। यहां इनकी उत्तम सांग प्रस्तुति के लिए हरियाणा कला मण्डल के निदेशक देवीशंकर प्रभाकर ने इन्हें प्रशंसा पत्र भेंट करते हुए एक विशिष्ट सांग सम्राट की संज्ञा दी। यहां संस्कृति मंत्रालय, भारत सरकार की संगीत, नृत्य एवं नाटक की राष्ट्रीय अकादमी संगीत नाटक अकादमी, दिल्ली द्वारा उस दौर में हरियाणा के पहले और इकलौते कलाकार के रूप में मास्टर नेकीराम की मधुर आवाज को रिकार्ड किया और उनके द्वारा मंचित सांग फूल सिंह-नौटंकी की भी रिकार्डिंग की गई। इतना ही नहीं अपार जनसमूह के बीच इस सांग मंचन के छायाचित्र भी लिए जो कि आज भी संगीत नाटक अकादमी के दिल्ली स्थित संग्रहालय में हरियाणा की धरोहर के रूप में सुरक्षित है।

मास्टर नेकीराम ने लगभग 30 सांगों का सृजन किया और उनका 60 वर्षो तक मंचन किया। किस्सा राजा भोज-भानवती, हीर-रांझा,लीलो-चमन, राजा रिसालू, राजपूत चापसिंह-सोमवती, फूलसिंह-नौटंकी, रूप-बसन्त, सेठ ताराचन्द, राजा हरिश्चन्द्र-तारावती, शाही लक्कड़िहारा, कीचक-वध, मीराबाई, भगत पूर्णमल, पिंगला-भरथरी, अमर सिंह राठौर, जानी चोर, राजा सुल्तान निहालदे, बाबा भीमराव अम्बेडकर आदि उनके लोकप्रिय एवं

प्रभावी सांग थे। उन्होंने अपने कुशल सांग मंचन से भारत वर्ष के सभी हिन्दी राज्यों में अपने प्रदेश का नाम रोशन किया। मास्टर नेकीराम को भारत वर्ष के समस्त राज्यों में स्थापित भारतीय सैनिक छावनियों में भी विशेष उत्सवों के अवसर पर सैनिकों के उत्साहवर्धन हेतू सांग कला के मंचन के लिए आमंत्रित किया जाता था। उन्होंने अपनी एक रचना में कहा है कि

<blockquote>
बाबुल गैल्या देख्या काबुल, लाहौर-रांची मुल्तान गया,

कई बार करे सांग फौज म्हं, नेफा-नेपाल भूटान गया,

एमपी-यूपी पंजाब-हरियाणा, कच्छ-भुज राजस्थान गया,

पूर्व-पश्चिम उत्तर-दक्षिण, लगभग सारा हिन्दुस्तान गया,

नेकीराम सतगुरू कृपा से, दुनिया म्हं गुणगान हुया ।।
</blockquote>

एक कवि के रूप में भी मास्टर नेकीराम ने अपना कलम तोड़ अन्दाज दिखाया। इन्होंने अपनी रचनाओं में तत्कालीन समस्याओं का सहज रूप से निरूपण, समाज को खण्डित करने वाली कुरीतियों का खण्डन, नैतिक मूल्यों में आई गिरावट, आर्थिक विषमता, रिश्वतखोरी, शिक्षा, तीज त्योहारों, रीति-रिवाजों व सामाजिक मूल्यों का उल्लेख करते हुए समाज में जागरूकता लाने का सफल प्रयास किया। इनकी रचनाओं का प्रंशनीय पहलू यह है कि इन्होंने अपनी सांग रचनाओं में कभी शलीलता की सीमा नहीं लांघी। इन्होंने अपनी रचनाओं में मातृशक्ति को भी सदैव सम्मान दिया। इनकी एक रचना की पंक्तिया है कि

<blockquote>
बेल-बधेवा अगत निशानी, खोटी बीर बताते क्यों?

उल्टी बुद्धि मति गुद्दी नै, बे-पीर बताते क्यों?

सुन्दर स्वच्छ पदार्थ कर दिए, बे-तासीर बताते क्यों?

चार आश्रम कायम कर दिए, दोष शरीर बताते क्यों?

हो पूरी पक्की पंसेरी ला, पांसग घाट करै सै,

प्रोपगण्डा नेकीराम सब झूठी डाट करै सै।।
</blockquote>

इतना ही नहीं मास्टर नेकीराम अपनी रचनाओं में हरियाणवी लोक संस्कृति के प्रति अगाध आस्था व राष्ट्र के प्रति समर्पण की भावना का परिचय देना भी नहीं भूले। जब भारत का पाकिस्तान व चीन के साथ हुए युद्धों के दौरान मास्टर नेकीराम ने अनेक देशभक्ति की रचनाएं रची और उनकी प्रस्तुति दी।

युद्ध के दिनों में जहां भी मास्टर नेकीराम के सांगों का आयोजन होता वे अपने सांग से पहले भारतीय सैनिकों के उत्साहवर्धन हेतू इस रागनी को जरूर गाते थे। इसकी कुछ पंक्तियां इस प्रकार है:-

<blockquote>
छुट्टी बाकी चिठ्ठी आग्यी, एक जवान की,

माता बोल्यी जा बेटा, जय हो बलवान की।।
</blockquote>

झटपट तैयारी करले बेटा, देर लगाइए मतना,

सीना खोलकै लड़िए, गोली पीठ पै खाइए मतना,

जा उल्टा भाग मौर्चे पै, मेरा दूध लजाइए मतना,

बाप की तरियां लड़िए बेटा, लोग हंसाइए मतना,

सबनै एक दिन मरना, परवा कौन्या जान की,

वहीं मास्टर नेकीराम भारत रत्न बाबा भीमराव अम्बेडकर के नारे शिक्षित बनो को साकार करते हुए अपने सांगों के माध्यम से आजीवन शिक्षा की अलख जगाते रहे। उन्होंने अपने सांग सेठ ताराचन्द की एक रागनी में कहा भी है कि:-

लिखे पढ़े बिना कदर नहीं सै, पढ़ने की तैयारी करले,

कोई अनपढ़ बेटा रहज्या किसे का तड़फ़-2 कै मरले।।

उन मात-पिता कै पाप चढ़ें, जिसनै ना सन्तान पढ़ाई,

सारी दुनिया तान्ने मारै, जिन्दगी भर मिलै बुराई,

मरती बरिया गती मिलै ना, बस रहज्या लोग हंसाई,

कहै नेकीराम तू गुरू पीर तै, सीख लिए कविताई,

पढ़ लिखकै विद्वान बणज्या, भवसागर तै तरले,

प्रसिद्ध विद्वान श्री रत्न कुमार सांभरिया व डॉ. शिवताज सिंह के अनुसार मास्टर नेकीराम ने अपनी सांग रचनाओं में ठेठ आंचलिक शब्दों का प्रयोग किया है। इनमें अहीरवाटी व जाटोती दोनों बोलियों का पुट है। छन्द व अलंकार की दृष्टि से भी ये रचनाएं बेहतरीन है और इनमें गजब का काव्यानुशासन है। इन रचनाओं में मुहावरों का बहुत ही सुन्दर प्रयोग हुआ है।

मास्टर नेकीराम की सांग मण्डली में उनके सभी शिष्य व कलाकार गायन-वादन व अभिनय कला में सिद्धहस्त थे। इनमें रेवाड़ी के गांव भाड़ावास के नेतराम,खरखड़ी के हुक्म सिंह,बधराना के धर्मबीर, झज्जर बेरी के मातादीन,सोनीपत के रामसिंह,अलवर स्थित बढ़ली की ढाणी के अमर सिंह,बादली के प्रकाश, दिल्ली के देशराज, अलवर के गांव जसाई के हरिसिंह, महेन्द्रगढ़ के गांव खेड़ी तलवाणा के मोहन व सरफू जैसे कुशल नृतक, जैतड़ावास के हरदयाल, बिहारीलाल, खम्बूराम,श्योलाल, दिल्ली के धनीराम,सहारणवास के जग्गन, झज्जर के गांव साल्हावास के बनवारी, धर्मपाल, नफेसिंह, डूम्मा के चन्दगी राम, महेन्द्रगढ़ के कांटीखेड़ी के बाबूलाल, रेवाड़ी के रामेश्वर, रामसिंह जैसे प्रतिभा सम्पन्न साजिन्दे, भाटोठा की ढाणी के हरफनमौला हास्य कलाकार हीरालाल, बड़ा सरजीत (खरकड़ी), छोटा सरजीत (खरकड़ी), श्री बनवारी, भगवाना आदि के नाम प्रमुख है। हीरालाल व प्रकाश तो इनकी सांग मण्डली में ऐसे थे जैसे शरीर में सांस।

मास्टर नेकीराम एक अच्छे सांग सम्राट व कवि ही नहीं अपितु एक उदारचेता, दानी, परदुखकातर व लोक कल्याण की भावना से परिपूर्ण सच्चे निष्पक्ष समाज सेवी थे। उन्होंने अपने सांगों के माध्यम से अनेक मन्दिर, कुआ, बावड़ी, धर्मशाला, गौशाला, स्कूल,तालाब आदि के निर्माण सहित अनेक जनहित कार्य करवाए। इसके अतिरिक्त उन्होंने अपने सांगों द्वारा गरीब कन्यायों के विवाह व अनेक बेसहारा लोगों की मदद करके एक मानवता की मिशाल कायम की। अपना सारा जीवन दबंग अस्मिता के साथ व्यतीत करने वाले मास्टर नेकीराम ने 60 वर्षों तक लगातार सांग मंचन करने का रिकार्ड अपने नाम करने के उपरान्त अपनी वृद्धावस्था के कारण सांग मण्डली की बागडोर अपने पुत्र मास्टर राजेन्द्र सिंह को सौंप दी। 10 जून 1996 को मास्टर नेकीराम का देहान्त हो गया।

हरियाणवी लोकनाट्य को समृद्ध करने में मास्टर नेकीराम का योगदान

शोध सार : लोकसाहित्य किसी भी देश की संस्कृति को समृद्ध करने में महत्वपूर्ण भूमिका निभाते हैं। साहित्य का संबंध समाज से है लेकिन लोक साहित्य तो रचा बसा ही समाज में है। लोक साहित्य लोक द्वारा लोक के लिए रचा गया साहित्य है। किसी स्थान विशेष की संस्कृति की जितनी अच्छी समझ हमें लोकसाहित्य से प्राप्त होती है शायद ही अन्य साहित्यिक विधा उस तरह से हमें समाज और संस्कृति से जोड़ पाए। लोकनाट्य, लोकसाहित्य का ही एक रूप है। हरियाणा में लोकनाट्य के रूप में सांग का विशेष महत्व है। हरियाणा में ऐसे अनेक सांगी हुए हैं जिन्होंने अपने सांगों के माध्यम से हरियाणवी संस्कृति को समृद्ध करने में विशिष्ट योगदान दिया है, जैसे - अलीबख्श, बंशीलाल, दीपचंद, पंडित लखमीचंद, पंडित मांगेराम, बाजे भगत, मास्टर मूलचंद, रामकिशन व्यास, धनपत सिंह चंद्रवादी, रामकुंवार खालेटिया आदि और इसी क्रम को आगे बढ़ाते हुए नाम आता है मास्टर नेकीराम जी का। मास्टर नेकीराम जी के सांगों में हरियाणवी संस्कृति रची-बसी हुई है। हरियाणवी लोकनाट्य को माध्यम बनाकर नेकीराम जी ने हरियाणवी लोक का सम्पूर्ण चित्र हम सभी के समक्ष बड़ी सहजता से प्रस्तुत किया है।

बीज शब्द : लोकसाहित्य, लोकनाट्य, सांग, हरियाणा, हरियाणवी संस्कृति, मास्टर नेकीराम।

मूल आलेख : हरियाणा प्राचीन काल से ही भारतीय संस्कृति और सभ्यता का पालना रहा है। हरियाणा को देवभूमि के नाम से जाना जाता है, यही कारण था कि इसे एक समय 'ब्रह्मवर्त', 'ब्रह्म की उतरवेदी' आदि नामों से जाना जाता था। इसी पावन धरती पर विश्व का प्रथम महायुद्ध महाभारत लड़ा गया और इसी धरा पर श्रीकृष्ण ने अर्जुन को गीता का दिव्य उपदेश दिया। भारतीय गणतंत्र में यूं तो 1 नवम्बर, 1966 को हरियाणा एक स्वतंत्र राज्य के रूप में स्थापित हुआ लेकिन हरियाणा की सांस्कृतिक परंपरा विशाल है। 'हरियाणा' शब्द का सर्वप्रथम उल्लेख भारत के प्राचीनतम ग्रंथ 'ऋग्वेद' में 'रजत हरियाणे' के रूप में हुआ। विश्व की प्राचीनतम सभ्यताओं में से एक सिंधु घाटी सभ्यता के अवशेष भी हमें हरियाणा से प्राप्त हुए हैं। भारतीय संस्कृति की मुख्य धारा में हरियाणा का योगदान

उल्लेखनीय रहा है। साहित्यिक परंपरा की दृष्टि से भी हरियाणा काफी समृद्ध है। हरियाणा वैदिक काल से वैदिक एवं ब्राह्मण साहित्य की सृजन-स्थली रहा है। सरस्वती के तटों पर तपस्या करते हुए ऋषि-मुनियों ने वेद-पुराणों की रचना की थी। इसी धरती पर महाभारत, मनुस्मृति, अष्टाध्यायी, कादंबरी, हर्षचरित लोकगीतों से लेकर लोकनाट्य तक सभी में हरियाणवी समाज और संस्कृति रची बसी है। सांग हरियाणा की लोकप्रिय लोकनाट्य का एक रूप है। लोकनाट्य अपने भाव और विचारों को लोक तक सीधा प्रेषित करने का प्रभावी माध्यम है। प्राचीन काल से ही नाट्य विद्या के अनेक प्रमाण हमारे सामने पौराणिक कथाओं, लोक गाथाओं, लोक कहानियों के माध्यम से प्राप्त होते रहे हैं,जैसे:- महाभारत के विराट पर्व के अन्तर्गत रंगशाला का उल्लेख। संस्कृत साहित्य भी नाट्य विधा की दृष्टि से अत्यन्त समृद्ध रहा है, इसके अन्तर्गत अनेक नाटकों की रचना व उनका सफल मंचन भी किया गया   जैसे- कालीदास का अभिज्ञानशाकुन्तलम्, शुद्रक का मृच्छकटिकम् ये अभिनय की दृष्टि से उच्च कोटि के माने गये है। संस्कृत साहित्य के उपरान्त नाट्य विधा में कुछ शिथिलता आयी किन्तु वर्तमान में हिंदी साहित्य के क्षेत्र में लोक नाट्य कला के अनेक रूप प्रचलित रहे हैं। इनमें माँच, ख्याल, नौटंकी, स्वांग, भगत आदि उल्लेखनीय हैं। सांग हरियाणा की लोकप्रिय लोकनाट्य विधा है।

“सांग शब्द की व्युत्पत्ति के बारे में विद्वानों में मतैक्य नहीं है। कुछ विद्वानों की मान्यता है कि सांग की व्युत्पत्ति 'स्वांग' शब्द से मानी है, जिसका अर्थ है, किसी का रूप या वेश अपने शरीर पर धारण करना या अभिनय के लिए अपने अंगों को सुसज्जित करना आदि। साधारणत: स्वांग का शाब्दिक अर्थ छद्म रूप माना गया है। नागरी प्रचारिणी सभा, वाराणसी द्वारा प्रकाशित 'लघु हिंदी शब्द सागर' में स्वांग का अर्थ बताते हुए लिखा गया है कि “बनावटी वेश जो दूसरे का रूप बनने के लिए धारण किया जाये, भेष मजाक का खेल, तमाशा, नकल धोखा देने के उद्देश्य से बनाया हुआ कोई रूप या क्रिया'।”

सांग हरियाणा का एक सांस्कृतिक दस्तावेज है, जो यहाँ के निवासियों के सामाजिक व नैतिक मूल्यों तथा उनके जीवन से जुड़ी वीरता व प्रेम के भावों को अभिव्यक्त करता है। यह हरियाणवी लोक नाट्य विद्या का एक आद्य प्रारूप है. जिसके गीतों के एक-एक बोल के साथ जनसाधारण का हृदय उलझ – उलझ आता है। इसमें लोकजीवन की भाषा, संगीत, नृत्य एक ऐसी सम्मिलित भाव बेला उपस्थित करता है, जिससे मनुष्य का हृदय उसके दृश्य के साथ सहज गतिमान हो जाता है। जैसे-जैसे सांग चरमोत्कर्ष की ओर बढ़ता है दर्शक वर्ग भूख-प्यास सब भूलकर अपना दिल थामे वहीं बैठे रहते हैं और जिज्ञासा के वशीभूत होकर सांग देखने हेतु लालायित रहते है। सांग जनसाधारण के लिए पंचम वेद के समान ही माना जाता है, क्योंकि अनपढ़ देहाती लोगों को धर्म, नीति, मर्यादा और ज्ञान की बातें बताने का इससे सरल और सहज और कोई माध्यम नहीं हो सकता। सांग लोक मानस के चरित्र व उसके वातावरण को अभिव्यक्त करता है, इसका संगीत जनमानस मन और आत्मा को आनंदित कर एक ऐसा समा बाँध देता है जिसका समाज का हर वर्ग चाहे वह धनी

हो या कंगाल, उच्च हो या पिछड़ा, नौजवान हो या बुजुर्ग, पुरुष हो या स्त्री आदि के साथ फकीर, बच्चे आदि सभी सांग के मंचन का समान रूप से रसपान करते हैं। 18 वीं शताब्दी से पूर्व सामूहिक मनोरंजन के दो साधन थे- मुजरा और नकल। सम्पन्न परिवारों में विवाह आदि के अवसर पर ये कार्यक्रम होता था। मुजरे के लिए नृत्यांगनाएँ आती थीं और नकल के लिए नकलिए व नक्कालों को बुलाया जाता था, जो अपने-अपने तरीकों से सामूहिक मनोरंजन किया करते थे। परन्तु एक सभ्य समाज में नृत्यांगनाओं व नक्कालों को हेय की दृष्टि से देखा जाता था। ऐसी परिस्थिति में सांग का उद्भव हुआ। अतः सांग परम्परा हरियाणा के परिवेश की एक अमूल्य धरोहर है, जो मनोरंजन के साथ-साथ जनसामान्य को परोपकार, जीवन मूल्य, नीति, भक्ति, उपदेश आदि की शिक्षा भी प्रदान करती है एवं हरियाणा की संस्कृति के विभिन्न पक्षों को उजागर करती है।

सांग कला के विकास में गांव जैतड़ावास निवासी प्रसिद्ध सांग सम्राट व लोककवि मास्टर नेकीराम और उनके परिवार का अहम योगदान रहा है। इनसे पहले इनके पिता मास्टर मूलचंद और उनके शिष्य नानकचंद भगतजी बूढ़पुर तथा इनके बाद इनके पुत्र मास्टर राजेंद्र सिंह ने सांग कला का संरक्षण करते हुए इसे निरंतर 100 वर्षों तक बनाए रखा। महान सांगी मास्टर नेकीराम का जन्म 6 अक्टूबर, 1915 को रेवाड़ी के समीप जैतड़ावास गांव के एक निम्न परिवार में हुआ । इनकी माता का नाम लाडो देवी तथा पिता का नाम मास्टर मूलचंद था ।ये अपने माता- पिता के इकलौते पुत्र थे। नेकीराम ने अपने गुरु के आशीर्वाद से मात्र 14 वर्ष की कम आयु में ही अपने पिता की देख-रेख में पहला सांग 'भक्त पूरणमल' का मंचन किया और इनका यह भक्त पूरणमल सांग इतना प्रसिद्ध हुआ कि ये लोक साहित्य जगत में मास्टर नेकीराम के नाम से जाने जाने लगे। जब यह गाना शुरू करते थे तो गांव में लोगों की भीड़ लग जाती थी। तथा एक अच्छी बात यह भी थी कि इनकी रागनियों में किसी भी प्रकार की अश्लीलता नहीं दिखाई देती थी। इनकी रागनियां को घर परिवार तथा पूरे समाज के साथ बैठकर देखा और सुना जा सकता था । इनकी रागनियां को सुनने के लिए लोग दूर-दूर से बैलगाड़ी, घोड़ा गाड़ी, ऊंट गाड़ी और साइकिल इत्यादि साधन के माध्यम से आते थे। इनकी आवाज इतनी कोमल और मधुर थी जैसे कि साक्षात सरस्वती मां विराजमान हो गई हो। इन्होंने अपनी आवाज के माध्यम से न केवल अपने पिता बल्कि गांव का नाम भी रोशन किया। मास्टर नेकीराम के प्रमुख सांग- राजा भोज-भानवती, राजा रिसालू, बीना-बब्बन, राजा कंवरसेन-कुलवंती, राजा उदयभान-उर्मिला, श्रवण कुमार, राजा सुल्तान निहालदे, राजा मोरध्वज, हीर-रांझा, लीलो-चमन, चापसिंह-सोमवती, फूलसिंह-नौटंकी, रूप-बसन्त, सेठ ताराचन्द, राजा हरिशचन्द्र-तारावती, शाही लक्कड़िहारा, कीचक-वध, मीराबाई, भगत पूरणमल, पिंगला-भरथरी, अमर सिंह राठौर, चंद्रकिरण, गोपीचंद भरतरी, सती अंसुईया, बाबा साहब डॉ. भीमराव अम्बेडकर, श्री गरीब नाथ महाराज की गौरव गाथा आदि उनके लोकप्रिय एवं प्रभावी सांग थे। निस्संदेह मनुष्य अपने वातावरण की निर्मित होता है। घर–परिवार के संस्कार, आस-पास का वातावरण,

एवं उसके जीवन में आए उतार–चढ़ाव सब मिलकर उसके व्यक्तित्व का निर्माण करते हैं। मास्टर नेकीराम के व्यक्तित्व पर भी उनके पर्यावरण और पृष्टभूमि ने गहरी छाप छोड़ी। उनके जीवन अनुभवों की अभिव्यक्ति उनके सांगों में देखी जा सकती है। नेकीराम के सांगो में अपने समय के लोक का प्रभावी रूप से चित्रण हुआ है। हरियाणवी समाज और संस्कृति की अनूठी झलक उनके सांगो में हमें देखने को मिलती है।

साहित्य और समाज का गहरा रिश्ता होता है, साहित्य समाज का दर्पण होता है। साहित्य में समाज की अभिव्यक्ति होती है और लोक साहित्य तो लोक की ही अभिव्यक्ति है। सांग हरियाणा का प्रसिद्ध लोकनाट्य है, सांगों के माध्यम से हम हरियाणवी समाज को और करीब से जान पाते हैं । मास्टर नेकीराम ने अपने सांगों में समाज में व्याप्त कई विकृतियों का भी चित्रण किया है साथ ही अपने सांगों के माध्यम से सामाजिक मूल्यों को भी स्थापित करने का प्रयास किया है। मास्टर नेकीराम सामाजिक संबंधों के बड़े भावपूर्ण चित्र खींचते हैं। माता या पुत्र का संबंध हो या पति-पत्नी का, देवर-भाभी का संबंध हो या जीजा-साली का,उनके सांगों में पारिवारिक रिश्तों का बड़ा सजीव चित्रण हुआ है।

हरियाणवी संस्कृति में प्रेम और परिवार व्यवस्था का विशेष महत्व है। हरियाणवी समाज एकजुटता, भाईचारे और आपसी सौहार्द की भवभूमि पर प्रतिष्ठित है। प्रेम एक ऐसी शक्ति है जिससे सम्पूर्ण जगत चलायमान है। दुनिया में जीवित बचे रहने के लिए प्रेम का बचे रहना आवश्यक है। लोक – काव्य की तो मूल प्रेरणा यही वृत्ति है। प्रेम का फलक बहुत व्यापक है यह केवल स्त्री और पुरुष के प्रेम तक ही सीमित नहीं है । प्रेम को केवल स्त्री और पुरुष की परिधि में बांध दिया जाए तो प्रेम बहुत संकीर्ण हो जाएगा। प्रेम केवल यौन आकर्षण मात्र नहीं है, प्रेम का आधार होता है विश्वास । यह दो हृदयों का संगम होता है। प्रेम निश्चल होता है और समाज के सभी बंधनों से परे होता है। मास्टर नेकीराम के सांगों में प्रेम के इसी व्यापक फलक की अभिव्यक्ति देखी जा सकती है। उन्होंने एक तरफ जहां अपने सांगों में प्रेम के व्यापक रूप की अभिव्यक्ति करते हुए उसे आध्यात्मिक स्तर पर पहुंचाया है तो दूसरी तरफ उनके सांगों में नायक और नायिका के नए – नए प्रेम की अभिव्यक्ति भी हुई है, इस प्रकार उनके सांगों में प्रेम भौतिकता से आध्यात्मिकता की ओर अग्रसर होता हुआ दिखाई देता है।'लीलो-चमन' सांग में कवि मास्टर नेकीराम ने नायक चमन और नायिका लीलो के प्रथम मिलन को जिन आध्यात्मिक उपमाओं व उत्प्रेक्षाओं में बांधा है, उनका सौंदर्य शास्त्र भी कायल रहेगा -

'छुट्टी हुई कॉलेज की मिल्ये लीलो-चमन दोनों।

हुई प्रेम की याद मिल्ये बरबाद अमन दोनों ।।

जण छट्य कै एक जगह पै आग्ये, हृदय एक जगह पै आग्ये,

कट्य कै एक जगह पै आग्ये, नाग-चन्दन दोनों ।।

जणु आदि आन अंत में मिलग्या, पूरा तन्त संत में मिलग्या ।

आकै एक पंथ में मिलग्या, काज-गमन दोनों ।।'

'चापसिंह-सोमोती' नामक सांग में पति-पत्नी के प्रेम संबंध का बड़ा मार्मिक चित्रण है। चापसिंह के विरह में किस प्रकार सोमोती तड़प कर कहती है -

'मनै छोड़य के चाल्य पड़या अड़ये क्यूंकर रहूँ अकेली मैं।
तेरे बिना पिया जी लागै ना इतनी बड़ी हवेली म्हं।।
बिना पति कै नई बहु का बिल्कुल भी ना रंग छटै,
जोबन जोर हिलोर उठै ना मद-जोबन की झाल डटै,
दिन तो कटज्या सोच-सोच म्हं ना बिल्कुल बैरण रात कटै,
बिना पति के दरस-परस कै पतिव्रता का धरम घटै।।'

अर्थात चापसिंह के बिना सोमोती को पूरी हवेली सूनी-सूनी लगती है । पिया की याद में उसे रातें काटनी भारी हो रही हैं ।   वह कहती है कि तुम्हारे विरह में दिन तो जैसे- तैसे कट जाते हैं किन्तु रात्रि के समय प्रिय की याद बहुत पीड़ादायक होती है । नायिका कहती है कि पति के दर्शन के बिना पतिव्रत धर्म की हानि होती है। नायिका कहती है कि इस यौवन की मादकता व्यर्थ है यदि मेरा प्रिय ही मेरे साथ नहीं है। नायिका कहती है कि संसार के सभी सुख पिया के बिना अर्थहीन हैं। 'पूरणमल सांग' में पूरणमल और उसकी माँ के वत्सल्यमयी प्रेम रूप का विशद चित्रण करते हुए मास्टर नेकीराम लिखते हैं -

'जननी मां तनै रूक्के मारै बोलिए बेटे।
बारह साल के बाद बहुत दिन हो लिए बेटे।।
खाणा- पीणा छूट लिया था जिस दिन सै कतल करया था।
समुन्दर सूख्या कीच रही ना जो निर्मल नीर भरया था।।
डाल-पात सब फूल सूक्यगे जो गुलशन चमन हरया था।
इस्से कुकर्म नै देख्य-देख्य खुदय भगवान भरया था ।।'

हरियाणवी समाज में जवाई का स्थान सबसे बढ़कर होता है। पूरे परिवार द्वारा जंवाई को सर-आँखों पर रखा जाता है। 'सांग चापसिंह-सोमती' में जंवाई के आतिथ्य का बड़ा सुंदर चित्रण नेकीराम ने किया है –

'सासू भागी आवै जा मालूम पाट्य जंवाई की।
सासू ने प्यारा करै खुशामद साठ्य जंवाई की।।

हरियाणवी समाज में जीजा-साली का रिश्ता भी बड़ा प्यार होता है। उनके बीच की खट्टी-मीठी नौंक-झोंक दो परिवारों के आपसी सौहार्द को बनाए रखती है। मास्टर नेकीराम के इस सांग में जीजा-साली की चुहलबाज़ी का चित्रण देखा जा सकता है :

'जीजा जी करूं मखौल बकूं ना गाळी सूं।
जरा हँस के करल्ये प्यार मैं छोटी साळी सूं ।।

भारतीय समाज में परिवार एक आधारभूत और आदर्श संस्था रही है। परिवार की प्रतिष्ठा इस बात पर निर्भर करती है कि उसके सदस्यों के बीच आपस में कितना प्रेम, आत्मीयता और आदर सम्मान है। मास्टर नेकीराम भारतीय समाज की पारिवारिक व्यवस्था से भली- भांति परिचित थे इसलिए उनके सांगों में परिवार के सदस्यों के बीच के आत्मीय रिश्तों का, उनके बीच की टकरार का बड़ा सहज और सजीव चित्रण हुआ है। भारतीय समाज में देवर और भाभी का रिश्ता जहां एक तरफ हंसी मजाक वाला रिश्ता होता है तो कई बार देवर भाभी के रिश्ते में माता और पुत्र के जैसा वात्सल्य भाव भी देखा जा सकता है। कभी-कभी इन रिश्तों में खटास भी आ जाती है। 'सांग नौटंकी' में फूलसिंह और उसके भाभी के बीच के संवाद से यह समझा जा सकता है कि किस छोटी सी गलतफहमी के कारण जो भाभी अपने देवर से मां के जैसा प्रेम करती थी वो अब उसे पानी तक पिलाने से इंकार कर देती है इस फूलसिंह अपनी भाभी से प्रश्न करता है और पूछता है कि जिस भाभी ने उसे माँ के जैसे पाला -पोषा आज उसकी ममता कहां गई -

'मेरी भाभी दया करो, तनै छोटा सा मैं पाल्या।

छोटा देवर पूत बराबर घर से बाहर निकाल्या ।।

मास्टर नेकीराम ने अपने सांगों के माध्यम से समाज में व्याप्त समस्याओं का ही चित्रण नहीं किया है अपितु सामाजिक मूल्यों को स्थापित करने का प्रयास भी किया है । अपने सांगों के माध्यम से वो सीख देते हुए चलते हैं। जैसे- बेटी के विवाह के समय माँ अपनी बेटी को समझाते हुए कहती है –

'सीस उल्हाणा मत ना धरिये,

लोक-लाज से बेटी डरिये ।

सास-ससुर की सेवा करिये, झुका चरण में गात है ।।

हरियाणवी लोक में स्त्री को देवी का स्वरूप माना जाता है। उसे पूजनीय और घर की लक्ष्मी जैसे उपमानों से विभूषित किया जाता है। मास्टर नेकीराम ने अपने सांगों में स्त्री के दैवीय रूप का चित्रण किया है। सांग सम्राट व लोककवि मास्टर नेकीराम ने प्रमाणिक तथ्य देते हुए नारी की अपरंपार महिमा को प्रमाणित करते हुए कहा है-

'न्यू कहया करै सै और कहता आया पाया कोन्या पार मेरा।

बणी बेटी, बहाण, बहू, महतारी दुनिया म्हं नाम हजार मेरा। टेक।

ब्रह्मा नै सतरूपा रचदी, बणी ब्रह्मा संग ब्रह्माणी मैं

श्री विष्णु जी के घर बणी लक्ष्मी इंद्र के इंद्राणी मैं

पार्वती शिव शंकर गेल्या बणगी जग कल्याणी मैं

एक चौथाई धरती पै माया और तीन तिहाई पाणी मैं

अंडज, जेरज, सद्विज उद्विज सारे कै विस्तार मेरा.......1'

'भक्ति' संस्कृति की मूल चेतना है। श्रद्धा,समर्पण, त्याग और आत्मानुभूति का नाम भक्ति है। हरियाणवी लोकमानस में मेलों,भजन,कीर्तन,नौटंकी,सांग,रामलीला,रासलीला आदि के प्रति विशेष रुचि दिखाई देती है। "हरियाणा के लोकगीतों में हरियाणा को 'राम भाजनियों का देश' कहा गया है। यहाँ के जनमानस में गौ,ब्राह्मण, तीर्थ,संत,पीर,पैगंबर आदि के प्रति गहरी आस्था है। हरियाणा के लोकजीवन में सीता-राम, राधा-कृष्ण, शिव-पार्वती,हनुमान, लक्ष्मी, गणेश, माँ दुर्गा, माँ सरस्वती आदि देवी-देवताओं के प्रति अगाध श्रद्धा और अटूट आस्था है।"

'मास्टर नेकीराम' का जन्म ही एक ऐसे परिवार में हुआ था, जो नाथपंथ महाराज गरीबनाथ के अनन्य भक्त थे। आध्यात्मिकता और दैविक आस्था उनके खून में समा हुई थी। फिर एक परंपरा भी थी कि नाटक का प्रारंभ नांदी – पाठ या दैविक आराधना से हो। यह परंपरा और उनकी आध्यात्मिक आस्था गीतों में ढली।' मास्टर नेकीराम के परिवार का संबंध नाथपंथ से था यही कारण था कि बचपन से उनकी आस्था आदिनाथ (भगवान शंकर) व गुरु गोरखनाथ के प्रति रही। दूसरा नेकीराम जी कलाकार थे और अन्य कला साधकों के जैसे ही नाट्य मंच पर अपनी सफलता के लिए वे कला की देवी सरस्वती जी की आराधना किया करते थे। भगवान भोलेनाथ के प्रति अपनी भावनाएं अर्पित करते हुए वे लिखते हैं -

'हर हर हर भोले नाथ पिता

तुम स्वामी में जोड़ हाथ पिता

शिव महिमा का नित उठ गुण गाया'

भारत में गुरु और शिष्य की परंपरा प्राचीन काल से व्याप्त है। गुरु का स्थान ईश्वर से भी बढ़कर बताया गया है। 'भारतीय दर्शन का प्रथम प्रस्फुटन उपनिषद से हुआ। उपनिषद शब्द इस बात का साक्ष्य है कि शिष्य ने अपने गुरु व आचार्य के समीप बैठकर यह आध्यात्मिक ज्ञान व दर्शन प्राप्त किया।'प्रत्येक व्यक्ति को जीवन में उचित दिशा और मार्ग पर चलने के लिए गुरु की आवश्यकता है होती। प्राचीन काल से ही एक पंक्ति प्रचलित है-'गुरु बिन ज्ञान ना होय' बिना गुरु के मार्गदर्शन यह जीवन अर्थहीन है, दिशाहीन है। मास्टर नेकीराम को गायन, वादन और नृत्य की कला विरासत में अपने पिता से ही प्राप्त हुई। लोक-कवियों में यह परंपरा रही है कि रागनी के अंतिम बंद में अपना और अपने गुरु का नाम लेते हुए अपने गुरु के प्रति कृतज्ञता व्यक्त करते हैं। ऐसा करने के पीछे उनका मकसद अपने गुरुओं के प्रति सम्मान व्यक्त करना तो होता ही है, अपने सांग के सफलता के लिए वो अपने सांग को गुरु के प्रति समर्पित कर उनका आशीर्वाद ग्रहण करते हैं। नेकीराम जी के सांगों में भी इस परंपरा का निर्वहन हुआ है -

'मास्टर नेकीराम की मान्यता है कि गुरु-सेवा और गुरु कृपा से मन का अंधेरा दूर होता है। सगुरा चेला गुरु के प्रति सदा अज्ञाकारी रहता है, निगुरा बिना किसी नियम-बंधन के यों

ही बकता फिरता है। इसे वे 'राजा भोज' सांग की एक रागनी में कुछ यों प्रस्तुत करते हैं -

लाग्ये पाछै छूटै कोन्या जो जीभ-जाड़ का स्वाद करै ।

सुगरा चेला हो आज्ञाकारी नुगरे ही बकवाद करें।

मास्टर नेकीराम अपनी रचनाओं में हरियाणवी लोक संस्कृति के प्रति अगाध आस्था व राष्ट्र के प्रति समर्पण की भावना का परिचय देना कभी नहीं भूले। जब भारत का पाकिस्तान व चीन के साथ हुए, युद्धों के दौरान मास्टर नेकीराम ने अनेक देशभक्ति की रचनाएं रची और उनकी प्रस्तुति दी। युद्ध के दिनों में जहां भी मास्टर नेकीराम के सांगों का आयोजन होता वे अपने सांग से पहले भारतीय सैनिकों के उत्साहवर्धन हेतू इस रागनी को जरूर गाते थे। इसकी कुछ पंक्तियां इस प्रकार है -

'छुट्टी बाकी चिट्ठी आग्यी एक जवान की।

माता बोल्यी जा बेटा जय हो बलवान की।।

झटपट तैयारी करले बेटा देर लगाइए मतना,

सीना खोलकै लड़िये गोली पीठ पै खाइए मतना,

जा उल्टा भाग मौर्चे पै मेरा दूध लजाइए मतना,

बाप की तरियां लड़िये बेटा लोग हंसाइए मतना,

सबनै एक दिन मरना हो, परवा कोन्या जान की...।'

मास्टर नेकीराम का सांग मंचन लगभग सात-आठ घन्टे तक चलता था। उनके अधिकतर सांग रात को होते थे। उन्होंने अपने कुशल सांग मंचन से भारत वर्ष के सभी हिन्दी राज्यों में अपने प्रदेश का नाम रोशन किया। भारतीय स्वाधीनता संग्राम के दौरान इन्होंने भारतीय युवाओं को दुश्मन के खिलाफ लड़ने के लिए प्रेरित करते हुए उनमें देशभक्ति की भावना का संचार किया। विभिन्न राज्यों में स्थापित भारतीय सैनिक छावनियों में भी विशेष उत्सवों के अवसर पर सैनिकों के उत्साहवर्धन हेतू मास्टर नेकीराम को सांग कला के मंचन के लिए आमंत्रित किया जाता था। उन्होंने अपनी एक रचना में कहा है कि

'बाबुल गैल्या देख्या काबुल, लाहौर, रांची, मुल्तान गया,

कई बार करे सांग फौज म्हं, नेफा, नेपाल, भूटान गया,

एमपी, यूपी, पंजाब, हरियाणा, दिल्ली, राजस्थान गया,

पूर्व-पश्चिम,उत्तर-दक्षिण लगभग सारा हिन्दुस्तान गया,

नेकीराम सतगुरू कृपा से दुनिया म्हं गुणगान हुया।'

मास्टर नेकीराम ने अपनी सांग कला के माध्यम से ही हरियाणवी समाज और संस्कृति को समृद्ध किया। मास्टर नेकीराम ने अपने सांगों के माध्यम से अनेक मन्दिर, कुआ, बावड़ी,

धर्मशाला, गौशाला, स्कूल,तालाब आदि के निर्माण सहित अनेक जनहित कार्य करवाए। इसके अतिरिक्त उन्होंने अपने सांगों द्वारा गरीब कन्याओं के विवाह व अनेक बेसहारा लोगों की मदद करके मानवता की मिशाल कायम की। अपना सारा जीवन दबंग अस्मिता के साथ व्यतीत करने वाले मास्टर नेकीराम ने 60 वर्षों तक लगातार सांग मंचन करने का रिकार्ड अपने नाम करने के उपरान्त अपनी सांग मण्डली की बागडोर अपने पुत्र मास्टर राजेन्द्र सिंह को सौंप दी। 10 जून, 1996 को मास्टर नेकीराम का 81 वर्ष की आयु में देहान्त हो गया। इस प्रकार अगर कहें कि नेकीराम जी का सम्पूर्ण व्यक्तित्व और कृतित्व हरियाणवी लोकसाहित्य और संस्कृति की अमूल्य धरोहर है तो अतिशयोक्ति नहीं होगी।

5

राव तुलाराम

राव तुलाराम

राव तुलाराम (जन्म - 09 दिसम्बर, 1825; मृत्यु - 23 सितम्बर, 1863)

राव तुलाराम

राव तुलाराम सिंह (जन्म - 9 दिसंबर, 1825; मृत्यु - 23 सितंबर, 1863) रेवाड़ी के राजा या सरदार थे। वह हरियाणा में 1857 के भारतीय विद्रोह के नेताओं में से एक थे, जहाँ उन्हें राज्य का नायक माना जाता है।

व्यक्तिगत जीवन

उनका जन्म 9 दिसंबर 1825 को रेवाड़ी के उपनगर रामपुरा में एक अहीर परिवार में पूरन सिंह और ज्ञान कौर के घर हुआ था। जब उनके पिता की मृत्यु हुई तब वे छोटे थे।

प्रारंभिक सफलता

17 मई 1857 को उन्होंने अपने चचेरे भाई राव गोपाल देव और चार से पांच सौ अनुयायियों के साथ स्थानीय तहसीलदार को पदच्युत कर दिया और रेवाड़ी पर कब्जा कर लिया। उन्होंने लगभग 5000 सैनिकों की एक सेना बनाई और बंदूकें और अन्य गोला-बारूद बनाने के लिए एक कार्यशाला स्थापित की। राव तुला राम ने दिल्ली में अंग्रेजों के खिलाफ

युद्ध कर रहे सम्राट बहादुर शाह और अन्य विद्रोही बलों की मदद की । उन्होंने दिल्ली के पतन से दस दिन पहले जनरल बख्त खान के माध्यम से 45000 रुपये भेजे और बड़ी मात्रा में आवश्यक वस्तुओं की आपूर्ति की और दो हजार बोरी गेहूं की आपूर्ति की।

लड़ाई

राव की सेना, जिसका नेतृत्व उनके चचेरे भाई राव कृष्ण सिंह कर रहे थे, ने 16 नवंबर 1857 को नारनौल के बाहरी इलाके में नसीबपुर के मैदान में अंग्रेजों के खिलाफ लड़ाई लड़ी। राव तुलाराम की सेना का पहला हमला अजेय था और ब्रिटिश सेना उनके सामने बिखर गई; कई ब्रिटिश अधिकारी मारे गए या घायल हो गए।

अंग्रेजों ने सफलतापूर्वक जवाबी कार्रवाई की और नारनौल की लड़ाई के बाद राव तुलाराम राजस्थान चले गए और एक साल के लिए तात्या टोपे की सेना में शामिल हो गए लेकिन तात्या टोपे की सेना राजस्थान के सीकर की लड़ाई में ब्रिटिश सेना से हार गई । जिसके बाद राव तुलाराम ने ईरान के शाह (नवंबर 1856 से अप्रैल 1857 तक एंग्लो-फारसी युद्ध भी देखें), अफगानिस्तान के अमीरात के शासक दोस्त मोहम्मद खान (1838 से 42 तक प्रथम एंग्लो - अफगान युद्ध) और ब्रिटिश औपनिवेशिक साम्राज्य के खिलाफ रूस के सम्राट अलेक्स्जेंडर द्वितीय से मदद मांगने के लिए भारत छोड़ दिया। राव तुलाराम की संपत्ति को 1859 में अंग्रेजों ने जब्त कर लिया था, हालांकि उनकी दोनों पत्नियों के मालिकाना अधिकार बरकरार रखे गए थे। 1877 में, उनके बेटे राव युधिष्ठिर सिंह को उनका खिताब बहाल कर दिया गया, जिन्हें अहीरवाल क्षेत्र का प्रमुख बनाया गया था।

मृत्यु

23 सितंबर 1863 को पूरे शरीर में फैले संक्रमण के कारण 38 वर्ष की आयु में अफगानिस्तान के काबुल में उनकी मृत्यु हो गई ।

भारत सरकार ने 23 सितंबर 2001 को राव तुलाराम पर एक डाक टिकट जारी किया।

राव तुलाराम

परंपरा

झज्जर में राव तुलाराम की एक मूर्ति

झज्जर में राव तुलाराम की एक मूर्ति

शहीद मेला

राव तुलाराम की पुण्यतिथि के उपलक्ष्य में रेवाड़ी शहर के रामपुरा उपनगर में प्रतिवर्ष सितंबर माह में दो दिवसीय *शहीदी मेला आयोजित किया जाता है।*

राव तुलाराम सिंह (जन्म - 09 दिसम्बर, 1825; मृत्यु -23 सितम्बर, 1863) 1857 का प्रथम भारतीय स्वतंत्रता संग्राम के प्रमुख नेताओं में से एक थे। उन्हे हरियाणा राज्य में "राज नायक" माना जाता है। विद्रोह काल मे, हरियाणा के दक्षिण-पश्चिम इलाके से सम्पूर्ण ब्रिटिश हुकूमत को अस्थायी रूप से उखाड़ फेंकने तथा दिल्ली के ऐतिहासिक शहर में विद्रोही सैनिको की, सैन्य बल, धन व युद्ध सामाग्री से सहता प्रदान करने का श्रेय राव तुलाराम को जाता है।

अंग्रेजों से भारत को मुक्त कराने के उद्देश्य से एक युद्ध लड़ने के लिए मदद लेने के लिए उन्होंने भारत छोड़ा तथा ईरान और अफगानिस्तान के शासकों से मुलाकात की, रूस के ज़ार के साथ सम्पर्क स्थापित करने की उनकी योजनाएँ थीं। इसी मध्य 37 वर्ष की आयु

में 23 सितंबर 1863 को काबुल में पेचिश से उनकी मृत्यु हो गई।

प्रारम्भिक जीवन

इनका जन्म हरियाणा राज्य के रेवाड़ी शहर में एक अहीर परिवार में 09 दिसम्बर 1825 को हुआ। इनके पिता का नाम राव पूरन सिंह तथा माता जी का नाम ज्ञान कुँवर था। इनके दादा का नाम राव तेज सिंह था।

1857 की क्रांति

1857 की क्रांति में राव तुलाराम ने खुद को स्वतंत्र घोषित करते हुये राजा की उपाधि धारण कर ली थी। उन्होने नसीबपुर- नारनौल के मैदान में अंग्रेजों से युद्ध किया जिसमें उनके पाँच हजार से अधिक क्रन्तिकारी सैनिक मारे गए थे। उन्होने दिल्ली के क्रांतिकारियों को भी सहयोग दिया व 16 नवम्बर 1857 को, स्वयं ब्रिटिश सेना से नसीबपुर- नारनौल में युद्ध किया, और ब्रिटिश सेना को कड़ी टक्कर दी तथा ब्रिटिश सेना के कमांडर जेराई और कप्तान वालेस को मौत के घाट उतार दिया, परंतु अंत में उनके सभी क्रन्तिकारी साथी मारे गए राव तुलाराम को घायल अवस्था में युद्ध क्षेत्र से हटना पड़ा, वह पराजित हुये पर हिम्मत नहीं हारी । आगे की लड़ाई की रणनीति तय करने हेतु वह तात्या टोपे से मिलने गए, परंतु 1862 में तात्या टोपे के बंदी बना लिए जाने के कारण सैनिक सहायता मांगने ईरान व अफगानिस्तान चले गए जहाँ अल्पायु में उनकी मृत्यु हो गयी।1857 की क्रांति में भागीदारी के कारण ब्रिटिश हुकूमत ने 1859 मे, राव तुलाराम की रियासत को जब्त कर लिया था। परंतु उनकी दोनों पत्नियों का संपत्ति पर अधिकार कायम रखा गया था। 1877 में उनकी उपाधि उनके पुत्र 'राव युधिष्ठिर सिंह' को अहिरवाल का मुखिया पदस्थ करके लौटा दी गयी।

विरासत

23 सितम्बर 2001, को भारत सरकार ने महाराजा राव तुलाराम की स्मृति में डाक टिकट जारी किया। उनके सम्मान में बने, जफरपुर कलाँ का "राव तुलाराम मेमोरियल चिकित्सालय, महाराजा राव तुलाराम, मार्ग पर स्थित 'रक्षा अध्ययन व विश्लेषण संस्थान' व महाराजा राव तुलाराम पोलिटेक्निक, वजीरपुर चिराग दिल्ली प्रमुख है।

राव तुलाराम चिकित्सालय

राव तुलाराम चिकित्सालय दिल्ली में नजफगढ़ क्षेत्र में रावता मोड के निकट जाफरपुर पुलिस स्टेशन के पास स्थित है।

1857 के वीर योद्धा: महाराजा राव तुलाराम

माँ भारती को अंग्रेजों की गुलामी से मुक्त कराने के लिए शुरू हुई 1857 की क्रांति भले ही तत्कालीन समय में सफल नहीं हो पाई, लेकिन इसने भारतीय स्वतंत्रता संग्राम की नींव रख दी। इस संग्राम में कई महान सेनानियों ने हिस्सा लिया, जिनमें तात्या टोपे, महारानी लक्ष्मीबाई, मंगल पांडे, नाना साहब पेशवा, कुंवर सिंह जैसे वीर योद्धा शामिल थे। लेकिन इनके अलावा भी कई ऐसे रणबांकुरे थे, जिन्हें इतिहास में उचित स्थान नहीं मिला, पर उनका योगदान अमूल्य था। ऐसे ही एक महान सेनानी थे रेवाड़ी स्थित रामपुरा रियासत के राजा राव तुलाराम।

हरियाणा का अहीरवाल क्षेत्र वीरता की अद्वितीय गाथाओं से भरा पड़ा है और स्वतंत्रता संग्राम में भी इस क्षेत्र का महत्वपूर्ण योगदान रहा है। 9 दिसंबर 1825 को जन्मे राव तुलाराम को हरियाणा में "राज नायक" के रूप में सम्मान प्राप्त है। उनका जन्म रेवाड़ी शहर में यादव (अहीर) परिवार में हुआ था। उनके पिता राव पूरन सिंह और माता ज्ञान कुँवर थीं। उनके दादा का नाम राव तेज सिंह था।

महज 14 वर्ष की आयु में ही उनके पिता का निधन हो गया, जिससे राज्य की सारी जिम्मेदारी उनकी माता पर आ गई। अंग्रेज इस मौके की ताक में थे, क्योंकि वे चाहते थे कि इस रियासत को भी अपने अधीन कर लें और यहाँ के लोगों का शोषण करें।

1857 की क्रांति और राव तुलाराम की भूमिका

जब मई 1857 में स्वतंत्रता संग्राम की चिंगारी अहीरवाल पहुंची, तो राव तुलाराम ने भी क्रांति का बिगुल बजा दिया। उन्होंने अपने इलाके से अंग्रेजों के शासन को उखाड़ फेंकने का ऐलान किया और खुद को स्वतंत्र राजा घोषित कर दिया। अंग्रेजों ने गुड़गांव और आसपास का क्षेत्र छोड़कर भागना पड़ा और इस पूरे क्षेत्र पर राव तुलाराम का शासन कायम हो गया।

उन्होंने दिल्ली के स्वतंत्रता सेनानियों को धन, सैन्य बल और युद्ध सामग्री प्रदान कर 1857 की क्रांति में महत्वपूर्ण भूमिका निभाई। लेकिन अंग्रेज शांत नहीं बैठे, उन्होंने भारतीय योद्धाओं को कुचलने की कोशिश की।

नसीबपुर का युद्ध (16 नवंबर 1857)

अंग्रेजों के खिलाफ 16 नवंबर 1857 को नारनौल के नसीबपुर में भीषण युद्ध हुआ। इसमें राव तुलाराम के नेतृत्व में अहीर, राजपूत और ब्राह्मण योद्धाओं ने अंग्रेजों को कड़ी टक्कर दी। हालांकि, इस युद्ध में 5,000 से अधिक भारतीय योद्धा शहीद हो गए। लेकिन राव तुलाराम हार मानने वालों में से नहीं थे।

अंतरराष्ट्रीय स्तर पर सहयोग की कोशिशें

राव तुलाराम ने भारत को स्वतंत्र कराने के लिए अंतरराष्ट्रीय सहयोग की भी कोशिश की। वे भेष बदलकर भारत से निकल गए और ईरान व अफगानिस्तान के शासकों से मिले। उनकी योजना रूस के ज़ार से भी संपर्क स्थापित करने की थी ताकि अंग्रेजों के खिलाफ एक बड़ा युद्ध लड़ा जा सके।

स्वतंत्रता संग्राम का यह नायक काबुल में अमर हो गया

लगातार संघर्ष और परिश्रम ने उनके स्वास्थ्य को कमजोर कर दिया। 23 सितंबर 1863 को काबुल में ही उनकी 38 वर्ष की आयु में मृत्यु हो गई। हालांकि, उनका सपना अधूरा रह गया, लेकिन उन्होंने जो चिंगारी जलाई, वही आगे चलकर भारत की आज़ादी का कारण बनी।

राव तुलाराम की स्मृति में सम्मान

1957 में भारत सरकार ने 1857 की क्रांति की शताब्दी मनाते हुए नारनौल (नसीबपुर युद्ध क्षेत्र), रेवाड़ी और रामपुरा में शहीदी स्मारक बनवाए।
23 सितंबर को हरियाणा सरकार ने राजकीय अवकाश घोषित किया।
23 सितंबर 2001 को भारत सरकार ने महाराजा राव तुलाराम की स्मृति में डाक टिकट जारी किया।

राव तुलाराम के नाम पर प्रमुख स्थान

रेवाड़ी में उनकी प्रतिमा स्थापित की गई है।
राव तुलाराम पार्क और राव तुलाराम स्टेडियम भी मौजूद हैं।
दिल्ली में "राव तुलाराम मेमोरियल चिकित्सालय" और "राव तुलाराम मार्ग" उनके सम्मान में नामित किए गए हैं।

6

पंडित श्रीराम शर्मा हरियाणा

पंडित श्रीराम शर्मा हरियाणा

पंडित श्रीराम शर्मा हरियाणा (जन्म 1 अक्टूबर, 1899; मृत्यु - 7 अक्टूबर 1989)

पंडित श्रीराम शर्मा हरियाणा (जन्म 1 अक्टूबर, 1899; मृत्यु - 7 अक्टूबर 1989)

विख्यात स्वतंत्रता सेनानी, इतिहासकार एवं प्रसिद्ध पत्रकार पंडित श्रीराम शर्मा का जन्म 1 अक्टूबर, 1899 को पुराने रोहतक जिले के झज्जर में पंडित बिशंबर दयाल शर्मा के घर हुआ था। झज्जर में ही उन्होंने शिक्षा ग्रहण की थी।

कांग्रेस द्वारा स्वाधीनता प्राप्त करने के लिए चलाए जा रहे आन्दोलन का उन पर व्यापक असर पड़ा और 1921 में राष्ट्रपिता महात्मा गांधी के आह्वान पर शुरू किए गए असहयोग आंदोलन में कूदे। उस समय वे बीए अंतिम वर्ष के छात्र थे। इस कारण उनकी शिक्षा बीच में ही रह गई। देश को आजाद करने के लिए कांग्रेस की विचारधारा को जनमानस तक पहुंचाने के लिए उन्होंने अखबार को एक सशक्त माध्यम मानते हुए 18 मार्च, 1923 को उर्दू भाषा में हरियाणा तिलक नामक साप्ताहिक अखबार का प्रकाशन शुरू किया। स्वतंत्रता

संग्राम में भाग लेने के कारण वे अनेक बार जेल गए। वे करीब 10 वर्षों तक विभिन्न जेलों में बंद रहे। असहयोग आन्दोलन के दौरान 1922 में झज्जर के टाउन हॉल में ध्वज फहराने व लोकमान्य बाल गंगाधर तिलक का चित्र लगाने पर उन्हें गिरफ्तार कर लिया गया था।

पंडित श्रीराम शर्मा 1937 से 1962 तक संयुक्त पंजाब की विधानसभा के सदस्य भी रहे। वे संविधान सभा के भी सदस्य थे। 1952-59 तक विधानसभा में विपक्ष के नेता रहे। वह 1960 से 1963 तक पंजाब पुलिस कमीशन के सदस्य तथा इसी अवधि में पंजाब इकोनॉमिक्स कमेटी के चेयरमैन रहे। 1966–67 में उन्हें दिल्ली पुलिस कमीशन का सदस्य बनाया गया था। 1977-79 तक हरियाणा स्टेट विजिलेंस कमेटी के चेयरमैन रहे।

पंडित श्रीराम शर्मा एक महान स्वतंत्रता सेनानी होने के साथ-साथ साहित्यकार व इतिहासकार भी थे। उन्होंने हरियाणा का इतिहास, हरियाणा के नवरत्न तथा स्वतंत्रता सेनानियों पर कई पुस्तकें लिखीं जिन्हें काफी पसंद किया गया। हरियाणा सरकार ने 1976 में उन्हें हरियाणा साहित्यकार पुरस्कार से सम्मानित किया गया। आजादी से पूर्व जहां उन्होंने अंग्रेजों के जुल्म व दमन के खिलाफ संघर्ष किया। पंडित श्रीराम शर्मा का स्वर्गवास सात अक्टूबर 1989 को हुआ था। उस दौरान हरियाणा के तीनों लाल उनके दाह संस्कार पर मौजूद थे, जिनमें चौधरी देवीलाल हरियाणा के मुख्यमंत्री थे, जबकि चौधरी भजनलाल केंद्र में कृषि मंत्री थे व पूर्व मुख्यमंत्री चौधरी बंसीलाल भी पहुंचे थे। दिल्ली की वर्तमान मुख्यमंत्री शीला दीक्षित उस दौरान पूर्व प्रधानमंत्री राजीव गांधी की तरफ से पहुँची थीं।

7

पदमश्री अवार्डी कैप्टन चांदराम

पदमश्री अवार्डी कैप्टन चांदराम

पदमश्री अवार्डी कैप्टन चांदराम (जन्म - 26 जनवरी 1958)

पदमश्री अवार्डी कैप्टन चांदराम (जन्म - 26 जनवरी 1958)

- चांदराम (जन्म 26 जनवरी 1958) एक पूर्व भारतीय एथलीट हैं, जिन्होंने 1982 में दिल्ली में हुए एशियाई खेलों में 20 किलोमीटर रोड वॉक स्पर्धा में स्वर्ण पदक जीता था। उन्होंने 1984 के ओलंपिक में भी भारत का प्रतिनिधित्व किया था। उन्हें अर्जुन पुरस्कार और पद्म श्री से सम्मानित किया गया था।
- पुरस्कार
- 1982: एथलेटिक्स में अर्जुन पुरस्कार
- 1983: पद्म श्री

जींद, जींद जिले के इकलौते पदमश्री अवार्डी कैप्टन चांदराम हैं। 20 किलोमीटर पैदल चाल में देश के स्टार खिलाड़ी रहे चांदराम ने 1984 में अमेरिका के लास एंजिल्स में हुए ओलंपिक खेलों में बतौर टीम कैप्टन देश का प्रतिनिधित्व किया था। ओलंपिक गेम्स समाप्त होने के बाद अमेरिका ने चांदराम को वहीं क्लब ज्वाइन करने का आफर दिया था। लेकिन देश सेवा के लिए यह आफर ठुकराकर वापस स्वदेश लौट आए।

टोक्यो ओलंपिक से पहले दैनिक जागरण से बातचीत में कैप्टन चांदराम ने 1984 ओलंपिक के अनुभव साझा करते हुए कहा कि तब और अब के हालात काफी अंतर है। उस समय देश में मात्र एक सिंथेटिक ट्रैक दिल्ली के जवाहरलाल नेहरू स्टेडियम में था। जबकि अमेरिका में उस समय स्कूलों के खेल ग्राउंड में भी सिंथेटिक ट्रैक थे। यही कारण था कि भारत को एक पदक भी नहीं मिल पाया था और अमेरिका ने 83 गोल्ड सहित कुल 174 मेडल जीते थे। ओलंपिक समाप्त होने के बाद अमेरिका अधिकारियों ने उनसे संपर्क किया और कहा कि आप यहीं रह जाइए और अमेरिका के किसी भी क्लब को ज्वाइन कर लीजिए। एक साल में यूएस चैंपियन बन जाएंगे।

चांदराम कहते हैं कि यूएस चैंपियन यानि अरबपति होना। लेकिन देश सेवा के लिए उन्होंने यह आफर ठुकरा दिया था। उनके मन में इच्छा थी कि लोकल में रहकर सेवा करूं। कुछ समय नेशनल जूनियर टीम के कोच भी रहे। जींद के गांव रजाना खुर्द निवासी कैप्टन चांदराम कहते हैं कि खेल तो तपस्या है। दिल व दिमाग का जुनून है। खिलाड़ी हर सुख-सुविधा, ऐशो-आराम को छोड़कर दिलोदिमाग में सिर्फ ट्रेनिंग को बैठा लेंगे तो ओलंपिक में मेडल कोई मुश्किल नहीं है। अब तो देश में खिलाड़ियों को काफी सुविधाएं हैं। भारतीय दिल व दिमाग से बहुत टफ हैं। दूसरे देशों के खिलाड़ियों के बजाय हमारे खून में कट्टरता, जोश व जज्बा ज्यादा है। शारीरिक मजबूती के मामले में भी हम दूसरों से बेहतर पड़ते हैं।

1982 एशियन गेम्स में गोल्ड जीतने पर पदमश्री व अर्जुन अवार्ड मिला

कैप्टन चांदराम ने बताया कि दिल्ली में हुए 1982 एशियन गेम्स में पहले आठ दिन तक देश को एक भी मेडल नहीं मिला था। तब अखबारों में खबरें छपती थी कि चांदराम देश को मेडल दिला सकते हैं। नौवें दिन देश को पहला गोल्ड मेडल दिलाया तो देश का सीना चौड़ा हो गया था। प्रधानमंत्री इंदिरा गांधी ने उनकी पीठ थपथपाई थी और अर्जुन अवार्ड व

पदमश्री अवार्ड से सम्मानित किया था। तब उनकी उम्र मात्र 22 साल थी और लोग उनकी झलक देखने को आते थे। चांदराम बताते हैं कि वह देश के इकलौते खिलाड़ी हैं, जिन्होंने हर एशियन गेम्स में अपने रिकार्ड को बेहतर किया।

टीस... जर्मनी ट्रेनिंग भेज देते तो ओलंपिक में मेडल जीतकर लाता

अर्जुन अवार्डी कैप्टन चांदराम ने बताया कि 1982 के एशियन गेम्स से पहले वह ट्रेनिंग के लिए जर्मनी गए थे। तब जर्मन कोच ने उनको पूरा शेड्यूल बनाकर दिया था और शेड्यूल के नीचे लिखकर दिया था कि एशियन गेम्स में उनका गोल्ड मेडल पक्का। साथ ही यह भी कहा था कि एशियन के बाद वापस जर्मनी आ जाना, अगले ओलंपिक में भी आपका गोल्ड पक्का रहेगा। वह भारत सरकार सहित अनेक अधिकारियों से मिले, लेकिन उन्हें जर्मनी नहीं भेजा। उनके मन में आज भी यही टीस है कि उन्हें जर्मनी भेज दिया जाता तो 1984 ओलंपिक में देश को गोल्ड मेडल जरूर दिलाते।

8

चांदराम हरियाणा

चांदराम हरियाणा

चांदराम हरियाणा (जन्म – 23 जून 1923; मृत्यु - 15 जून 2015)

चांदराम हरियाणा (जन्म – 23 जून 1923; मृत्यु - 15 जून 2015)

चांदराम हरियाणा (1923-2015) एक भारतीय राजनीतिज्ञ और हरियाणा के पहले उपमुख्यमंत्री (24 मार्च 1967 – 02 नवंबर1967) थे। वे भारत की पहली और तीसरी पंजाब विधानसभा और पहली, दूसरी, तीसरी और चौथी हरियाणा विधानसभा के सदस्य थे। उन्होंने छठी और नौवीं लोकसभा के सदस्य के रूप में भी कार्य किया। प्रारंभिक जीवन चौधरी चांदराम का जन्म 23 जून 1923 को खरहर, रोहतक, हरियाणा (तत्कालीन पंजाब) के अनुसूचित जाति (जाटव) परिवार में हुआ था। उन्होंने डीएवी कॉलेज, लाहौर से स्नातक और अर्थशास्त्र में स्नातकोत्तर किया। इनकी शादी श्रीमती दुर्गा देवी से हुई जिनसे 6 संतान हुईं। उनका परिवार आर्य समाज आंदोलन से प्रभावित था। वे पंजाब में दलितों के हितों के हिमायती थे और बी.आर.अंबेडकर के करीबी सहयोगी थे। चौधरी चांदराम ने पंजाब से अलग हरियाणा राज्य के संघर्ष में महत्वपूर्ण भूमिका निभाई। उन्होंने महान बीर सुनारवाला दलित

भूमि आंदोलन का नेतृत्व किया और हरियाणा के विभिन्न हिस्सों में दलितों को भूमि प्रदान की। उन्हें 2013 में बाबू परमानंद राष्ट्रीय पुरस्कार से सम्मानित किया गया।

9

मास्टर चंदगी राम हरियाणा

मास्टर चंदगी राम हरियाणा

मास्टर चंदगी राम हरियाणा (जन्म - 9 नवंबर, 1937; मृत्यु - 29 जून, 2010)

मास्टर चंदगी राम हरियाणा (जन्म - 9 नवंबर, 1937; मृत्यु - 29 जून, 2010)

चंदगी राम कालीरामन (जन्म - 9 नवंबर, 1937; मृत्यु - 29 जून 2010), जिन्हें अक्सर मास्टर चंदगी राम के नाम से जाना जाता है, भारत के एक फ्रीस्टाइल पहलवान थे। उन्होंने 1970 के एशियाई खेलों में स्वर्ण पदक जीता और 1972 के ग्रीष्म कालीन ओलंपिक में भारत का प्रतिनिधित्व किया। शौकिया कुश्ती के साथ-साथ, वे पारंपरिक भारतीय कुश्ती में भी बहुत सक्रीय थे, जहां उन्होंने हिंद केसरी, भारत केसरी, भारत भीम, रुस्तम-ए-हिंद और महा भारत केसरी सहित सभी प्रमुख खिताब जीते थे।

उन्हें भारत में महिला कुश्ती की शुरूआत, स्वीकृति और लोकप्रियता के लिए किए गए उनके काम के लिए याद किया जाता है। उनके कुछ प्रशिक्षु देश की प्रमुख महिला कुश्ती कोच बन गए।

सन 1969 में भारत सरकार ने पारंपरिक कुश्ती में उनकी उपलब्धियों के लिए उन्हें अर्जुन पुरस्कार से सम्मानित किया। और दो साल बाद उन्हें देश के चौथे सर्वोच्च नागरिक पुरस्कार - पद्म श्री से सम्मानित किया गया।

प्रारंभिक और व्यक्तिगत जीवन

चंदगी राम कालीरामन का जन्म 9 नवंबर 1937 को ब्रिटिश भारत के हिसार के सिसई गांव में हुआ था, जो वर्तमान में भारत के हरियाणा के हिसार जिले में स्थित है। उन्होंने 21 साल की अपेक्षाकृत अधिक उम्र में कुश्ती शुरू की और तीन साल बाद 1961 में राष्ट्रीय चैंपियन बन गए। उन्होंने तीन बार शादी की और उनकी तीन बेटियाँ और तीन बेटे थे।

चंदगी राम, जिन्हें मास्टर चंदगी राम के नाम से जाना जाता था, भारतीय सेना की जाट रेजिमेंट में सेवारत थे, साथ ही अपने शुरुआती जीवन में एक शिक्षक के रूप में भी काम करते थे। बाद में उन्होंने हरियाणा के अतिरिक्त खेल निदेशक के रूप में कार्य किया।

चंदगी राम आजीवन शाकाहारी रहे। 1969 में, उन्हें "नब्बे किलोग्राम शाकाहारी मांसपेशियों" के रूप में वर्णित किया गया था।

आजीविका

चंदगी राम सन 1961 में अजमेर में पहली बार राष्ट्रीय चैंपियन बने, दो साल बाद जालंधर में उन्होंने अपना खिताब फिर से हासिल किया। हालाँकि उन्होंने शौकिया कुश्ती में भारत का प्रतिनिधित्व किया, लेकिन वे सन 1960 के दशक में पारंपरिक भारतीय कुश्ती में बहुत सक्रिय रहे, जहाँ उन्होंने हिंद केसरी, भारत केसरी, भारत भीम, रुस्तम-ए-हिंद और महा भारत केसरी सहित सभी प्रमुख खिताब जीते थे। 1969 में, भारत सरकार (जीओआई) ने पारंपरिक कुश्ती में उनकी उपलब्धियों के लिए उन्हें अर्जुन पुरस्कार से सम्मानित किया।

सन 1972 के ग्रीष्मकालीन ओलंपिक के लिए, उन्होंने निचले भार वर्ग में स्थानांतरित होकर 90 किलोग्राम फ्रीस्टाइल स्पर्धा में भारत का प्रतिनिधित्व किया। वह अपना पहला मुकाबला कनाडा के जॉर्ज सॉन्डर्स से हार गए। वह अपना अगला मुकाबला अंतिम रजत पदक विजेता गेनाडी स्ट्राखोव से हारने के बाद बाहर हो गए।

1972 के ओलंपिक में भाग लेने के बाद, वह हरियाणा से दिल्ली चले गए, जहाँ उन्होंने 1975 में अपना कुश्ती प्रशिक्षण केंद्र खोला – *चंदगी राम व्यायामशाला*।

भारत में महिला कुश्ती के लिए काम करना

भारत में महिला कुश्ती शुरू करने के लिए चंदगी राम का संघर्ष 1997 में शुरू हुआ, जो ओलंपिक में इसके शामिल होने का वर्ष था। शुरुआत में, उन्होंने अपनी दोनों बेटियों - सोनिका कालीरमन और दीपिका कालीरमन को कुश्ती में शामिल होने के लिए राजी किया। उनका कुश्ती प्रशिक्षण केंद्र, जिसे आमतौर पर चंदगी राम अखाड़ा के रूप में जाना जाता है, महिला कुश्ती के लिए भारत का पहला प्रशिक्षण केंद्र बन गया। उन्होंने पारंपरिक कुश्ती प्रतियोगिताओं में महिलाओं के प्रदर्शन मैच शुरू करने के लिए देश भर के प्रशिक्षकों और पहलवानों को भी राजी करना शुरू कर दिया। इन सभी प्रयासों के परिणामस्वरूप उनके प्रशिक्षण केंद्र के बाहरी और अंदरूनी लोगों दोनों से गंभीर विरोध हुआ। एक बार, जब चंदगी राम की दो बेटियाँ हरियाणा के एक गाँव के टूर्नामेंट के दौरान कुश्ती के गड्ढे में गईं, तो उन पर और चंदगी राम पर गाँव वालों ने पत्थर फेंके और उनका पीछा किया। लेकिन, तमाम विरोध के बावजूद, उन्होंने अपने प्रयास जारी रखे। सोनिका ने एशियाई जूनियर कुश्ती चैंपियन बनने के साथ-साथ देश का सर्वोच्च कुश्ती खिताब - भारत केसरी - जीता।

चंदगी राम ने भविष्य की महिला कुश्ती कोचों को भी प्रभावित किया। उनके शिष्यों में से एक, महावीर सिंह फोगाट - जिन्होंने 16 साल की उम्र से चंदगी राम के केंद्र में प्रशिक्षण लिया था - को चंदगी राम ने अपनी बेटियों को कुश्ती में शामिल करने के लिए राजी किया। फोगाट ने अपनी बेटियों गीता और बबीता के साथ-साथ उनकी चचेरी बहन विनेश को भी प्रशिक्षित किया, जो सभी अंतर्राष्ट्रीय पहलवान बनीं। जब्बार, जो चन्दगीराम के अधीन अपने प्रशिक्षण कार्यकाल के दौरान महिला कुश्ती की और झुकाव रखते थे, ने अलका तोमर को प्रशिक्षित किया। चंदगी राम के सह-कोच जगरूप राठी को भी उन्होंने अपनी बेटी नेहा राठी को कुश्ती में शामिल करने के लिए राजी किया।

मृत्यु

मास्टर चंदगी राम का 29 जून 2010 को 72 वर्ष की आयु में दिल का दौरा पड़ने से निधन हो गया।

पुरस्कार

* अर्जुन पुरस्कार
* पद्म श्री
* परंपरा

* उत्तर प्रदेश में एक खेल स्टेडियम का नाम उनके नाम पर रखा गया है मास्टर चन्दगीराम स्पोर्ट्स स्टेडियम, सैफई।

- उनकी स्मृति में प्रतिवर्ष अखिल भारतीय चंदगी राम गोल्ड कप कुश्ती टूर्नामेंट का आयोजन किया जाता है।

भारत में हरियाणा प्रान्त अन्य प्रान्तों की अपेक्षा कुछ विशिष्टतायें रखता है। यहाँ के वीर निवासी इतिहास प्रसिद्ध वीर यौधेयों की सन्तान हैं। यौधेयों के पूर्वजों में मनु, पुरूरवा, ययाति, उशीनर और नृग आदि बड़े-बड़े राजा हुये हैं। इसी वंश में यौधेयों के चचा शिवि औशीनर के सुवीर, केकय और मद्रक - इन तीन पुत्रों से तीन गणराज्यों की स्थापना हुई। इसी प्रकार इनके चचेरे भाई सुव्रत के पुत्र अम्बष्ठ ने एक गणराज्य की स्थापना की। यदुवंश भी, जिसमें योगिराज श्रीकृष्ण एवं बलवान बलराम हुये हैं, एक गण हैं तथा कौरव, पांडव भी पुरुवंशी हैं और यौधेय अनुवंशी हैं। पुरु, अनु और यदु तीनों सगे भाई चक्रवर्ती राजा ययाति की सन्तान हैं। वैसे तो सभी भारतवासी ऋषियों की सन्तान हैं। ऋषि, महर्षि सभी निरामिष, शुद्ध सात्त्विक आहार-विहार करने वाले थे। यौधेय उन्हीं ऋषियों की सन्तान हैं। वैवस्त मनु के वंश में उत्पन्न होने से यौधेयों का ऊंचा स्थान है। सप्तद्वीपों का स्वामी चक्रवर्ती सम्राट् महामना यौधेयों का प्रपितामह (परदादा) था।

यौधेयों का भोजन सदा से गोदुग्ध, दही, घृत, फल अन्नादि सात्त्विक तथा पवित्र रहा है। वे अपने वंश चलाने वाले मनु जी महाराज की सब वेद विहित आज्ञाओं को मानते थे। वेदानुसार बनाये गये वैदिक विधान ग्रन्थ मनुस्मृति में लिखे अनुसार चलने में वे अपना तथा सारे विश्व का कल्याण समझते थे। वे मनुस्मृति के इस श्लोक को कैसे भूल सकते थे –

स्वमांसं परमांसेन यो वर्द्धयितुमिच्छति ।
अनभ्यर्च्य पितृन् देवान् ततोऽन्यो नास्त्यपुण्यकृत् ॥

(मनु. 5।52)

जो व्यक्ति केवल दूसरों के मांस से अपना मांस बढ़ाना चाहता है, उस जैसा कोई पापी है ही नहीं।

इन्हीं विशिष्टताओं के कारण यौधेय वंश सहस्रों वर्षों तक भारतीय इतिहास में सूर्यवत् प्रकाशमान् रहा है। सदियां बीत गईं, अनेक राज्य इस आर्यभूमि की रंगस्थली पर अपना खेल खेलकर चले गये, किन्तु यौधेयों की सन्तान हरियाणा निवासियों में आज भी कुछ विशेषतायें शेष हैं। आहार-विहार में सरलता, सात्त्विकता इनमें कूट-कूट कर भरी है। अर्थात् अन्य प्रान्तों की अपेक्षा इनका आचार, विचार, आहार, व्यवहार शुद्ध सात्त्विक है। ये आदि सृष्टि से आज तक परम्परा से सर्वथा शाकाहारी निरामिषभोजी हैं। मांस को खाना तो दूर रहा, कभी इन्होंने छुवा भी नहीं।

देशों में देश हरयाणा । जहाँ दूध दही का खाना ।।

इनकी यह लोकोक्ति जगत्प्रसिद्ध है । जैन कवि सोमदेव सूरि ने भी अपने पुस्तक यशस्तिलकम् चम्पू में यौधेयों की खूब प्रशंसा की है।

स यौधेय इति ख्यातो देशः क्षेत्रोऽस्ति भारते ।
देवश्रीस्पर्धया स्वर्गः स्रष्टा सृष्ट इवापरः ॥42॥

भारतदेश में प्रसिद्ध यह यौधेय देश अत्यधिक मनोहर होने के कारण ऐसा प्रतीत होता था मानो ब्रह्मा ने अथवा परमात्मा स्रष्टा ने दिव्य श्री से ईर्ष्या करके दूसरे स्वर्ग की रचना कर डाली है। महर्षि व्यास ने भी विवश होकर यौधेयों की राजधानी रोहतक के विषय में इसी प्रकार लिखा है -

ततो बहुधनं रम्यं गवाढ्यं धनधान्यवत् ।
कार्तिकेयस्य दयितं रोहितकमुपाद्रवत् ॥

नकुल ने बहुत धनधान्य से सम्पन्न, गौवों की बहुलता से युक्त तथा कार्तिकेय के अत्यन्त प्रिय रमणीय नगर रोहितक पर आक्रमण किया। हरियाणा के शूरवीर मस्त क्षत्रिय यौधेयों से उसका घोर संग्राम हुआ। **यौधेयानां जयमन्त्रधराणाम** - जिन यौधेयों को सभी जयमन्त्रधर कहते थे, जो कभी किसी से पराजित नहीं होते थे, उन विजयी यौधेयों की प्रशंसा उनके शत्रुओं ने भी की है। इन्हीं से भयभीत होकर सिकन्दर की सेना ने व्यास नदी को पार नहीं किया। अपने पूर्वज यौधेयों के गुण आज इनकी सन्तान हरियाणावासियों में बहुत अधिक विद्यमान हैं। जैसे अल्हड़पन से युक्त वीरता और भोलेपन से मिश्रित उद्दण्डता आज भी इनके भीतर विद्यमान है। इन्हें प्रेम से वश में करना जितना सरल है, आंखें दिखाकर दबाना उतना ही कठिन है। अपने पूर्वज यौधेयों के समान युद्ध करना (लड़ना) इनका मुख्य कार्य है। यदि लड़ने को शत्रु न मिले तो परस्पर भी लड़ाई कर बैठते हैं, लड़ाई के अभ्यास को कभी नहीं छोड़ते।

पाकिस्तान और चीन के युद्ध में इनकी वीरता की गाथा जगत्प्रसिद्ध है जिसकी चर्चा मैं पहले भी कर चुका हूँ। इन्हीं यौधेयों की सन्तान आर्य पहलवान श्री मास्टर चन्दगीराम जी भारत के सभी पहलवानों को हराकर दो बार भारत केसरी और दो बार हिन्द केसरी उपाधि प्राप्त कर चुके हैं। इसी प्रकार हरयाणे के रामधन आर्य पहलवान हरयाणे के पहलवानों को हराकर हरयाणा-केसरी उपाधि प्राप्त कर चुके हैं। ये दोनों पहलवान न मांस, न अण्डे, मच्छी आदि अभक्ष्य पदार्थों को छूते और न ही तम्बाकू, शराब आदि का ही सेवन करते हैं। आचार व्यवहार में शुद्ध सात्विक हैं। सर्वथा और जन्म से ही शुद्ध निरामिषभोजी (शाकाहारी) हैं।

श्री मास्टर चन्दगीराम जी सब पहलवानों को हराकर दो बार (सन 1962 और 1968 ई.) हिन्दकेसरी विजेता बने और दो बार (सन 1968 और 1969 ई.) भारतकेसरी विजेता बने। इन्होंने बड़े बड़े भारी भरकम प्रसिद्ध मांसाहारी पहलवानों को पछाड़कर दर्शकों को आश्चर्य में डाल दिया। जैसे मेहरदीन पहलवान मांसाहारी है। दोनों बार भारतकेसरी की अन्तिम कुश्ती इसी के साथ मास्टर चन्दगीराम की हुई है और दोनों बार मास्टर चन्दगीराम शाकाहारी पहलवान जीता तथा मांसाहारी मेहरदीन हार गया। एक प्रकार से यह शाकाहारियों की मांसाहारियों से जीत थी। प्रथम बार जिस समय मेहरदीन के मुकाबले पर मास्टर चन्दगीराम जी अखाड़े में कुश्ती के लिये निकले तो उनके आगे बालक से लगते थे। किसी

को भी यह आशा नहीं थी कि वे जीत जायेंगे।

क्योंकि चन्दगीराम की अपेक्षा मेहरदीन में 160 पौंड भार अधिक है। 35 मिनट तक घोर संघर्ष हुवा। इसमें मेहरदीन इतना थक गया कि अखाड़े में बेहोश होकर गिर पड़ा, स्वयं उठ भी नहीं सका, आर्य पहलवान रूपचन्द आदि ने उसे सहारा देकर उठाया। यदि मेहरदीन में मांस खाने का दोष नहीं होता तो चन्दगीराम उसे कभी भी नहीं हरा सकता था। मांसाहारी पहलवानों में यह दोष होता है कि वे पहले 5 वा 10 मिनट खूब उछल कूद करते हैं, फिर 10 मिनट के पीछे हांफने लगते हैं। उनका दम फूल जाता है और श्वास चढ़ जाते हैं। फिर उनको हराना वामहस्त का कार्य है। गोश्तखोर में दम नहीं होता, वह शाकाहारी पहलवान के आगे अधिक देर तक नहीं टिक सकता। इसी कारण सभी मांसाहारी पहलवान थककर पिट जाते हैं, मार खाते हैं। इसी मांसाहार का फल मेहरदीन को भोगना पड़ा। यह 1968 में हुई कुश्ती की कहानी है। इस बार 1969 ई. में दिल्ली में पुनः भारत केसरी दंगल हुवा और फिर अन्तिम कुश्ती मास्टर चन्दगीराम और मेहरदीन की हुई। यह कुश्ती मैंने प्रोफ़ेसर शेर सिंह की प्रेरणा पर स्वयं देखी। मैं काशी जा रहा था। मेरे पास समय नहीं था, चलता हुआ कुछ देख चलूं, यह विचार कर वहां पहुँच गया। उस दिन बड़ी भारी भीड़ थी। कुश्ती देखने के लिए दिल्ली की जनता इस प्रकार उमड़ पड़ेगी, मुझे यह स्वप्न में भी ध्यान नहीं आ सकता था। वैसे यह दंगल 28 अप्रैल से चल रहा था। इस भारत केसरी दंगल में क्रमशः सुरजीतसिंह, भगवानसिंह, सुखवन्तसिंह तथा रुस्तमे अमृतसर बन्तासिंह को 10 मिनट के भीतर अखाड़े से बाहर करने वाला हरियाणा का सिंहपुरुष अखाड़े में उतरा। उधर जिससे टक्कर हुई थी, वह उपविजेता मेहरदीन सम्मुख आया। दोनों में टक्कर होनी थी। बड़े-बड़े पहलवान कुश्ती जीतकर पुनः उसी प्रतियोगिता में भाग नहीं लेते। क्योंकि पुनः हार जाने पर सारे यश और कीर्ति के धूल में मिलने का भय रहता है। किन्तु कौन चतुर व्यक्ति हरियाणे के इस नरकेसरी की प्रशंसा किये बिना रह सकता है ? जो अपनी शक्ति और बल पर आत्मविश्वास करके पुनः भारतकेसरी के दंगल में कूद पड़ा और अपने द्वारा हराये हुये मेहरदीन से पुनः टकराने के लिये अखाड़े में उतर आया। इधर मास्टर चन्दगीराम को अपने भुजबल पर पूर्ण विश्वास था। उसने गतवर्ष इसी आधार पर समाचार पत्रों में एक बयान दिया था –

"भीमकाय मेहरदीन पर दाव कसना खतरे से खाली नहीं था। भारतकेसरी की उपाधि मैंने भले ही जीत ली, पर मेहरदीन के बल का मैं आज भी लोहा मानता हूँ। पर इतना स्पष्ट कर दूं कि अब वह मुझे अखाड़े में चित नहीं कर पायेगा। मैंने उसकी नस पकड़ ली है और अब मैं निडर होकर उससे कुश्ती लड़ सकता हूं और इन्हीं शब्दों के साथ मैं मेहरदीन को चुनौती देता हूं कि वह जब भी चाहे, जहां उसकी इच्छा हो, मुझ से फिर कुश्ती लड़ सकता है।"

"मेरी जीत का रहस्य कोई छिपा नहीं, मैं शक्ति (स्टेमिना) और धैर्य के बल्पर ही अपने से अधिक शक्तिशाली और भारत के रुस्तमे-हिन्द मेहरदीन को पछाड़ने में सफल रहा।"

"मुझे पूरा विश्वास था कि यदि दस मिनट तक मैं मेहरदीन के आक्रमण को विफल करने में सफल हो सका तो उसे निश्चय ही हरा दूंगा। आपने ही क्या, दुनियां ने देखा कि आरम्भ के

10-12 मिनट तक मैं मेहरदीन पर कोई दाव लगाने का साहस नहीं कर सका। 13वें मिनट में मेहरदीन ने ज्यों ही पटे निकालने का यत्न किया, त्यों ही मैंने उसकी कलाई पकड़कर झटक दी। वह औंधे मुंह अखाड़े पर गिरता-गिरता बचा और दर्शकों ने दाद देकर (प्रशंसा करके) मेरे साहस को दूना कर दिया। कई बार जनेऊ के बल पर मैंने नीचे पड़े मेहरदीन को चित करने का यत्न किया। यदि आपने ध्यान किया हो तो मैं निरन्तर अपने चेहरे से मेहरदीन की स्टीलनुमा (फौलादी) गर्दन को रगड़ता रहा था।"

"मैं हरियाणे के एक साधारण किसान परिवार का जाट हूं। स्वर्गीय चाचा सदाराम अपने समय के एक नामी (प्रसिद्ध) पहलवान थे। मरते समय उन्होंने मेरे पिता श्री माड़ूराम से कहा था - इसे दो मन घी दे दो, यही पहलवानी में वंश का नाम उज्ज्वल कर देगा।"

"मैं किसी प्रकार से इण्टर पास कर आर्ट एण्ड क्राफ्ट में प्रशिक्षण ले मुढ़ाल गांव के सरकारी स्कूल में खेलों का इन्चार्ज मास्टर लग गया। मैं बचपन से उदास रहता था। प्रायः यही सोचा करता था कि संसार में निर्बल मनुष्य का जीवन व्यर्थ है।"

उपर्युक्त कथन से यह प्रकट होता है कि अपने चचा की प्रेरणा से ये पहलवान बने। पहलवानी इनके घर में परम्परा से चली आती थी। वैसे तो तीस-चालीस वर्ष पूर्व हरयाणे के सभी युवक-युवती कुश्ती का अभ्यास करते थे। उसी प्रकार के संस्कार मास्टर जी के थे, अपने पुरुषार्थ से वे इतने बड़े निर्भीक नामी पहलवान बन गये। इस प्रकार एक वर्ष की पूर्ण तैयारी के बाद 1969 में होने वाले दंगल में पुनः 12 मई के सायं समय भारत केसरी दंगल में मेहरदीन से आ भिड़े। आज भारत केसरी का निर्णायक दंगल था। इससे पूर्व इसी दिन हरयाणे के वीर युवक मुरारीलाल वर्मा "भारत कुमार" के उपाधि विजेता बने थे। यह भी पूर्णतया निरामिषभोजी विशुद्ध शाकाहारी हैं। यह भी सारे भारत के विद्यार्थी पहलवानों को जीतकर भारतकुमार बना था। अब विख्यात पहलवान दारा सिंह की देखरेख में (निर्णायक के रूप में) भारत-केसरी उपाधि के लिये मल्लयुद्ध प्रारम्भ हुआ। प्रारम्भ में ही मास्टर चन्दगीराम ने अपने फौलादी हाथों से मेहरदीन के हाथ को जकड़ लिया। मेहरदीन पहली पकड़ में ही घबरा गया। उसे अपने पराजय का आभास होने लगा। जैसे-तैसे टक्कर मारकर हाथ छुड़ाया किन्तु फिर दूसरी पकड़ में वह हरयाणे के इस शूरवीर के पंजे में फंस गया, वह सर्वथा निराश हो गया। विवश होकर केवल 7 मिनट 45 सैकिण्ड में उससे छूट मांग ली अर्थात् बिना चित हुये उसने आगे लड़ने से निषेध कर दिया और अपनी पराजय स्वीकार कर भीगे चूहे के समान अखाड़े से बाहर हो गया। दर्शकों को भी ऐसा विश्वास नहीं था कि विशालकाय मेहरदीन हलके फुलके मास्टर चन्दगीराम से इतना घबरा कर बिना लड़े अपनी पराजय स्वीकार कर अखाड़ा छोड़ देगा। दर्शकों को तो भय था कि कभी चन्दगीराम हार न जाये। लोग उसकी जीत के लिये ईश्वर से प्रार्थना कर रहे थे। हार स्वीकार करने से पूर्व दारासिंह निर्णायक ने मेहरदीन को कुश्ती पूर्ण करने को कहा था, किन्तु वह तो शरीर, मन, आत्मा सबसे पराजित हो चुका था। उसके पराजय स्वीकार करने पर निर्णायक दारासिंह ने हजारों दर्शकों की उपस्थिति में मास्टर चन्दगीराम को विजेता घोषित कर दिया। फिर

क्या था, तालियों की गड़गड़ाहट तथा मास्टर चन्दगीराम के जयघोषों से सारा क्रीडाक्षेत्र गूंज उठा। श्री विजयकुमार मल्होत्रा मुख्य कार्यकारी पार्षद ने दूसरी बार विजयी हुये मास्टर चन्दगीराम को भारतकेसरी के सम्मानजनक गुर्ज से अलंकृत किया। सारे भारत में इनके विजय की धूम मच गई। स्थान-स्थान पर स्वागत होने लगा। इनके अपने ग्राम सिसाय (जिला हिसार) में भी इनका बड़ा भारी स्वागत हुवा। उस स्वागत समारोह में मैं स्वयं भी गया और मास्टर चन्दगीराम को इनके दोबारा विजय पर स्वागत करते हुये बधाई दी। गत वर्ष प्रथम भारत केसरी विजय पर हरियाणे के आर्य महासम्मेलन पर सारे आर्यजगत् की ओर से भारतकेसरी मास्टर चन्दगीराम तथा हरियाणा केसरी आर्य पहलवान रामधन - इन दोनों का रोहतक में स्वागत किया था।

इस प्रकार मास्टर चन्दगीराम की देशव्यापी ख्याति, कुश्ती कला की जानकारी, लम्बा श्वास वा दम, उनकी हाथों की फौलादी पकड़ से देशवासियों के हृदयों में नवीन आशाओं का संचार होने लगा है। पुनः मल्ल्युद्ध (कुश्ती) के प्रति श्रद्धा और प्रेम उत्पन्न हो गया है।

मास्टर चन्दगीराम का विजय उनका अपना विजय नहीं है, यह शाकाहारियों का मांसाहारियों पर विजय है। यह ब्रह्मचर्य का व्यभिचार पर विजय है क्योंकि मास्टर चन्दगीराम सात मास के पश्चात् अब अपने घर पर गया था, वह गृहस्थ होते हुये भी ब्रह्मचारी है। अगले दिन प्रातःकाल पुनः दिल्ली को चल दिया। इस श्रेष्ठ आर्ययुवक हरयाणे के नरपुंगव की जीत आबाल वृद्ध वनिता सभी अपनी जीत समझते हैं। मास्टर चन्दगीराम को यह सदाचार की प्रेरणा आर्यसमाज की शिक्षा महर्षि दयानन्द के पवित्र जीवन से ही मिली है। वे इसे अपने भाषणों में बार-बार स्वयं कहते रहते हैं।

इससे बढ़कर और क्या उदाहरण हो सकता है जिस से यह सिद्ध होता है कि घी-दूध ही बल का भण्डार है। घृतं वै बलम् - घृत ही बल है, मांस नहीं। मांस से बल बढ़ता है, इस भ्रम को मास्टर चन्दगीराम ने सर्वथा दूर कर दिया है।

10

राव बहादुर डॉ. रामधन सिंह (हुड्डा)

राव बहादुर डॉ. रामधन सिंह (हुड्डा)

राव बहादुर डॉ. रामधन सिंह (हुड्डा) (जन्म - 1 मई, 1891; मृत्यु - 17 अप्रैल, 1977)

राव बहादुर डॉ. रामधन सिंह (हुड्डा) (जन्म - 1 मई, 1891; मृत्यु - 17 अप्रैल, 1977)

किसान-पुत्र महान कृषि वैज्ञानिक

राव बहादुर डॉ. रामधन सिंह हुड्डा (जन्म - 1 मई, 1891; मृत्यु - 17 अप्रैल, 1977)

तत्कालीन पंजाब (अब हरियाणा) के रोहतक जिले के किलोई गांव के किसान चौधरी शंकर

सिंह के दो बेटों में से बड़े थे। वे लायलपुर (अब पाकिस्तान में) में उत्तर भारत में मौजूद एकमात्र कॉलेज के प्रिंसिपल थे।

फसल विज्ञान अनुसंधान के पुरोधा।

https://www.jatland.com/w/images/b/bd/
Ram_Dhan_Singh.jpg

हरियाणा के मुख्यमंत्री चौ. भूपेंद्र सिंह हुड्डा ने डॉ. रामधन सिंह को श्रद्धांजलि अर्पित की।

हरियाणा के मुख्यमंत्री चौ. भूपेंद्र सिंह हुड्डा ने 30 जनवरी, 2007 को डॉ. रामधन सिंह की प्रतिमा का अनावरण किया।

हरियाणा के मुख्यमंत्री चौ. भूपेंद्र सिंह हुड्डा ने 30 जनवरी, 2007 को डॉ. रामधन सिंह की प्रतिमा का अनावरण किया।

डॉ. आर.के. राणा ने किलोई गांव में डॉ. रामधन सिंह की प्रतिमा पर माल्यार्पण किया।

डॉ. आर.के. राणा ने किलोई गांव में डॉ. रामधन सिंह की प्रतिमा पर माल्यार्पण किया।

1 मई, 1891 को जन्मे भारत के इस महान सपूत ने फसल विज्ञान अनुसंधान के पुरोधा का रूप धारण किया। पंजाब कृषि महाविद्यालय एवं अनुसंधान संस्थान, लायलपुर में अनाज विशेषज्ञ के रूप में उनके गतिशील नेतृत्व में गेहूं की नौ, चावल की आठ, जौ की पांच और दालों की तीन उन्नत किस्में विकसित की गईं, जिसने स्वतंत्रता-पूर्व युग के भारतीय उपमहाद्वीप के उत्तरी और मध्य प्रांतों में विशेष रूप से फसल पालन की पूरी तस्वीर बदल दी।

उनकी कुछ किस्में अन्य देशों में भी लोकप्रिय हुईं और उन्हें अंतर्राष्ट्रीय मान्यता मिली। उनकी विनम्रता, ईमानदारी, कड़ी मेहनत, कर्तव्य के प्रति समर्पण और सरल जीवन शैली आने वाली पीढ़ियों के लिए कृषि वैज्ञानिकों के लिए महान सबक और प्रेरणा प्रदान करती है। उनके उत्कृष्ट योगदान को किसी विशेष राज्य, क्षेत्र या देश तक सीमित नहीं किया जा सकता।

शिक्षा

चौधरी राम धन सिंह ने अपनी प्राथमिक शिक्षा अपने पैतृक गांव किलोई में प्राप्त की। उन्होंने रोहतक के सरकारी हाई स्कूल से मिडिल स्कूल और मैट्रिक की परीक्षा पास की और उसके बाद 1907 में इंटरमीडिएट की पढ़ाई के लिए डी.ए.वी. कॉलेज, लाहौर में दाखिला लिया। 1909 में वे पंजाब एग्रीकल्चर कॉलेज, लायलपुर (अब पाकिस्तान में फैसलाबाद) में शामिल हो गए, जहां उसी साल तीन साल का डिप्लोमा इन लाइसेंसिएट इन एग्रीकल्चर (एल. एजी.) शुरू हुआ। उन्होंने 1912 में पहले बैच में अपना डिप्लोमा पूरा किया। उन्होंने 1919 में बिहार के पूसा स्थित इंपीरियल एग्रीकल्चरल रिसर्च इंस्टीट्यूट में सेवा करते हुए पटना विश्वविद्यालय से सफलतापूर्वक विज्ञान स्नातक की डिग्री हासिल की।

इस स्नातक उपाधि के बाद उन्होंने कैम्ब्रिज (इंग्लैंड में) में उच्च शिक्षा प्राप्त करने के लिए निजी तौर पर काम किया, जो उस समय राष्ट्रमंडल में सबसे प्रसिद्ध कृषि अनुसंधान केंद्र था। कैम्ब्रिज विश्वविद्यालय से उन्होंने प्राकृतिक विज्ञान (ट्रिपोस) में एम.ए. की डिग्री और कृषि में डिप्लोमा भी पूरा किया।

सेवा

एल.ए.जी. के डिप्लोमा धारकों को 100-10-300 के ग्रेड में रखने का वादा किया गया था, लेकिन वास्तव में उन्हें 1912 में 40 रुपये प्रति माह का मामूली शुरुआती वेतन दिया गया था। उनके कई बैच के साथी इस वेतन पर सेवा में शामिल हुए, लेकिन चौधरी राम धन सिंह 1914 में ही IARI, पूसा, बिहार में उच्च ग्रेड में सेवा में शामिल हुए और 1919 तक सर अल्बर्ट हॉवर्ड के साथ काम किया, जो जैविक खेती को बढ़ावा देने, गेहूं की कुछ नई किस्मों का चयन और प्रजनन करने में अग्रणी थे। इस अवधि के दौरान उन्हें पौधों के प्रजनन में गहरी रुचि विकसित हुई जो गरीब किसानों की स्थिति में सुधार के लिए फसलों की उन्नत किस्मों को विकसित करने के लिए उनके लिए एक जुनून बन गया।

कैम्ब्रिज यूनिवर्सिटी से लौटने के बाद वे 1925 में पंजाब सरकार में चारा विशेषज्ञ के पद पर कार्यरत हो गए। लेकिन 1926 में एक साल के भीतर ही वे अनाज विशेषज्ञ के पद पर चले गए - जिसे उन्होंने अपनी सेवानिवृत्ति तक बरकरार रखा। वे 1946 में पंजाब कृषि महाविद्यालय और अनुसंधान संस्थान, लायलपुर के प्राचार्य बने और 1947 में इस प्रतिष्ठित पद से सेवानिवृत्त हुए।

खाद्यान्न किस्मों का विकास

चौधरी राम धन सिंह एक व्यावहारिक पादप प्रजनक थे, जो अपना अधिकांश समय कार्यालय की कुर्सी पर बैठने के बजाय खेतों में फसल के पौधों को देखने में बिताते थे। किसान परिवार से आने के कारण चौ. राम धन सिंह किसानों के बीच स्थिर कृषि और पुरानी गरीबी के दुष्चक्र को अच्छी तरह से जानते थे। वह रोग प्रतिरोधी, बेहतर अनाज की गुणवत्ता वाली उच्च उपज वाली फसल किस्मों के विकास के माध्यम से अपने तरीके से इस दुष्चक्र को तोड़ना चाहते थे। वह इस प्रयास में काफी हद तक सफल रहे।

गेहूं की किस्में: गेहूं तत्कालीन पंजाब की प्रमुख फसल थी और चौ. राम धन सिंह ने 1933-34 में गेहूं की किस्मों पीबी-518 और पीबी-591 के विकास के साथ न केवल तत्कालीन पंजाब में बल्कि दूर-दूर तक गेहूं की खेती की पूरी सूरत बदल दी। गेहूं पीबी-518 अपेक्षाकृत एक छोटे कद की किस्म थी जिसमें कठोर भूसा और गिरने के प्रति प्रतिरोधक क्षमता थी, जबकि पीबी-591 एक रोग प्रतिरोधी, अच्छी उपज देने वाली और चमकदार दाने वाली उत्कृष्ट चपाती बनाने की विशेषताओं वाली किस्म थी। इसलिए, पीबी-591 अपनी मोती जैसी और गोल दिखने वाली और बेहतर गुणवत्ता के कारण हमेशा अन्य गेहूं की तुलना में प्रीमियम कीमत प्राप्त करता था। इन किस्मों की खेती न केवल स्वतंत्रता-पूर्व पंजाब में व्यापक रूप से की जाती थी, बल्कि यह तेजी से उतर-पश्चिमी सीमांत प्रांत, सिंध, तत्कालीन संयुक्त प्रांत, राजस्थान और गुजरात तक फैल गई, बल्कि राष्ट्रीय सीमाओं को पार करके कनाडा, ब्राजील, मैक्सिको, सोवियत संघ और अन्य देशों तक भी पहुंच गई।

चौधरी रामधन सिंह ने अधिक विविधता लाने और नई किस्मों को विकसित करने के लिए उन्नत गेहूँ के क्रॉस ब्रीडिंग की शुरुआत की। अंततः उन्होंने अन्य प्रसिद्ध गेहूँ की किस्में C-217, C-228, C-250, C-253, C-273, C-281, C-285, आदि विकसित कीं। जिनमें से कुछ को उनकी सेवानिवृति के बाद जारी किया गया। वे लाहौल घाटी (अब हिमाचल प्रदेश में) में रबी फसलों की नर्सरी लेने में अग्रणी थे, ताकि नई किस्मों को विकसित करने की अवधि कम हो सके। वे भारत में पहली बार एक आधुनिक मिलिंग और बेकिंग प्रयोगशाला स्थापित करने में भी अग्रणी थे, जो संभवतः पूरे एशिया में गेहूँ की किस्मों की मिलिंग और बेकिंग गुणवत्ता के परीक्षण के लिए अपनी तरह की पहली प्रयोगशाला थी। उन्होंने 1934 में गेहूँ के बीजों से खरपतवार के बीजों को पूरी तरह से खत्म करने के लिए एक रोटरी स्क्रीन भी विकसित की, जो कृषि विभाग के खेतों और प्रगतिशील किसानों के बीच खरपतवारों को नियंत्रित करने के लिए लोकप्रिय हो गई।

डॉ. नॉर्मन ई. बोरलॉग - प्रसिद्ध गेहूं प्रजनक और सीआईएमएमवाईटी के निदेशक ने 1963 में आईएआरआई, नई दिल्ली का दौरा किया और राव बहादुर चौधरी राम धन सिंह से उनके सोनीपत निवास पर एक विशेष मुलाकात की और भारत के गेहूं अनुसंधान के इस अग्रणी को अपनी श्रद्धांजलि अर्पित करने के लिए भावुक होकर उनके पैर छूए। डॉ. बोरलॉग ने वह सफलता हासिल की जिसकी उन्हें तलाश थी जब उन्होंने 1961-62 में मोटे जापानी गेहूं की किस्म नोरिन-10 को जंग प्रतिरोधी मैक्सिकन गेहूं के साथ पार किया और सोनोरा-63, सोनोरा-64, लेर्मो-रोजो 64 आदि उच्च उपज देने वाली गेहूं की किस्में विकसित कीं - जिनका भारत में 1962-63 के फसल मौसम में आईएआरआई नई दिल्ली, लुधियाना, पंतनगर और कानपुर में क्षेत्र परीक्षणों में परीक्षण किया गया। अच्छे उर्वरकों और सिंचाई के तहत इनका प्रदर्शन बहुत अच्छा रहा। वे बौनी गेहूँ की किस्में भी विकसित कर सकते थे, लेकिन शायद उस समय रासायनिक खादों के अभाव और सुनिश्चित सिंचाई सुविधाओं के अभाव में बौनी किस्में इतनी लोकप्रिय नहीं होतीं। इसके बाद नोबेल पुरस्कार विजेता बनने

पर डॉ. बोरलॉग ने राम धन सिंह को भूख के खिलाफ दुनिया की लड़ाई में मैक्सिकन गेहूँ की भूमिका को याद करने के लिए एक विशेष सिक्का भेजा, जो भूख को खत्म करने के लिए गेहूँ के पौधों को बेहतर बनाने में राम धन सिंह द्वारा निभाई गई भूमिका की सराहना करता है।

चावल की किस्में:

चौधरी राम धन सिंह मुख्य रूप से अपने उत्कृष्ट गेहूं अनुसंधान के लिए जाने जाते हैं लेकिन वे केवल गेहूं प्रजनक की बजाय एक महान अनाज विशेषज्ञ थे। उन्होंने चावल की समान रूप से उत्कृष्ट उन्नत किस्में विकसित कीं, जो हमारे देश का मुख्य अनाज है। बहुत कम वर्षा को देखते हुए, पंजाब प्रांत पारंपरिक रूप से चावल उगाने वाला क्षेत्र नहीं था, फिर भी, चावल राज्य के मैदानी और पहाड़ी दोनों क्षेत्रों में सिंचित परिस्थितियों में उगाया जाता था। उनके द्वारा विकसित आठ नई किस्मों में से पांच अर्थात् बासमती-370, झोना-349, मुश्कंस-7 और 41 और पलमन सुफैद 246, मैदानी इलाकों के लिए थीं और अन्य तीन अर्थात् राम जवां 100, फूल पाटस-72 और लाल नानकंद 41 पहाड़ी क्षेत्रों के लिए थीं। जंगली चावल की समस्या से लड़ने के लिए कांगड़ा जिले में आमतौर पर उगाए जाने वाले बैंगनी पत्ते वाले चावल क्रॉस-ब्रीडिंग प्रयासों का परिणाम थे। उनकी चावल की किस्मों में से बासमती-370 अपनी बेहतरीन गुणवत्ता और खुशबू के कारण विशेष उल्लेख की हकदार है - जो पश्चिमी देशों में बहुत लोकप्रिय है और इसकी मांग है। अपने समय में बासमती किस्म विकसित करके चौ. रामधन सिंह ने भारत और पाकिस्तान के पुराने पंजाब को बासमती जर्मप्लाज्म का मालिक बना दिया।

जौ की किस्में:

रबी सीजन में गेहूं के लिए अच्छी सिंचाई सुविधाओं वाली सर्वोत्तम भूमि आवंटित की गई थी; भूमि के चुनाव के साथ-साथ सिंचाई के मामले में जौ दूसरे स्थान पर है। फिर भी जौ एक कठोर अनाज है जो कम उर्वरता की स्थिति में भी उचित उपज दे सकता है। लवणों के प्रति अधिक सहिष्णु होने के कारण जौ को लवणीय और क्षारीय भूमि में पसंद किया जाता है। चौधरी राम धन सिंह ने जौ की उन्नत किस्में T4, T5, C138, C141 और C155 विकसित कीं, जो वर्षा आधारित या सीमित सिंचाई की स्थिति और लवण प्रभावित क्षेत्रों के लिए उपयुक्त थीं। इन किस्मों ने निम्न आय वर्ग के किसानों की मदद की क्योंकि जौ का सेवन मुख्य रूप से निम्न आय वर्ग के उपभोक्ता भोजन के रूप में करते हैं। जौ में ठंडक का गुण होता है रामधन सिंह ने अनाज की उन किस्मों को विकसित करने का प्रयास किया जो प्रसंस्करण के लिए कृषि-उद्योगों की आवश्यकताओं के अनुरूप हो सकें, ताकि किसानों के लिए अधिक रोजगार और आय के अवसर पैदा हो सकें।

दलहन की किस्में:

चौधरी रामधन सिंह के शोध केवल अनाज तक ही सीमित नहीं थे, बल्कि दालों तक भी फैले हुए थे, जिनकी उन दिनों आम तौर पर कमी थी। उन्होंने मूंग की दो किस्में विकसित कीं, मूंग नंबर 54 और 305 और एक मैश किस्म नंबर 48 भी। इस प्रकार चौधरी रामधन

सिंह ने इन फसलों की कई उन्नत किस्में विकसित करके गेहूं, जौ, चावल और दालों के सुधार में उत्कृष्ट योगदान दिया। शायद दुनिया में किसी अन्य प्रजनक के पास इतनी किस्में नहीं हैं जितनी चौधरी रामधन सिंह के पास हैं। उनके काम ने साबित कर दिया कि कृषि अनुसंधान में नेतृत्व की गुणवत्ता मानव प्रयास के अन्य क्षेत्रों की तरह ही महत्वपूर्ण थी और सभी उल्लेखनीय प्रगति व्यक्तियों द्वारा शुरू की गई थी, न कि संगठन की प्रणालियों द्वारा।

सेवानिवृत जीवन

चौधरी रामधन सिंह 1947 में सेवानिवृत होने के बाद भी शैक्षणिक और परोपकारी गतिविधियों में सक्रिय रहे। वे आठ वर्षा तक रोहतक में कई जाट शिक्षण संस्थाओं के शासी निकायों के अध्यक्ष रहे और उन्हें वित्तीय रूप से मजबूत किया तथा उनके व्यवस्थित और कुशल संचालन के लिए उचित नियम और विनियम बनाए। वे साठ के दशक में चार वर्षों तक पंजाब कृषि विश्वविद्यालय, लुधियाना के फेलो रहे। उन्होंने पंजाब कृषि विश्वविद्यालय के नियम और विनियम बनाने के लिए विनियम समिति के सदस्य के रूप में बहुत ही बहुमूल्य योगदान देकर कुलपति की विशेष प्रशंसा अर्जित की। चौधरी रामधन सिंह कई कृषि अनुसंधान और विकास समितियों के सदस्य रहे। वे फरवरी 1971 से मई 1974 तक हरियाणा कृषि विश्वविद्यालय, हिसार के प्रबंधन बोर्ड के सदस्य रहे। वे विश्वविद्यालय के खेतों का दौरा करते थे और प्रजनकों के साथ बातचीत करके वांछित सामग्री का चयन करते थे। वे हमेशा युवा वैज्ञानिकों को प्रोत्साहित करते थे जिन्होंने बहुत मेहनत की और कई उच्च उपज देने वाली किस्में विकसित कीं, जिससे फसल की पैदावार में और वृद्धि हुई।

खास तौर पर गेहूं के प्रजनकों ने 1965 में सीमित सिंचाई के लिए C306 और 1975 में मध्यम उर्वरक और सिंचाई की स्थिति के लिए WH147 नामक दो बहुत ही उच्च उपज देने वाली किस्मों को विकसित करके जारी किया था - जिसमें डॉ. राम धन सिंह द्वारा विकसित सामग्री का इस्तेमाल किया गया था। इन दोनों किस्मों को देश के विभिन्न राज्यों में बड़े क्षेत्रों में उगाया गया और गेहूं उत्पादन में हरित क्रांति ला दी। ये किस्में आज भी हरियाणा, पंजाब, राजस्थान, मध्य प्रदेश, छत्तीसगढ़ और उत्तर प्रदेश के कुछ हिस्सों में लोकप्रिय हैं। WH147 किस्म को एक बार पाकिस्तान में 5 लाख हेक्टेयर क्षेत्र में उगाया गया था, जिससे पाकिस्तान में भी खाद्यान्न उत्पादन को मजबूती मिली। C306 एकमात्र देसी किस्म है जो अपने चमकदार मोटे दानों और बढ़िया चपाती बनाने की गुणवत्ता के लिए जानी जाती है और बाजार में इसकी कीमत भी अच्छी है।

चौधरी रामधन सिंह ने कृषि विषयों पर वैज्ञानिक और लोकप्रिय रुचि के अनेक लेख अंग्रेजी और स्थानीय भाषाओं में प्रेस मीडिया में प्रकाशित किए। वे एक महान भाषाविद थे। अपनी वृद्धावस्था में उन्होंने कठिन परिश्रम से अंग्रेजी और भारत की प्राच्य भाषाओं, विशेष रूप से संस्कृत के मूल और शब्दों का एक बड़ा शब्दकोश तैयार किया था, जिसे वे

प्रकाशन के लिए तैयार कर रहे थे। अपनी मृत्यु से कुछ दिन पहले ही उन्होंने अपने शब्दकोश के प्रकाशन के लिए बंबई के एक प्रकाशक को पत्र लिखा था। प्रकाशक ने सकारात्मक रूप से पावती भेजी, लेकिन उनकी मृत्यु के बाद प्रकाशन के लिए पांडुलिपि भेजने वाला कोई नहीं था, क्योंकि चौधरी रामधन सिंह वृद्धावस्था में अपने घर पर अकेले रह रहे थे। काफी समय तक कोई प्रतिक्रिया न मिलने पर प्रकाशक स्वयं बंबई से शब्दकोश की पांडुलिपि लेने आए। उस समय तक किसी ने उनकी सभी पुस्तकों और शब्दकोश की पांडुलिपियों को बेकार समझकर फेंक दिया था। पांडुलिपि की एक भी प्रति का पता नहीं चल पाया। प्रकाशक खाली हाथ लौट गया।

सूरजभान दहिया के अनुसार डॉ. राम धन सिंह तो जीवन के अंतिम क्षणों में भी असाधारण लेखन कर गये। उन्होंने तीन पुस्तकों का लिखने का काम पूरा किया। पहली पुस्तक थी – "जड़ों का शब्दकोश", दूसरी पुस्तक "जाटू भाषा का शब्दकोश" तथा तीसरी पुस्तक "जाट कौम की सम्पूर्ण सूची" थी। इन तीनों पुस्तकों के छपवाने हेतु उनका एक प्रकाशक से अनुबंध भी हो गया था। परन्तु अकस्मात वे चल बसे। इसके पश्चात इन पुस्तकों के मसौदों को उनके निवास से कौन ले भागा, पता नहीं। हाँ उनकी पहली पुस्तक "जड़ों का शब्दकोश" को किसी ने वाराणसी से छपवा दिया। बाकी दो पुस्तकें नसीब नहीं हो पाई।

मृत्यु

भारत के महान सपूत राव बहादुर चौधरी रामधन सिंह 17 अप्रैल, 1977 को स्वर्ग सिधार गए। भारत के कृषि विज्ञान और किसानों के प्रति उनकी कड़ी मेहनत, समर्पण और निस्वार्थ सेवा के लिए वे देश के लोगों की ओर से सभी प्रशंसा और सम्मान के पात्र हैं। भारत सरकार को उन्हें सर्वोच्च नागरिक सम्मान 'भारत रत्न' से सम्मानित करना चाहिए।

सम्मान और विशिष्टताएँ

सामान्य रूप से पौध प्रजनन अनुसंधान और विशेष रूप से गेहूं अनुसंधान में उनकी उत्कृष्ट उपलब्धियों को देखते हुए, चौधरी राम धन सिंह को कई सम्मानों के माध्यम से सम्मानित किया गया था। इनमें बेहतरीन गेहूं किस्मों के विकास पर उनके उत्कृष्ट कार्य के लिए 3000 रुपये का बहुप्रतीक्षित सर मेनार्ड गंगा राम पुरस्कार शामिल था। उन दिनों 3000 रुपये एक बड़ी रकम थी। यह पुरस्कार पंजाब में कृषि के मुनाफे को बढ़ाने के किसी भी व्यावहारिक तरीके के आविष्कारक को हर तीन साल में दिया जाना था। उनके असाधारण शोध कार्य के सम्मान में उन्हें राव बहादुर की उपाधि प्रदान की गई। उन्हें भारत और विदेशों में सभी तिमाहियों से बहुत सम्मान मिला। उन्हें 1961 में लायलपुर कृषि महाविद्यालय के स्वर्ण जयंती समारोह में भाग लेने के लिए आमंत्रित किया गया था। पाकिस्तान के राष्ट्रपति मुहम्मद अयूब खान ने अंतरराष्ट्रीय सीमा पर चौधरी राम धन सिंह का स्वागत किया रामधन सिंह ने उनके योगदान की सराहना करते हुए उन्हें पूरे सम्मान के साथ पाकिस्तान में रहने तथा कृषि विकास में मदद करने की पेशकश भी की।

श्री सी. सुब्रमण्यम, जो एक समय केन्द्रीय कृषि मंत्री थे, ने 5 अगस्त, 1965 को लुधियाना के पंजाब कृषि विश्वविद्यालय में गेहूं पर अखिल भारतीय गेहूं अनुसंधान कार्यकर्ता संगोष्ठी में अपने संबोधन में कहा कि तीस के दशक में विकसित पीबी591 आज भी किसी एक किस्म के अंतर्गत सबसे बड़ा क्षेत्र घेरता है। नोबेल पुरस्कार विजेता बनने पर डॉ. नॉर्मन ई. बोरलॉग ने नवंबर 1970 में मैक्सिको से चौधरी रामधन सिंह को लिखा, "मैं गेहूं के पौधों को बेहतर बनाने के संघर्ष के अपने लंबे अनुभव को आपके साथ साझा करता हूं। मुझे वह समय अच्छी तरह याद है जब मुझे 1963 में आईएआरआई की अपनी यात्रा के दौरान आपसे पहली बार मिलने का सम्मान मिला था। उससे पहले मैं आपको केवल उन बेहतरीन गेहूं किस्मों के माध्यम से जानता था जिन्हें आपने मूल रूप से पंजाब के लिए तैयार किया था लेकिन बाद में उन्हें पूरे भारतीय उपमहाद्वीप के साथ-साथ कई अन्य देशों में भी बड़े पैमाने पर उगाया गया।"

पंजाब कृषि विश्वविद्यालय, लुधियाना के ओल्ड बॉयज़ एसोसिएशन ने उन्हें भारत के सबसे प्रतिष्ठित गेहूं प्रजनक के रूप में उनकी सेवाओं के सम्मान में 1964 में रोल ऑफ ऑनर से सम्मानित किया। पंजाब कृषि विश्वविद्यालय ने उन्हें 23.2.1970 को आयोजित एक विशेष दीक्षांत समारोह में डॉक्टर ऑफ साइंस (ऑनोरिस कॉसा) की उपाधि प्रदान की और लुधियाना परिसर में अपने प्लांट ब्रीडिंग प्रयोगशाला का नाम उनके नाम पर रखकर उन्हें सम्मानित किया। पी.ए.यू. के चांसलर द्वारा उन्हें डी.एस.सी. की ऑनोरिस कॉसा डिग्री प्रदान करने के समय, इसके तत्कालीन कुलपति, डॉ एम.एस. रंधावा ने कहा कि चौधरी राम धन सिंह वास्तव में एक राष्ट्रीय नायक हैं जिन्होंने भोजन में आत्मनिर्भरता हासिल करने में बहुत बड़ा योगदान दिया है और उन्हें सम्मानित करके पंजाब कृषि विश्वविद्यालय भारत के लोगों के प्रति कृतज्ञता के ऋण को स्वीकार कर रहा है।

हरियाणा कृषि विश्वविद्यालय, हिसार ने हिसार परिसर में एक आवासीय परिसर का नाम राम धन सिंह हाउस के रूप में रखकर चौधरी राम धन सिंह को सम्मानित किया। हरियाणा कृषि विश्वविद्यालय ने भी 7 अप्रैल, 1973 को डी.एस.सी. की मानद उपाधि के रूप में उन्हें एक और गौरव प्रदान किया। विश्वविद्यालय के कुलाधिपति को चौधरी राम धन सिंह को प्रस्तुत करते हुए एचएयू के संस्थापक कुलपति श्री ए.एल. फ्लेचर ने उन्हें न केवल एक महान कृषि वैज्ञानिक बताया, बल्कि युवाओं की शिक्षा के कल्याण में उनकी गहरी रुचि रखने वाले एक महान शिक्षक भी बताया और उन्होंने कहा कि 82 वर्षीय इस पितामह का जीवन कृषि विज्ञान और अनुसंधान के प्रति समर्पण और निष्ठा की गाथा है। उन्होंने आगे कहा कि डॉ. राम धन सिंह ने गेहूं की किस्मों पीबी518, पीबी591 और अन्य किस्मों को विकसित करके देश में गेहूं की खेती में क्रांति ला दी। उन्होंने चावल, जौ और दालों में उत्कृष्ट कार्य किया है। विश्वविद्यालय वार्षिक दीक्षांत समारोह में पादप प्रजनन में मास्टर ऑफ साइंस के सबसे मेधावी छात्र को राव बहादुर राम धन सिंह स्वर्ण पदक भी प्रदान करता है।

सीसीएसएचएयू हिसार में 4000 एकड़ के बीज उत्पादन फार्म का नाम डॉ. राम धन सिंह बीज फार्म रखा गया है, जो विभिन्न फसल किस्मों के किसानों की बीज की आवश्यकता को काफी हद तक पूरा करता है।

6 मार्च 2000 को पौध प्रजनन विभाग, सीसीएसएचएयू हिसार द्वारा डॉ. रामधन सिंह के पैतृक गांव किलोई (रोहतक) में एक किसान प्रक्षेत्र दिवस का आयोजन किया गया। किसानों के प्रक्षेत्र पर गेहूं की सभी उन्नत किस्मों का प्रदर्शन रखा गया था। डॉ. रामधन सिंह खेल स्टेडियम में आयोजित इस समारोह में किलोई और आसपास के गांवों के बड़ी संख्या में किसान शामिल हुए। विश्वविद्यालय के वैज्ञानिकों ने किसानों को फसलों की किस्मों और फसल उत्पादन की नवीनतम तकनीकों से अवगत कराया। भाग लेने वाले किसानों द्वारा बहुत उत्साही प्रतिक्रिया दी गई, साथ ही अनुरोध किया कि इस तरह के आयोजन समय-समय पर आयोजित किए जाएं और स्टेडियम में डॉ. रामधन सिंह की एक प्रतिमा स्थापित की जाए। इस अवसर पर, वरिष्ठ गेहूं प्रजनक डॉ. आर.के. राणा ने किसानों को आश्वासन दिया कि इस तरह के प्रक्षेत्र दिवस समय-समय पर आयोजित किए जाएंगे, साथ ही उन्होंने सुझाव दिया कि एक प्रतिमा स्थापित करने के लिए सरकार से संपर्क किया जाना चाहिए। गांवों ने हरियाणा के माननीय मुख्यमंत्री चौधरी भूपिंदर सिंह हुड्डा ने बजट स्वीकृत किया और 30 जनवरी, 2007 को स्टेडियम में डॉ. राम धन सिंह की प्रतिमा का अनावरण किया। इस अवसर पर डॉ. आर.के. राणा, तत्कालीन प्रमुख, प्लांट ब्रीडिंग विभाग ने बड़ी सभा को संबोधित किया और भारत की कृषि में सुधार करने में डॉ. राम धन सिंह की भूमिका की सराहना की, जिससे खाद्य उत्पादन में वृद्धि हुई और कृषक समुदाय के जीवन में समृद्धि आई - एक लक्ष्य, जिसके लिए राव बहादुर चौधरी राम धन सिंह ने अपने पूरे जीवन में प्रयास किया।

एक अन्य लेख अनुसार -

किसान-पुत्र महान् कृषि वैज्ञानिक डा. रामधन सिंह जी ने गुणवत्ता में सर्वोत्तम गेहूं C306, बासमती-370 ईजाद करके 1925-45 में दुनिया को हरितक्रांति की राह दिखाई!

जिस महान् मानव के कारण दुनिया के 100 करोड़ लोग भूखे मरने से बचे (1960 के दशक में) उनको जानें........!!!

जी, मैं बात कर रहा हूँ "हरित क्रांति" के अग्रदूत विश्व-विख्यात कृषि वैज्ञानिक डॉ. रामधन सिंह हुड्डा जी की।

1 मई 1891 में रोहतक जिले के किलोई गांव में साधारण किसान के घर इस असाधारण बालक ने जन्म लिया। हमारी ज़ाट बिरादरी से शायद पहले होंगे जो लंदन कैम्ब्रिज में पढ़ने गए। प्राकृतिक विज्ञान और कृषि में पीएचडी (Ph.D.) करने के बाद 1925 में पंजाब कृषि कॉलेज एवं अनुसंधान संस्थान लायलपुर (पंजाब) (Punjab Agriculture College and Research Institute, Layallpur (Punjab)) में प्रिंसिपल लगे। 1947 में रिटायरमेंट तक वहीं रहकर भारत ही नहीं, दुनिया के लिए नई नई किस्में इज़ाद की गेहूं, जौ, धान, दाल,

गन्ना की।

कनाडा (Canada) और मेक्सिको (Mexico) ने सबसे पहले इनकी गेहूं C-591 अपनाई और पैदावार के रिकॉर्ड बनाये।

C-217, C-228, 250, 253, 273, 281 और C-285, C-518 उनकी मुख्य गेहूं varieties हैं।

जिस C-306 गेहूं को सबसे स्वादिष्ट माना जाता है उसे डॉ. रामधन सिंह जी ने ईज़ाद किया था। संसार में मशहूर बासमती चावल 370 और Jhona 349 भी डॉ. रामधन जी की ही देन हैं।

उनके योगदान का अंदाजा यों लगा सकते हो, जिसको मेक्सिको (Mexico) से नोबल पुरस्कार विजेता डॉ. Norman E Borlog 1963 में डॉक्टर रामधन सिंह जी से सोनीपत उनके घर पर मिलने आए और रामधन सिंह जी के पैर छू कर कहें - आपने संसार को बेहतर किस्में देकर 100 करोड़ लोगों को भूखे मरने से बचा लिया - और खुशी से रो दिए।

1965 में लाल बहादुर शास्त्री जी ने डॉ. रामधन सिंह जी को किसी भी राज्य के गवर्नर (Governor) बनने के लिए कहा था लेकिन डॉक्टर रामधन सिंह जी ने कहा राज्यपाल बनने से ज्यादा भला मैं वैज्ञानिक के तौर पर कर सकता हूँ देश का। और उन्होंने ऐसा किया भी।

1961 में पाकिस्तान ने डॉ. रामधन सिंह जी को राष्ट्रपति गोल्ड मैडल से सम्मानित किया और वह यह सम्मान पाने वाले पहले भारतीय बने।

20 अप्रैल 1977 को डॉ. रामधन सिंह जी इस संसार को अलविदा कह गए लेकिन सबको जिंदा रहने के लिए अथाह अनाज भंडार दे गए।

हम क्यों नही जन्मदिन मनाते उनका?

खाते हैं 306, 370 और चूसते हैं गन्ना 312 जिनका?

सबको बताएं महान किसान पुत्र की महान् देन दुनिया को।

डॉ. रामधन सिंह जी अमर हैं।

लेखक रनवीर सिंह

लेखक रनवीर सिंह (Ranvir Singh)

लेखक रनवीर सिंह (Ranvir Singh)

रनवीर सिंह (तोमर) आत्मज स्व. श्री दिलीप सिंह

बी.ई.(इलेक्ट्रिकल), एफ. आई. ई., चार्टर्ड इंजीनियर.

जन्म - 02 जुलाई 1955

जन्म स्थान- गांव - नगला भूपसिंह, डाकघर - पिसावा, जिला अलीगढ़, उत्तर प्रदेश 202155.

शिक्षा - बी. एससी. इंजीनियरिंग (इलेक्ट्रिकल), अलीगढ़ मुस्लिम यूनिवर्सिटी अलीगढ़ उ. प्र. (1978),

सेवा - मध्य प्रदेश विद्युत मंडल (1979 से 2015), 36 वर्ष, सेवानिवृत्ति - अति. मुख्य अभियंता.

वर्तमान - फैकल्टी मेम्बर पावर डिस्ट्रीब्यूशन ट्रेनिंग सेंटर भोपाल

वर्तमान निवास - मकान न. डुप्लेक्स - 11. , कुटुम्ब अपार्टमेंट बलवन्त नगर यूनिवर्सिटी रोड, ठाठीपुर, ग्वालियर, म.प्र. 474002.

अभिरुचि - पुस्तक अध्ययन, इलेक्ट्रिकल विषयों पर लेक्चर देना, सामाजिक गतिविधियां, वृक्षारोपण कार्य आदि .

अणुडाक - er.rsingh55@gmail.com, चलित दूरभाष - +91- 9425137463.

प्रकाशित पुस्तकें - सामान्य - चौरासी का चक्कर, ज्योतिष और भारतीय पर्व, जीवन की प्रेरणादायक कहानियां, हरियाणा के लाल ।

विद्युत - ऊर्जा संरक्षण एवं अक्षय ऊर्जा, विद्युत सुरक्षा एवं उपचार, विद्युत वितरण संचालन और संधारण, विद्युत ऊर्जा मीटर, अर्थिंग (भू-संयोजन), विद्युत वितरण ट्रांसफ़ॉर्मर, विद्युत लाइन, विद्युत उपकेन्द्र, पावर कैपेसिटर, स्काडा इलेक्ट्रिकल।

जातीय पुस्तक - जाट संत, जाट कवि, जाट बिलदानी, जटवारा चम्बल सिंध, तोमर(तंवर- तनवर), जाट मुख्यमंत्री, जाट राज्यपाल, जाट महिला खिलाड़ी, जाट प्लेयर्स (कॉमन वेल्वेथ गेम्स वर्मिन्घम - 2022), Tomar Dynasty (तोमर डायनेस्टी, जाट प्रधानमंत्री, एक व्यक्तित्व राजा महेंद्र प्रताप, जाट रियासतें ।

(प्रकाशक - नोशन प्रेस/Notion Press, वितरक - नोशन प्रेस, अमेज़न, फ्लिप्कार्ट, किन्डल)

www.ingramcontent.com/pod-product-compliance
Lightning Source LLC
Chambersburg PA
CBHW041331120726
48005CB00014B/2200